張愛玲典藏 10

易經

趙丕慧◎譯

《雷峯塔》／《易經》引言

【張愛玲文學遺產執行人】宋以朗

一九五七年至一九六四年間，外界一般只知道張愛玲寫了些電影劇本和一篇英文散文〈Return To The Frontier〉（中文版即〈重訪邊城〉）。就文學創作來說，這時期似乎不算碩果豐盛。

但根據張愛玲與宋淇夫婦的通信，在五七至六四年間，她原來正寫一部兩卷本的長篇英文小說，主要取材自她本人的半生經歷。下面是相關的書信節錄，全由張愛玲寫給宋淇夫婦：

一九五七年九月五日

新的小說第一章終於改寫過，好容易上了軌道，想趁此把第二章一鼓作氣寫掉它，告一段落，因為頭兩章是寫港戰爆發，第三章起轉入童年的回憶，直到第八章再回到港戰，接著自港回滬，約佔全書三分之一。此後寫胡蘭成的事，到一九四七年為止，最後加上兩三章作為結尾。這小說場面較大，人頭雜，所以人名還是採用「金根」「金花」式的意譯，否則統統是Chu Chi Chung式的名字，外國人看了頭昏。

一九五九年五月三日

我的小說總算順利地寫完第一二章，約六十頁，原來的六短章（三至九）只須稍加修改，接上去就有不少，希望過了夏天能寫完全書一半。

一九六一年二月二十一日

小說改名《The Book of Change》（易經），照原來計畫只寫到一半，已經很長，而且可以單獨成立，只需稍加添改，預算再有兩個月連打字在內可以完工。

一九六一年九月十二日

我仍舊在打字打得昏天黑地，七百多頁的小說，月底可打完。

一九六一年九月二十三日

我打字已打完，但仍有許多打錯的地方待改。

一九六三年一月二十四日

我現在正在寫那篇小說，也和朗朗一樣的自得其樂。

一九六三年二月二十七日

我的小說還不到一半，雖然寫得有滋有味，並沒有到欲罷不能的階段，隨時可以擱下來。

一九六三年六月二十三日

《易經》決定譯，至少譯上半部《雷峯塔倒了》，已夠長，或有十萬字。看過我的散文〈私語〉的人，情節一望而知，沒看過的人是否有耐性天天看這些童年瑣事，實在是個疑問。下半部叫《易經》，港戰部份也在另一篇散文裏寫過，也同樣沒有羅曼斯。我用英文改寫不嫌膩煩，因為並不比他們的那些幼年心理小說更「長氣」，變成中文卻從心底裏代讀者感到厭倦，你們可以想像這心理。

〔……〕

把它東投西投，一致回說沒有銷路。在香港連載零碎太費事，而且怕中斷，要大部寄出才放心，所以還說不出什麼時候能有。

一九六三年七月二十一日

Dick正在幫我賣《易經》[1]，找到一個不怕蝕本的富翁，新加入一家出版公司。

1．Dick是理查德．麥卡錫(Richard McCarthy)，五〇年代曾任職美國駐港總領事館新聞處的處長。參見〈張愛玲與香港美新處〉，高全之《張愛玲學》，台北：麥田出版，二〇〇八年。

［……］《雷峯塔》還沒動手譯，但是遲早一定會給星晚譯出來，臨時如稿擠掉下來我決不介意。

一九六四年一月二十五日

Dick去年十月裏說，一得到關於賣《易經》的消息不論好壞就告訴我，這些時也沒信，我也沒問。

［……］

譯《雷峯塔》也預備用來填空，今年一定譯出來。

一九六四年五月六日

你們看見Dick McCarthy沒有？《易經》他始終賣不掉，使我很灰心。

［……］

《雷峯塔》因為是原書的前半部，裏面的母親和姑母是兒童的觀點看來，太理想化，欠真實，一時想不出省事的辦法，所以還沒譯。

自是以後，此事便沒再提起。後來我讀到高全之〈張愛玲的英文自白〉一文[2]，發現她曾在別的地方間接談及《雷峯塔》和《易經》，其一是一九六五年十二月三十一日致夏志清信：

有本參考書《20th Century Authors》，同一家公司要再出本《Mid-Century Authors》，寫信來叫我寫個自傳，我藉此講有兩部小說賣不出，幾乎通篇都講語言障礙外的障礙。

其二是張愛玲寫於一九六五年的英文自我簡介，載於一九七五年出版的《世界作家簡介・1950-1970》（World Authors 1950-1970），以下所引是高全之的中譯：

> 我這十年住在美國，忙著完成兩部尚未出版的關於前共產中國的長篇小說〔……〕美國出版商似乎都同意那兩部長篇的人物過分可厭，甚至窮人也不討喜。Knopf出版公司有位編輯來信說：如果舊中國如此糟糕，那麼共產黨豈不成了救主？

照寫作時間判斷，張愛玲指的該包括《雷峯塔》和《易經》——若把它們算作一部長篇的上下兩卷，則《怨女》可視為另一部。

一九九五年九月張愛玲逝世，遺囑執行人林式同在其遺物中找到《The Fall of the Pagoda》（《雷峯塔》）及《The Book of Change》（《易經》）的手稿後，便按遺囑把它們都寄來宋家。讀這疊手稿時，我很自然想問：她在生時何以不出？也許是自己不滿意，但書信中她只怨「賣不掉」，卻從沒說寫得壞；也許她的寫法原是為了迎合美國廣大讀者，卻不幸

2・〈張愛玲的英文自白〉，見高全之《張愛玲學》，台北：麥田出版，二〇〇八年。

失手收場；也許是美國出版商（如Knopf編輯）不理解「中國」，只願出一些符合他們自己偏見的作品，結果拒絕了張愛玲。無論如何，事實已沒法確定，我唯一要考慮的，就是如何處理這些未刊稿。

我大可把它們珍藏家中，然後提供幾個理論去解釋不出的原因，甚至不供給任何理由。但對於未有定論的事，我（或任何人）有資格作此最後裁決嗎？幸好我們活在一個有權選擇的時代——所以我選擇出版這兩部遺作，而讀者也可按不同理由選擇讀或不讀。這些理由是什麼，我覺得已沒必要列舉，最重要的是我向讀者提供了選擇的機會。

無可否認，張愛玲最忠實的讀者主要還是中國人，可惜有很多未必能流暢地閱讀她的英文小說。沒有官方譯本，山寨版勢必出籠。要讓讀者明白《雷峯塔》和《易經》是什麼樣的作品，就只有把它們翻成漢語。但法國名言謂：「翻譯像女人：美麗的不忠，忠實的不美。」（Les traductions sont comme les femmes: quand elles sont belles, elles ne sont pas fidèles; et quand elles sont fidèles, elles ne sont pas belles.）所以我們的翻譯可以有兩種取向。一是唯美，即用「張腔」翻譯，但要模仿得維肖維妙可謂癡人說夢，結果很大可能是東施效顰，不忠也不美。二是直譯，對英語原文亦步亦趨，這可能令中譯偶然有點彆扭，但起碼能忠實反映張愛玲本來是怎樣寫。不管是否討好，我們現在選擇的正是第二條路，希望讀者能理解也諒解這個翻譯原則。

【導讀】童女的路途

——張愛玲《雷峯塔》與《易經》

【逢甲大學中文系教授】張瑞芬

琵琶儘量不這樣想。有句俗話說：「恩怨分明」，有恩報恩，有仇報仇。她會報復她父親與後母，欠母親的將來也都會還。許久之前她就立誓要報仇，而且說到做到，即使是為了證明她會還清欠母親的債。她會將在父親家的事畫出來，漫畫也好……

——《易經》（第七十九頁）

二〇一〇年溽暑中看完《雷峯塔》（The Fall of the Pagoda）與《易經》（The Book of Change）這兩本應是（上）（下）冊的「張愛玲前傳」，一股冷涼寒意，簡直要鑽到骨髓裡。原先想像的中譯問題[1]並沒有發生，倒是這書裡揭露的家族更大秘辛令人驚嚇。如果書中屬實，舅舅和母親無血緣關係，是抱來的（這點《小團圓》也說了），弟弟也不是她的親弟弟

1．李黎《中國時報》二〇一〇年七月二日〈坍倒在翻譯中的雷峯塔〉一文認為，讀《雷峯塔》英文本感覺「英文的張愛玲顯得面目全非」，再由他人譯回中文恐怕也將失真。

（那個可疑的教唱歌的義大利人……），母親和姑姑在錢上面頗有嫌隙，姑姑甚且和表姪（明表哥）亂倫，有不可告人的關係。在這一大家子的混沌關係中，張愛玲像是逃出了瘋狂牢獄，精神卻停滯在孩童狀態。她幽閉繭居，精神官能症或偏執狂般聚精會神玩著骨牌遊戲，一遍又一遍的推倒長城，然後重建。鬼打牆一般，非人的恐怖。這回，可和胡蘭成一點關係都沒有。然而她在這部巨幅自傳小說中無端虛構弟弟的死亡，又是為了什麼？

《雷峯塔》與《易經》是張愛玲六〇年代初向英美文壇叩關失敗的英文小說，因篇幅太長故一分為二，總計三十餘萬字，近八百頁篇幅，直到她去世十五年後的今日，手稿才由遺產執行人宋以朗找出出版。《雷峯塔》從幼年寫到逃離父親家裡，投奔母親；《易經》寫港大求學到二戰中香港失守，回返上海。《雷峯塔》、《易經》，下接《小團圓》，按理可稱為張愛玲的人生三部曲，但《雷峯塔》與《易經》仍是一個整體，從書中人名與《小團圓》完全兩樣可知。[2]《雷峯塔》與《易經》是張愛玲的英文自傳小說，《小團圓》則是為中文讀者寫的，成書晚些，約在七〇年代中期，與〈色，戒〉同時。

熟知張愛玲的人，讀《雷峯塔》與《易經》，初初會有些失望（大致不出〈私語〉、〈童言無忌〉和《對照記》內容），但李黎所謂「張愛玲到底不是珍·奧絲婷，她的童年往事實在無法撐起一本近三百頁的小說讓人手不釋卷」，則未必屬實。讀張愛玲這部形同〈私語〉和《對照記》放大版的自傳小說，最好把自己還原為一個對作者全無瞭解的路人甲，愈不熟知她愈好（正如讀《紅樓夢》不要拿榮寧二府人物表焦慮地去對照曹雪芹家譜）。你只管順著書裡的緩慢情調和瑣碎細節一路流淌而去，像坐在烏篷船裡聽雨聲淅瀝，昏天黑地，經宿未眠，天明已至渡口。當然，記得要先找出霉綠斑斕的銅香爐薰上第一爐香，從《雷峯塔》看起。

《雷峯塔》一開始，就是以孩童張愛玲（沈琵琶）的眼，看大人的世界。那四歲時就懷疑一切的眼光，看著母親（楊露）和姑姑（沈珊瑚）打理行李出國，父親（沈榆溪）抽大煙，和姨太太廝混，宴客叫條子。在大宅子另一個陰暗的角落裡，廚子花匠男工閒時賭錢打牌，婢女老媽子做藤蘿花餅吃，老婆子們解開裹腳布洗小腳，說不完的白蛇法海雷峯塔。就像張愛玲《對照記》裡說的，悠長得像永生的童年，相當愉快的度日如年：

「每個人都是甕聲甕氣的，倒不是吵架。琵琶頂愛背後的這些聲響，有一種深深的無聊與忿恨，像是從一個更冷更辛苦的世界吹來的風，能提振精神，和樓上的世界兩樣。」

《雷峯塔》取意何在？或許是象徵著父權／封建舊時代的倒塌，但是「娜拉出走」以後，正如魯迅所說：「在經濟方面得到自由，就不是傀儡了嗎？也還是傀儡……不但女人常作男人的傀儡，就是男人和男人，女人和女人，也相互地作傀儡。」在這一大家子的敗落裡（包括母親、姑姑或繼母），沒有一個是贏家，結尾是落了片白茫茫大地真乾淨。歸結到底，《雷峯塔》與《易經》形同《紅樓夢》民國版，續集，或後四十回。眼看它起高樓，眼看它宴賓客，眼看它樓塌了，遺老遺少和他們的兒女同舟一命，沉淪到底。

2・不知為何，只有張愛玲好友炎櫻同樣名為「比比」，其餘人名均異。

在現代文學作家裡，張愛玲的身世是少見的傳奇，「像七八個話匣子同時開唱」。她的弟弟張子靜就說：「與她同時代的作家，沒有誰的家世比她更顯赫」。那是清末四股權貴勢力的交匯，父系承自清末名臣張佩綸、李鴻章，母系是長江水師提督黃翼升後人，繼母則是北洋政府國務總理孫寶琦之女。都是歷代仕宦之家，家產十分豐厚，然而巨塔之傾，卻也只要一代，在張愛玲父親時，因為親戚佔奪，加上坐吃山空，早成了空殼子。《雷峯塔》與《易經》裡，永遠是付不出的學費，戒不掉的鴉片、嗎啡和姨太太，老宅子裡煙霧繚繞，令人瞌睡……

「雷峯塔不是倒了嗎？」「難怪世界都變了」。這兩句婢女葵花和保母何干的閒話，像里巷街議，也像賈雨村甄士隱在石獅子前笑談榮寧二府。《雷峯塔》（The Fall of the Pagoda）接著是《易經》（The Book of Change），也就可想而知了。《易經》作為自傳小說之名，還真有點凌叔華《古韻》（Ancient Melodies）的味道，也很符合張愛玲書名或標題一貫的雙關意涵。

張愛玲初到美國未久，以一個新人之姿打算用英文發表私我性很高的小說，或許是個錯招，但這並不表示這書沒有可讀性。看得出她是下了功夫的，書中除了加重對白的份量，還原那個時代敗落家族的氛圍，也前所未有的揭開了人性在物質下的幽暗（骨肉手足為了錢，打不完的官司），包括對親情的決絕。這些「不能說的秘密」，從未在張愛玲其他作品中這麼詳盡的被披露過，卻很可以用來理解張愛玲後半生的怪異行徑。

在美四十年，張愛玲不曾再見過任何一個親人，唯一的弟弟張子靜一九八九年和她通上信，得來兩句「沒能力幫你的忙，是真覺得慚愧，唯有祝安好」，張愛玲和好友宋淇、鄺文美夫婦越洋寫信，倒囉囉嗦嗦有說不完的話和問候。《張愛玲私語錄》裡那些機智可愛閃閃發亮的句子，像是一個沒有防備的人在知己前的天真健談。她說：「世上最可怕莫如神經質的女人」，「文章寫得好的人往往不會撿太太」。還有還有——「面對一個不再愛你的男人，作什麼都不妥當。衣著講究就顯得浮誇，衣衫襤褸就是醜陋。沉默使人鬱悶，說話令人厭倦。要問外面是否還下著雨，又忍住不說，疑心已問過他了。」鄺文美形容張愛玲在陌生人面前沉默寡言，不善辭令，可是遇到知己時，就彷彿變成另外一個人，[3]就很能說明張愛玲熱情和孤僻兩面衝突的性格。

一般人總以為父親和胡蘭成是張愛玲一生的痛點，看完《雷峯塔》與《易經》，你才發覺傷害她更深的，其實是母親。「雷峯塔」一詞，囚禁女性意味濃厚，也幾乎有《閣樓上的瘋婦》（The Madwoman in the Attic）的隱喻。雷峯塔囚禁的兩個女人，一個叫七巧，一個叫長安，母女倆同樣戴了沉重的黃金枷鎖，小說早已預示了真實人生。張愛玲《易經》裡有一段描述當年被迫結婚的母親隆重的花轎婚禮：「他們給她穿上了層層衣物，將她打扮得像屍體，死人的臉上覆著紅巾，她頭上也同樣覆著紅巾。婚禮的每個細節都像是活人祭，那份榮耀，那份恐怖與哭泣」，「每一場華麗的遊行都敲實了一根釘子，讓這不可避免的一天更加鐵證如山」。張愛玲描述的婚禮猶同葬禮中封槨釘棺，恐怖已極。她和母親一樣，奮力想掙脫傳統的

3・鄺文美，〈我所認識的張愛玲〉，發表於一九五七年香港，今收入《張愛玲私語錄》，皇冠，二〇一〇年七月出版。

枷鎖，卻終其一生，帶著沉重的枷劈傷了好幾個人。女兒總是複製母親的悲劇，無止無歇，於張愛玲，還加上了對母親的不信任，雷峯塔於是轟然倒塌。

張愛玲帶著這童年的巨創，度衡並扭曲了所有的人際關係，直到人生的終點，還在《對照記》裡纏纏於母親年輕時的美麗，這種愛恨交織的糾結，證明了她從來不曾從母親帶給她的傷害中走出來（倒不是父親或胡蘭成，《對照記》裡這兩男人連一張清楚的照片也沒有）。張愛玲〈私語〉一文曾提到「能愛一個人愛到問他拿零用錢的程度，那是嚴格的試驗」，「母親是為我犧牲了許多，而且一直在懷疑著我是否值得這些犧牲」。在現實人生中，正是這些瑣碎的難堪，尤其是錢，是使她看清了母親，也一點一點毀了她對母親的愛。

《雷峯塔》起首是母親出國離棄了她，《易經》的結尾則是戰事中拼了命回到上海，那棟母親曾住過的公寓。「打從她小的時候，上海就給了她一切承諾」，這句話潛意識裡或有對母親的依戀，尤其是《易經》用了極大的篇幅著墨母女之間，這是張愛玲早期作品不曾有過的。《雷峯塔》起筆於一九五七年，正是她母親去世前後（父親則一九五三年就已去世），是否也說明了什麼？正如七〇年代中期《小團圓》的動筆，也是張愛玲聽聞（親近胡蘭成的）朱西甯欲寫她的傳記，才起的想頭，何不自己來寫胡蘭成？

在《易經》裡，一個首次坦露的具體情節，是母親楊露從國外回來探視正讀香港大學生活拮据的琵琶，當時歷史老師布雷斯代[4]好心資助了琵琶一筆八百元的學費，琵琶將這好不容易得來的一點錢全數交給了母親，後來竟無意間發現母親輕易把這錢輸在牌桌上了。楊露以為女兒必然是以身體作了交換，她催促琵琶親自前往老師住處道謝，之後並偷偷窺看琵琶入浴的身體，想發現異狀，這事卻使琵琶感到羞辱極了。

任何人讀了母女間這樣的對話後，都要毛骨悚然：

「我知道你爸爸傷了你的心，可是你知道我不一樣。從你小時候，我就跟你講道理。」

不！琵琶想大喊，氣憤於露像個點頭之交，自認為極了解你。爸爸沒傷過我的心，我從來沒有愛過他。

再開口，聲音略顯沙啞。「比方說有人幫了你，我覺得你心裏應該要有點感覺，即使他是個陌生人。」

是陌生人的話我會很感激，琵琶心裏想。陌生人跟我一點也不相干。

「我是真的感激，媽。」她帶笑說。「我說過我心裏一直過意不去。現在說是空口說白話，可是我會把錢都還你的。」

——《易經》第一四一—一四二頁

這是一個多時不見母親的女兒，巴巴地轉兩趟公車到淺水灣飯店的對話。何等扭曲的關係，父親叫作「二叔」，母親叫作「二嬸」，比陌生人還緊張防備，時時記得還錢還情，永遠

4．這段情節《小團圓》稍稍提及，沒有細節，歷史老師名為安竹斯。

看到母親在整理行李。琵琶從父親和繼母的家領受到寄人籬下的羞辱，從母親和她不斷更換的男友感到另一種無靠。最後母親告訴她當初被自己的母親逼迫結婚，並暗示了她為何不能如此有所圖報，母女間的信任決了堤。

琵琶不敢相信自己原先居然還想依靠她，在狂奔回宿舍之後，惡夢追逐，痛楚圈禁，一輩子都沒有回過神來。在榮華表象下，她只像小貓小狗般的妝點著母親應有的華美生活，還不如保母何干在廚房絮絮叨叨邊弄吃的邊罵鄉下來的不成材兒子，讓他睡在廚房地上住了個把月才趕他回去。母親沒有愛過她，母親怪別人還來不及呢！

張愛玲在〈造人〉這篇散文裡曾說：「父母大都不懂得子女，而子女往往看穿了父母的為人。」《易經》裡琵琶是這麼說的：「我們大多等到父母的形象瀕於瓦解才真正了解他們。」這難堪的華袍長滿了蚤子，張愛玲第一次近距離檢視自己的生命傷痕，離開了她的上海和前半生後，在自己憧憬的西方世界自我監禁了四十年，與外在環境全然無涉，連與賴雅的婚姻也不能改變這事實。她聚精會神反覆改寫那沒人想看的童年往事，在更換旅館的不便裡，在蚤子的困擾中，在絮絮叨叨問候宋淇和鄺文美的瑣碎裡，直到生命的終結。「許久之前她就立誓要報仇，而且說到做到，即使是為了證明她會還清欠母親的債」。

這是一個太悲的故事。繁華落盡，往事成煙，只留下一個活口來見證它曾經的存在。由於傷重，過早封閉了心靈的出路，張愛玲的創作生命實在萎謝得太快，像她自己形容的，如同看完早場電影出來，滿街大太陽，忽忽若失。她的寫作不僅速度緩慢，也算得上坎坷，六年寫了二十餘萬字，再壓在箱子底四十年，和《粉淚》（Pink Tears）這部英文小說一樣無人問津，也幾乎要白寫了。

真實人生裡，另有一樁更不堪的事，發生在弟弟張子靜身上。一九九五年孤居上海晚景淒涼的張子靜，驟聞姊姊去世，呆坐半天，找出《流言》裡的〈童言無忌〉再讀「弟弟」，眼淚終於忍不住的汩汩而下，在《我的姊姊張愛玲》書裡說：「父母生我們姊弟二人，如今只餘我殘存人世了。……姊姊待我，總是疏於音問，我瞭解她的個性和晚年生活的難處，對她只有想念，沒有抱怨。不管世事如何幻變，我和她是同血緣，親手足，這種根柢是永世不能改變的。」[5]這個事實，在《雷峯塔》裡被無情地推翻了。在這部自傳性很高的小說裡，張愛玲筆下的弟弟不但早夭，而且「眼睛很大」的他，很可能血緣和舅舅一樣有問題：

「他的眼睛真大，不像中國人。」珊瑚的聲音低下來，有些不安。

「榆溪倒是有這一點好，倒不疑心。」露笑道。「其實那時候有個教唱歌的義大利人——」，她不說了，舉杯就唇，也沒了笑容。

這是張愛玲八歲，弟弟七歲，母親（露）與姑姑（珊瑚）剛返國時的對話。在《雷峯塔》卷尾，琵琶逃出父親的家後未幾，弟弟（沈陵）罹肺結核，在父親和繼母（榮珠）疏於照料下

5．一九九五年張愛玲去世後，季季於上海訪談張子靜，與他合作寫成《我的姊姊張愛玲》一書，一九九六年時報出版公司出版，二〇〇五年印刻出版社再版。

猝逝，才十七歲。琵琶覺得心裡某個地方很迷惘，「將來她會功成名就，報復她的父親與後母。陵從不信她說這話是真心的。現在也沒辦法證實了。他的死如同斷然拒絕。一件事還沒起頭就擱起來了」。

弟弟的死，顯然不是事實。真實人生裡的張子靜一生庸碌，唸書時辦了個刊物，向已成名的張愛玲邀稿被拒：「你們辦的這種不出名的刊物，我不能給你們寫稿，敗壞自己的名譽。」熬過文革時期，他中學教員退休，落寞蝸居在父親唯一留下的十四平方米屋子裡，在季季訪問他兩年後（一九九七年）去世。或許血緣之事只是虛構的波瀾，我只想著張愛玲這麼早就下筆這麼重了，假設六〇年代這部小說在美國「功成名就」，或一九九五年她去世時與其他作品一起出版了，一直仰慕著她的弟弟讀了，那恐怕就是震驚，而不是眼淚汩汩而下了。因此我不相信張愛玲一九九二年致書宋淇「《小團圓》要銷毀」是因為顧慮舅舅的兒女或柯靈的感受[6]，她的作品更早就無情傷害過父親、繼母、舅舅許許多多人，以及……弟弟了。

寫作是何等傷人傷己且妨害正常生活的行當，回憶，就是那劈傷人的，沉重的枷鎖。如今張愛玲的第一爐香和第二爐香都已經燒完，故事也該完了。在爐香裊裊中，那個童女彷彿穿越時空異次元，仍然圓睜著四歲時的眼，懷疑一切，並且相信文字永遠深於一切語言，一切啼笑，與一切證據。

6・季季，〈張愛玲為什麼要銷毀《小團圓》？〉，《中國時報》二〇〇九年四月二十三—二十四日。

一

琵琶沒見過千葉菜。她母親是在法國喜歡上的，回國之後偶爾在西摩路市場買個一次，上海就只這個市場有得賣。她會自己下廚，再把它放在面前。美麗的女人坐看著最喜歡的仙人掌屬植物，一瓣一瓣摘下來，往嘴裏送，略吮一下，再放到盤邊上。

「千葉菜得這麼吃。」她跟琵琶說，念成「啊提修」。她自管自吃著，正色若有所思，大眼睛低垂著，臉頰上的凹陷更顯眼，抿著嘴，一口口嚙著。有巴黎的味道，可是她回不去了。

琵琶別開了臉。太有興趣怕人覺得她想嘗嘗。姑姑半笑不笑的說：「那玩意有什麼好？」她在歐洲也吃過千葉菜。

「嗐，就是好。」露只簡單一句，意在言外。

三個人組成了異樣的一家子。楊小姐、沈小姐、小沈小姐，來來去去的老媽子一來就告訴要這麼稱呼。她們都是伺候洋人的老媽子，聰明伶俐，在工廠做過工或是在舞廳陪過舞，見過世面，見怪不怪了。就算犯糊塗，也是擱在心裏。楊小姐漂亮，沈小姐戴眼鏡、身材好。不，她們倆不是親戚，兩人笑道，透著點神秘。小沈小姐比兩人都高，拙手拙腳的，跟老媽子一樣像是新來的。後來才從開電梯的那打聽到是楊小姐的女兒。楊小姐離婚了。沈小姐在洋行做事，不常在家。三人裏楊小姐最難伺候，所以老媽子都待不久。露和珊瑚寧可凡事自己來，而不依賴親戚們薦的老媽子。東方人不尊重別人的私生活，兩人的親戚也都愛管閒事。露和琵琶的父親離婚之後，照樣與小姑同住，姑嫂二人總像在比誰反抗家裏多些。

「她們倆是情人。」露的弟弟國柱笑道：「所以珊瑚小姐才老不嫁。」

遠在巴黎的時候，露就堅持要琵琶的父親履行寫在離婚協議書上的承諾，送琵琶到英國念書，反倒引發了危機。琵琶不得不逃家去投奔母親。

「看著吧，琵琶也不會嫁人。」國柱道：「也不知是怎麼回事，誰只要跟咱們的楊小姐沾上了邊，誰就不想嫁人。」

聽人家講她們倆租這一層樓面所付的房租足夠租下一整棟屋子，可是家事卻自己動手做。為什麼？還不是怕傭人嘴敞。

琵琶倒不懂她們怎能在租界中心住得起更大更好的公寓，而且還距離日軍佔領區最遠。她倒是知道母親回國完全是因為負担不起國外的生活，而她就這麼跑來依附母親，更是讓她捉襟見肘。補課的費用貴得嚇人。而姑姑自從和大爺打官司輸了，不得不找差事，也變得更拮据。但是看母親裝潢房子仍舊是那麼的刺激。每次珊瑚在辦公室裏絆住了，不能趕早回來幫忙裝潢，露就生氣。

「我一個人做牛做馬。」她向幫不上忙的琵琶埋怨。「是啊，都丟給我。她的差事就那麼要緊。巴結得那樣，也不過就賺個五十塊一個月，還不到她欠的千分之一呢。」

她在房裏來來回回踱方步，地上到處是布料、電線、彫花木板、玻璃片、她的埃及壁燈、油漆桶、還有那張小地毯，是她訂做的，仿的畢卡索的抽象畫。

「知道你姑姑為什麼欠我錢麼？她可沒借，」她把聲音低了低，「愛拿就拿了。我的錢交給她管，還不是為了幣值波動。就那麼一句話也不說，自個拿了。我全部的積蓄。哼，她這是要我的命！」

琵琶一臉驚駭，卻馬上整了整面容，心裏先暫停判斷。她喜歡姑姑。

「我有個朋友氣壞了。他說：『根本就是偷，就為這，能讓她坐牢。』」露睒著眼，用英語模仿友人激憤的說話，天鵝般的長頸向前彎，不知怎地竟像條蛇。

「她為什麼會那樣呢？」琵琶問道。

「還不是為了你明哥哥啊。打算替他爸爸籌錢，這個洞卻越填越深。沒錯，愛上一個人就會千方百計想幫他，可也不能拿別人的錢去幫啊！」

姑姑與明哥哥的事雖然匪夷所思，琵琶還是馬上就信了。她想起姑姑講電話，聲音壓得既低又沙啞，幾乎像耳語，但是偶爾仍掩不住惱怒，原來就是與明哥哥講電話。原來這就是熱情的苦果。她還當他們是男女間柏拉圖式戀情最完美的典範呢。那晚陪他們坐在幽暗的洋台上她就是這麼說的。一句話說完，鴉雀無聲，當時她還納罕，所以直到現在仍記得。那年她十三歲。始終不想到姑姑可能會愛上一個算得上是姪子輩的人。再者，他們也不是會戀愛的那種人。即便是現在，她也沒想到去臆測在洋台的那晚他們是不是已經是情人了。她喜歡的人四周都是空白的一片，就像國畫裏的留白，她總把這種人際關係上的空白當作是再正常不過。

她母親在說：「我也不知道反覆跟她說過多少次，只要不越界，只管去戀愛，可是一旦發生了肉體關係，那就全完了。否則的話，就算最後傷心收場，將來有一天兩人再見，即使是事隔多年，也是回味無窮。可是要真有什麼，那就不一樣了。她偏不聽，現在落得個人財兩空，名聲也沒了，還虧得我幫她守口如瓶——何苦來，有時候想想真冤。我這是啞子吃黃連，有苦說不出。我連你舅舅都沒說。他要知道了，他跟你舅母一定會對她不高興，到時候就鬧得滿城都知道了。我也從沒跟你表舅媽說，可是她一定早知道了。她討厭你姑姑，因為她把明哥哥當自己兒子一樣。她把這事都怪罪到你姑姑頭上——也難怪，誰叫你姑姑比你明哥哥大呢。要不是看在我的面子上，你表舅媽根本就不願意跟她有牽扯。她每次可都是為了來看我才上咱們這個門的。」

「那何必還住一塊？」琵琶試探著嘟囔。

「當然是為了省錢。有個體面的住址好讓她在洋行裏抬得起頭來，好讓他們覺得請到了有身份地位的人。」

琵琶聽得一頭霧水。一個月就五十塊錢，還想請個名媛速記員？

「還有一個原因，我們兩個彼此支持了這麼多年，要是鬧翻了，還會讓親戚看笑話。」

「那姑姑會還錢麼？」

「她說幾棟房子賣了一定還，可現在房子全給凍結了。照上海現在的情勢，誰知道哪天才賣得掉。剛回來的時候還以為不用多久就可以回去了，誰知道會困在這裏。現在又添了你。你知道你父親怎麼說的嗎？『她那是自扳磚頭自壓腳。』就會說風涼話。我一意堅持要你繼續念書，因為你別的什麼也不行。每個朋友都勸我不要。有個還跟我說，」說到這，她改用英語覆述，也是瞇著眼，拱著頸項，「『留著你的錢！你不要傻！』」

琵琶本身也對於花她母親的錢到英國念書一事心中不安，可是從別人口中聽到是在浪費母親的錢，那種感受又兩樣。

「別人不了解我為什麼執意要送你到英國不可。我可以讓你在這裏找事做，可是你不是上班的那塊料。有人說索性嫁掉她算了。我是可以——」

你可以？琵琶忿忿的想著。你不是一直教導我為自己著想，當個新女性嗎？

「可是我不喜歡相親。」露接著道：「相親的人心態不正常，你懂我的意思麼？那跟一般的情況下遇見別人不一樣，一般的情況可以看出他們真正的樣子來。」

這跟我有什麼關係？琵琶心裏想。那種吃晚餐、看電影半新不舊的相親模式也許對別人管用，對我可不中用。

「還有人說：萬一她還沒畢業就戀愛了呢？不錯，你很可能在英國遇見什麼人。年青的女孩子遇見的第一個男人總是，哎，好得不得了。」她極嫌惡的道。

「我才不會。」琵琶笑道。

露別開了臉。「嘴巴上說是不管用的。」

「我不會，我就是知道。」琵琶笑道：「再說，我覺得很不安，花那麼多的錢，我得全部賺回來。」

「錢倒沒什麼，我向來也沒把錢看得多重，雖然說我現在給錢害苦了。不像你姑姑，就連年青的時候——你絕對想不到，她會那麼渾渾噩噩、莽莽撞撞的，好像一點也不懂事。當初分家，她已經分到她那一分了，末後又多出了一包金葉子，說是留給女兒當嫁妝的。從前那時候女兒只有嫁妝，不能繼承家產。當然是不能拿雙分。有個長輩說既然這是做母親的特為留下來給女兒的，就該給女兒。又有人說她都分到家產了，金葉子就該分她親哥哥一半，她那個同父異母大哥就免了。你父親臉皮薄，說：『都給了她吧。』我當然無話可說。而你姑姑居然連句話也沒有，就拿了。她就是這樣的人。還不止這件事呢。有時候她在小事上出風頭，像是什麼花樣啦、設計啦、或是送什麼禮最得體的，大家都誇珊瑚小姐真聰明，其實根本就是我出的主意，她竟然也當之無愧似的，一句話也沒有。哎唷！你們沈家啊，真是大名鼎鼎啊——喝，沈家啊！每次我說不，你外婆就把不字丟我臉上。等嫁進沈家，沈家還有什麼？你父親的內衣領子都破了，床單髒兮兮的，枕頭套都有唾沫臭。你大媽當家，連洗衣服的肥皂都缺，而且床單差不多沒換過。那時你老阿媽照顧你，一句話也不敢說——嚇都嚇死了。我得自己拿出錢來買肥皂、買布做內衣。你姑姑那時候十五歲，很喜歡我，一天到晚跑來找我。你父親恨死了。就連我，我倒不是跟他一鼻孔出氣，可連我有時也覺得她煩。這對兄妹真是奇怪。都要怪你奶奶。自己足不出戶，兩個孩子也拘在家裏，只知道讓他們念書。念了一肚子書有什麼用處？到今天你父親只記得從前怎麼怎麼，跟個瘋子一樣，抽大烟，打嗎啡，你姑姑倒做了賊。」

這些年來壓抑住的嫌惡，以及為了做個賢妻與如母的長嫂所受的委屈，都在這時炸了，化為對瑣屑小事的怨恨。美德竟是如此的代價，琵琶也有點寒凜凜的。露仍踱來踱去，痛哭失聲，弄皺了臉皮，輕笑道：

「哎唷！做這種缺德事晚上怎麼還睡得安穩！要依我啊，良心上壓了這麼塊大石頭，就連死都不閉眼。」

琵琶仍然一言不發，沒辦法同情母親，因為她也同姑姑一樣被控有罪。她母親倒不見怪，認為是家族忠誠才讓女兒不願說長輩的不是。

「幫我拿著。」露把一片玻璃豎起來潤飾。

牢騷發完了。

半個鐘頭之後，珊瑚回家來，兩人一面閒聊一面做晚飯，空氣就同平常一樣。琵琶倒時時警惕，不肯對姑姑的態度上有什麼改常，以免讓姑姑察覺她知道了。做起來並不難，因為她對姑姑的感覺其實還是一樣。至於明哥哥呢，琵琶沒辦法將他看成是姑姑的情人，便也沒辦法將他看成是薄倖郎。他還是那個文靜矮小的大學生，每次與他同處一室，一站起來總會使他難堪，因為琵琶已經高他一個頭了。

可是這一向她極少和姑姑講話。姑姪兩人在露面前本就話少，琵琶更不好意思在母親不在附近的時候開口，彷彿是怕懼她。露回國之前姑姪兩人倒是談得挺多的。是姑姑帶著她一步步走入往事，儘管兩人都興趣缺缺。她是個孩子，對大人的事當然不會有多大的興趣。珊瑚也總是笑道：

「問我根本就問錯人了。我哪能記得別人的事？我從來都是聽過就忘了。」表示她不愛蜚短流長。少女時期她既不美又缺人愛慕，回顧過去因而少了戀戀不捨的感情。但就是那種平平淡淡的說法使故事更真實。就彷彿封鎖的四合院就在隔壁，死亡的太陽照黃了無人使用的房間，鬼魂在房間裏說話，白天四處遊蕩，日復一日就這麼過下去。琵琶打小就喜歡過去的事，老派得可笑，也叫人傷感，因為往事已矣，罩上了灰濛濛的安逸，讓人去鑽研。將來有一天會有架飛機飛到她窗邊接走她，她想像著自己跨過窗台，走入溫潤卻凋萎的陽光下，變成了一個老婦人，孱弱得手也抬不起來。但過去是安全的，即使它對過去的人很殘忍。

「哼！從前那個時候！」珊瑚經常這麼忿忿不平的說。不消說，過去的一切都是禁忌。

琵琶對於親戚關係也是懵懂得很。直到最近才知道她跟表舅媽與明哥哥是怎麼個親戚。表舅爺是外婆的姪子。明哥哥不是表舅媽的兒子，但是他卻管她叫媽。

「明哥哥的媽媽是誰呢？」有一天在珊瑚家遇見他，琵琶這才想到要問一聲。

「是個婢女，給燕姨太使喚的婢女。」珊瑚每句話說到末了就會不耐煩的偏過頭去，好似說得已經夠多了。一講起明來，她的聲音就變得低沉沙啞，真有些像哭過後的嗓音。「燕姨太發現了之後，痛打了她一頓。孩子一落地，她就把孩子奪走，把做媽的賣了。」

「表舅爺難道什麼也沒說？」

「他怕死她了。她可是他的心肝寶貝呢。」

「那明哥哥知道他母親現在在哪裏麼？」

「他怎麼可能知道？他還以為燕姨太是他親生母親呢。後來你表舅爺不要她了，明哥哥還哭著哀求他。表舅爺這才跟他說：『別傻了，她不是你媽。』終於告訴了他真相。以後明哥哥就恨死她了。每次她來，表舅媽還留她住，明哥哥氣得要死。」

「從哪兒來啊？」

「北平。表舅爺不肯讓她在上海住，要她搬到北邊去，否則就不給她月費。可是她老往上海跑，想來看他。他怎麼都不見。」

琵琶很能體會表舅爺不是輕易能見到的人。她自己就不曾見過他。

「可是你表舅媽是只要她來從不給她吃閉門羹。表舅媽說是過意不去。可也不犯著那麼客氣——留她住，房子那麼小，還一塊吃喝閒聊。現在燕姨太當然是百般巴結了，開口閉口都是『太太！太太！』從前啊，她哪裏把這個太太看在眼裏過。明哥哥可不理她。她倒纏著不放，少爺這個少爺那個的。表舅媽還責備他：再怎麼說，她小時候照顧過你。好像表舅媽不知道那女人是怎麼對付明哥哥的親生母親的。她就是這樣。雖然她把明哥哥當自己的兒子一樣，明哥哥實在沒辦法喜歡她。」

「燕姨太還是那麼美麼？」

「現在頭都禿了，戴著假頭髮殼子，捲的跟扇貝一樣。她才剛開始掉頭髮，表舅爺就躲著她了。」

「我怎麼從來沒在表舅媽家見過她？」

「應該見過。穿著黑旗袍，還是漂漂亮亮的。表舅爺出了事之後，她來過。」

「他挪用公款坐牢了。」

出了事的意思是出了意外。琵琶沒在家聽說過，而珊瑚也只是說：

琵琶聽人說過表舅是在船運局。有一兩次她聽見父親與姑姑提起他，語氣總是神神秘秘的，不敢張揚，半是畏懼半是不屑：

「最近見過雪漁嗎？」

「沒有，好久不見了。你呢？」

「也沒見過。唉，人家現在可發了。」榆溪竊笑道。「發了」是左右逢源的委婉說法，言下之意是與某個軍閥勾結。

「我聽說他在募什麼基金。手頭上多半還是緊。」

「國民黨政府的錢不夠他揮霍。」榆溪哈哈大笑道。

「哼，那個人啊！」珊瑚扮了個怪相。兄妹兩人露齒呼出顫巍巍的呼吸。

琵琶完全聽不出這番話的弦外之音。她並不知道羅氏一門不准入仕民國政府。羅家與親戚都靜坐家中，愛惜自家的名聲。大清朝瓦解了，大清朝就是國家。羅家男人過著退隱的生活，鎮日醇酒美人，不離烟舖，只要不忘亡國之痛，這一切就入情入理。自詡為愛國志士，其實在每一方面都趨於下流，可是不要緊。哀莫大於心死。琵琶一直都不明白她父親遊手好閒倒還有這麼一個冠冕堂皇的藉口。

她父親的一些親戚就耐不住寂寞。在北方沈六爺入了一名軍閥的內閣。沈八爺也起而效之。不過同樣的旗號只能打一次。北洋政府垮台之後，他們逃進了天津的外國租界，財是有了，政治名節卻毀了。南方的羅侯爺加入了南京政府。革命後二十年，他的名號依然響亮。當然這一場革命委實是多禮得很，小心翼翼保住滿洲人的皇宮。退位的皇上仍舊在他的小朝廷裏當他的皇上，吃的是民國供給的年金。報紙上提到前朝用的說法是遜清。如此的寬厚與混亂在南京政府成立後劃下了休止符。孫逸仙的革命有了真正的傳人。這一次真的兩樣了。然而南京政府一經底定，仍是戀戀於過去，捨不得斬斷與過去的聯繫。羅侯爺得了官位。報紙上刊登了他的照片。他的大名雪漁就如一幅畫。一篇長文報導了壟斷海岸船運的歷史，原是第一任侯爺的得意之作，報上還盛讚創始人的孫子獨具慧眼，克紹箕裘，接任海運局長。

而在虧空一案報上又提到了羅侯爺的祖父，這一次更是大篇幅報導，許多報紙還是頭條，讓羅氏一門極為不悅。

「老太爺又被拖下水了。」珊瑚道。

表舅媽同丈夫分居，只靠微薄的月費維生，完全不沾他的光。這時她去找侯爺的有錢伯父，雙膝跪地，叩頭如搗蒜。

「磕頭，明兒，」她向丈夫的兒子說：「求你曾伯伯救救你父親。給曾伯母磕頭。」

老夫妻拉她起來，溫言安慰她，暗示他們始終就不贊成入公職。福泰的表舅媽帶著明哥哥挨家挨戶磕遍了所有的親戚。明哥哥愛他的父親，可是他痛恨求情告幫，尤其是根本就不管用。所有人都袖手旁觀。

琵琶對旁人一無所知，也不覺得奇怪姑姑會一肩担起搭救表舅爺的責任來。日子一天天過去，這件事卻越拖越久，她在報上看到虧空的款子是天文數字，後頭的零多到數不清。珊瑚對於未出口的問題早想好了答案，顯然也同許多的親戚說過：

「再怎麼說他也是奶奶最喜愛的外甥。」她指的是自己的母親。「她說唯有他還明理。我當然也喜歡他，跟他很談得來。」

「是麼？」琵琶驚訝的道。表舅爺根本是個隱形人。

「是啊。」珊瑚草草的說，撇過一邊不提的聲口。

琵琶很少聽到奶奶的事。露前一向喜歡提「你外婆」。有個故事說的是寡婦被圍困，說的就是外婆和幾個姨太太。可是提起奶奶來，露總是一聲不吭，只掛著淡淡的苦笑。琵琶現在知道母親為什麼不喜歡這位從未謀面的婆婆了。她在婚前就聽過太多她的事，婚後才發現上了當。

琵琶知道的祖父母是兩幅很不相襯的畫像，每逢節日就會懸掛在父親屋子的供桌上方。一幅是油畫，畫著一個端坐的男人，另一幅是女子的半身照片。她倒是挺喜歡這兩幅圖像的，很慶幸不是那種傳統的祖先畫像。祖父很福泰的一張臉，滿面紅光，眼睛下斜，端坐椅上，一腳向前，像就要站起來。祖母面容嚴峻，像菩薩，額上戴頭帶，頭帶正中央有顆珍珠。可是琵琶沒有真正想過祖父母，直到有一天她從父親的吸烟室裏抽了本書，帶到樓下讀。那是一本新歷史小說。

她弟弟進來了。

「祖父在裏頭。」他說，語氣是一貫的滿意自得。每次他有什麼消息告訴她，總是這種聲氣。

「什麼？在哪裏？」

「他的名字改了，我記不得是改成什麼，讀音差不多。」

「祖父叫什麼名字？」她微笑著問。

直呼父母或祖父母的名諱大不敬，可是為人子女仍是不能不知。有時候她好像是故意在吹噓自己的無知。只因為她可以去看珊瑚姑姑，又可以寫信給母親，她就認為自己是兩棲動物，屬於新舊兩個世界，而且屬於新世界要多些。他喃喃說沈玉枋。她年紀比他大。姐弟倆一塊在書裏尋找。

「陵少爺！」他們後母的老媽子在樓下喊。他得到吸烟室去。

「啊？」他高聲應了一聲，因為不慣大聲，聽上去鼻音很重。惱怒的問號像是在說「又怎麼了！」讓姐姐知道儘管挨打挨罵，他並不是溫順的乖孩子。他輕快的起身，藍褂子太大了，大步出了房間，自信只不過是去跑跑腿。

琵琶快速翻頁，心頭怦怦亂跳。誰是祖父？是引誘了船家女的大官還是與年青戲子同性戀愛的文士？

二

小說講了一個又一個的男人。最後一個人物姓王，去參加喪禮。每位賓客都有一名門房迎接，三品以上的官員由兩名迓迎，朝中大臣則是四名。王生看見雲板一響，四名門房上前去迎接一位剛來的客人。他以為是什麼大臣，卻從藍磁頂戴上看出是個四品官，大搖大擺走進來，圓臉，唇面上一道小髭，趾高氣昂的。

「那位是誰？」王生問友人。

「你不認識他？」

他告訴王生他姓沈。幾年前沈玉枋金榜題名，在京城謀得官職。一貧如洗，就要他哥哥假扮僕人，兄弟兩人輪流挑著鋪蓋捲來到京城。他在冷冷清清的衙門裏坐吃乾俸。有一天，吃完芝蔴糕當午飯，吃得口乾，肚子還不飽，就想到那些大官貪污納賄，吃得腦門冒油，而他卻連一頓像樣的午飯也吃不上。他是言官，有直諫之權，所以何樂而不為？便坐下來寫奏摺，直言三名總督，又暗指兩名大臣收賄。他的指控言之鑿鑿，奏摺寫的引經據典，咄咄逼人。太后大為震怒。降級、停職、查辦，接踵而來。沈玉枋食髓知味，從此每日早朝便遞上一分奏摺，每晚再上一封密摺，而且總是參一個倒一個。甚至還槓上了全國知名的羅侯爺，當時的首輔，條列了貪污與無狀的十大罪名。羅侯爺受到懲戒，失去了特權：「褫去黃馬褂，拔去三眼花翎。」宣旨的太監念道。

沈玉枋在中法中南半島爭端開始是主戰派。安南、東京、高棉等中國的藩屬被法蘭西入侵，上表請求援助。朝中大臣分為兩派，一派主張中國無力一戰，一派主張中國這一次決不能示弱，沈玉枋就屬於主戰派。太后下旨命法蘭西自東京撤軍。戰爭爆發。沈玉枋的許多敵人道：

「派沈玉枋去，誰讓他一心求戰嘿。」

沈玉枋自己也請纓上陣殺敵。他侃侃論戰，說得太后也相信了。

「沒準我們就缺的是他這樣的士氣。」太后道。

他受封為欽差，督察水陸兩軍。水師全數是福建人，福建臨海，百姓善於操舟。福建官員看不慣沈玉枋，卻仍是虛與委蛇。中國水師在福建沿海，台灣基隆港外與法軍交戰。砲聲隆隆，嚇得沈玉枋頭頂著銅臉盆，於滂沱大雨中逃回內陸。戰敗消息尾隨而至。他立即上表請罪。福建地方官員將罪責盡歸於他。太后大怒，要斬他的頭，後又改判流放邊塞，永不錄用。

羅侯爺卻不懷舊怨。

「可惜了。」侯爺說。「不知兵的書生，還是當他的言官好。」

羅侯爺資助沈家，饋贈書酒皮裘以抗邊塞的嚴寒。幾年後，敗於法蘭西之辱時過境遷，侯爺代沈玉枋求情，將他從邊塞放了回來。但太后怒氣未息，沈玉枋從此也與官場無緣。侯爺又召他為幕僚。

一天行至侯爺的官署，沈玉枋瞥見一女由室中奔出。

「那是小女。」侯爺道。「沒規矩。不用理她。」

沈玉枋反為來得不是時候而致歉。落坐後他在桌上看見一張紙，赫然寫著「雞籠。」既驚且辱，他拾了起來。是一首詩。

「雞籠南望淚潸潸，

聞道元戎匹馬還……」

語氣沉痛，不無憐憫之情。沈玉枋讀完後，潸然淚下。

「小女遊戲之作有污詩人慧眼。」侯爺含笑道。

「恕屬下放肆，一時忘情。」

「小女剛學作詩。」

沈玉枋恭維了幾句，話題就此打住。但侯爺對女兒的態度卻讓他百思不解，心情激蕩。冒著得罪唯一的朋友暨恩人的風險，他請了一位友人做媒。沈玉枋是鰥夫，年紀又大了一倍。侯爺答應了這門親事，夫人卻極為不悅。

「你家女兒是沒人要了不成，老糊塗？多少人上門求親都不給，蹉跎到如今二十二了。人人都說看他是想撿個什麼樣的好女婿，末了竟然把她許給了一個四十歲的人犯，兒子的年紀跟你女兒一樣大。」

老夫妻爭吵不休，但一對新人婚後卻頗和樂。他們遷居南京，避開京城的官場，建了一座庭園。侯爺送了女兒一筆豐厚的嫁妝。沈玉枋對岳父極為感激。

侯爺始終不忘為沈玉枋謀得一官半職。拳匪之亂引來了八國聯軍，佔領北京城，拒不議和。滿朝官員只信任羅侯爺一人。侯爺已高齡八十，非但疾病纏身，也已失勢多時。朝廷逃往西北，接連下旨，末代皇帝好話說盡，准羅侯爺全權處理和議。侯爺上路時奏請派沈玉枋助同談和，太后並未反對。

侯爺抵達京城，暫居於寺廟。千端萬緒，欲待收拾，談何容易。和約簽定後不久，侯爺即死於廟中。數年後，沈玉枋飲酒過度而死，得年五十有奇。

琵琶喜出望外，問她父親：「書上說的爺爺的事是真的麼？」

「胡說八道。」榆溪嗤之以鼻。

「爺爺跟奶奶不是因為那樣結婚的？」

「奶奶根本就沒寫那首詩，也根本不是那麼相遇的。以前哪可能有那種事。」

「那爺爺真的和法蘭西打過仗吧？」

「去念念爺爺的文集就知道了。——成天就知道看書，可沒看一本正經書。」他懊惱的笑著嘀咕。

末一句話她當作是誇獎。問銅臉盆的事也是白搭，只會惹他生氣。她並不怕父親，只是生理上會有戒心，如同提防火車頭出軌。他總是繞著圈走，搖搖晃晃的，噴鼻、吹口哨、抽烟，從烟舖上起身就抽雪茄，換上汗衫與睡袴，眼鏡後是茫然的目光。

她猜想戰火中臉盆用來代替盔甲倒是不錯，而祖父上岸後千里逃奔仍不丟棄臉盆是為了遮雨。兵荒馬亂的時節應該沒有那個心情去担心辮子會不會打濕，可是她就親眼見過一幫北方的苦力在下雨時四處奔找躲雨處。從他們的呼叫聲聽出是北方人，瑟縮著躲在籬笆下，支著扁担，放心的笑著、驚呼著。他們在北地不習慣雨水。祖父也是北方的農家子弟。

榆溪與提起這本書的幾個親戚談論，糾正書中的舛誤，語氣頗為愉快興奮，沒多久就談起了一八八〇年代的政治紛擾，琵琶完全聽不懂。平常他絕口不提祖父，覺得不值得。倒是他的異母兄長謹池將他們父親的詩文函牘集結印刷，分贈親友，並要自己的兒子捧讀。琵琶細讀這些書，囫圇吞下隱晦的引據，每提及清廷，文中的奴顏婢膝、歌功頌德總讓她難為情。祖父的詩作屬於格外艱深的江西學派，更是堆砌了大量的引據。所有的信札談的都是政治，決不涉及私事，不可能穿透這層層的禮教看清他的真面目。琵琶很遺憾祖父的著作甚豐，卻無法從著作中了解他深一點。他近在眼前，卻高不可攀。她父親只會說是她的古文底子不夠。

「你沒見過爺爺麼？」她問她的老阿媽。

「沒見過。我來的時候老爺早過世了。」

「那跟我說說奶奶吧。」

她思忖了一會兒。

「老太太總愛到園子裏散散步。以前富家太太小腳，都是兩個丫頭攙著走，可是她一聽說桃花還是梨花開了，也一定要出去賞花。」

「還有呢？」

苦思了半晌，她說：「老太太什麼都省，就連蠟燭和草紙都省。」

草紙是最便宜的衛生紙，紙質黃，紙面粗糙。琵琶覺得很難同她那位美麗的官家千金聯想一起。她必定是守寡只有出沒有進，嚇慌了。琵琶有一會兒啞口無言，老阿媽製造的圖像讓她心緒蕭索，有如古墓旁夕陽西風裏，石馬獨立在長草間。

「你記不得別的事嗎？」

「記是記得，可是要從哪兒說起呢？」

「爸爸跟你談起奶奶，你都說什麼呢？他把你叫進去給他剪腳趾甲，邊剪邊談講的時候？」

「還不是想到什麼就說什麼。我現在記不得了。」

下次琵琶去找珊瑚，便問姑姑。

「喔，對了，我看過。」珊瑚說。「那首寫基隆的詩是瞎掰的，奶奶壓根沒寫過。其實就連傳說中奶奶同爺爺的魚雁往返，裏頭的詩也都是祖父代筆的。」

「那其餘都是真的嘍？」

「跟法蘭西開戰是真的。小時候大人都教我們要恨法國人，還教我們恨福建人，說他們都是陰險狡詐的小人。」

「爺爺一直到娶了奶奶才有錢麼？」

「是啊，他一直很窮。」

「奶奶對大爺好嗎？」琵琶委實沒辦法當她是繼室。

「奶奶管教得很嚴。嫁過來的時候大爺已經長大成人，娶了媳婦了，可是還是很怕奶奶。」

「奶奶過世之後，大爺就搶了她的孩子的遺產。」

「那是繼承了奶奶那分家產以後的事。」珊瑚有一會兒不說話。「我是這麼覺得。我們的錢都是羅家給的，我拿來幫表舅爺也是天經地義。」她說，輕輕笑了一聲，頗覺有愧似的。
「我最不捨得就是南京的園子，裏頭有些東西真美。」
「園子還在嗎？」
「現在成了立法院了。國民黨買去了。」
「爺爺的事姑姑到底記不記得？」
「不記得了。奶奶過世的時候我都還是一團孩氣。我只記得她皮膚非常白，有時候有小紅點，不是痣，是小血管爆裂，可是襯著雪白的膚色，真好看。我常拿臉挨著她的身子，磨蹭她。」鏡片後情意綿綿的眼神倒使琵琶震了震。「我一直就討厭爺爺，因為我長得像他。」
「怎麼會？你們一點也不像。而且畫像裏爺爺挺好看的。」
珊瑚微微搖頭，抿著唇笑。「大家都說我像他。」
「姑姑的五官很漂亮。要是不戴眼鏡看得見自己的臉就好了。」
「近視眼不戴眼鏡不好看。眼裏沒光，沒精神。」
「眼鏡不適合姑姑。」
「我倒高興有眼鏡。七表哥有一次從鄉下來，第一次配眼鏡，一戴上就說：『咦，天上真有那麼多星。我老以為他們唬我。』」
「我聽說過。爸爸以前常提。」
「我們都笑死了。」
「我實在想像不出來姑姑跟爸爸在家講笑話。」

「我們不是真的很親。他比我大四歲，隔閡就大了。」

「爸爸為什麼那麼怕奶奶？」琵琶聽老阿媽笑話他有多畏懼祖母。

「奶奶管兒子管得很嚴。女兒就不一樣了。我猜她是把我慣壞了，把我打扮成男孩子。其實我寧可當女孩子，可是太害臊，說不出口。」

「奶奶覺得那樣很可愛麼？」

「奶奶反對纏足。說不定她是要我活潑獨立。我覺得奶奶對自己的命很不滿，她對爺爺不可能有多少情意。」

「小說上說他們婚後很幸福。」琵琶沮喪的道。

「古時候當然是唯父母之命是從，做出幸福的樣子來。」

「奶奶一定很欣賞爺爺吧。」

「當然啦，她父親怎麼說她就怎麼信啊。」

「爺爺過世後奶奶很傷心吧？」

「那還用說。奶奶自己四十六歲就過世了。她誰也不見，人家都說她傲慢古怪，像是把你爸爸打扮得像女孩子。」

「奶奶為什麼那麼做？是怕男孩子難養活嗎？」

「噯、噯，後來他漸漸長大，我想她是特為要讓他害羞，他的打扮讓他太難為情，就避開別的男孩子。奶奶很怕他會學壞了。」

「奶奶就不管表舅爺。」

「外甥不一樣。可是她老說雪漁要是肯多讀點書，就不會有今天。只有雪漁見得著她。他長得漂亮，胆子又大。我記得他到北平去就職之前來過。」

琵琶心裏想，祖母要真喜歡表舅爺這樣子的男人，那她不可能真的愛祖父。真正的愛與了解反而是存在於翁婿之間。

「奶奶說爺爺在世時也喜歡和雪漁談天，而且很高興岳丈至少有這個好孫子繼承衣缽，只可惜他不肯多念點書。」

祖母套用了丈夫的話，珊瑚也借用祖母的說法。「奶奶最喜歡他這個外甥。」同一個男人，痴迷了母女二代，三十年後又陷女兒於毀滅。琵琶理不清這一團亂麻，只覺得姑姑千方百計想要解救的這個侯爺一無是處，不由得生起了敵意。姑姑倒像是女騎士，卻無心將琵琶與陵從後母手中解救出來。

「奶奶年青時候的相片只有這張。」珊瑚取出相簿，翻開第一面。

「喔。」琵琶低聲說。「好漂亮。」

「旁邊是太婆婆。」

太婆婆端坐在門廊上，背後是彫花門。奶奶立著，一手置於椅後。寬大的夏日旗袍直罩而下，小小的綉鞋掩在袴腳下，飄浮浮的，亭亭玉立。雞蛋臉，年青豐潤。頭髮中分，髮線不齊整。唇邊的笑淡淡的，杏眼卻笑意盈然，幾乎透著譏誚。譏誚什麼呢？藏身在黑布下的攝影師？拍照那一剎那抑不住的傻笑？

「照片誰拍的？」

「以前都是把洋人攝影師叫到家裏來。」

「奶奶那時多大了？」

「十八。」

定下終身之前四年。她的笑容看得琵琶心痛。她有權冀望更美好的人生，而不是委身於官場敗將，屈就寥寥可數的相處時光，然後是遺世獨立的庭園，愁悶怨苦，中年就香消玉殞。也難怪她會偏愛迷人的外甥，她這輩子見過幾個男人？

「你怎麼這麼有興趣？」珊瑚突然問道，帶著好奇的笑容。

「我在一本書上看到的。」

「我總覺得到了你們這一代該往前看了，不該往後看。舊時代我們都受夠了，下一代應該不一樣。」

「我不過因為忽然在小說上看到他們的事。」

這些是她可以欣賞的人。她欣賞母親和姑姑，但兩人來來去去，倒像朋友。祖父母卻不會丟下她，因為他們過世了。不反對，也不生氣，就靜靜躺在她的血液中，在她死的時候再死一次。

發現祖輩的事蹟也正巧來的是時候，她正亟需什麼。她恨極了弟弟和老阿媽在家中受的委屈，卻愛莫能助，除非她長大，就算長大了也不知道能怎麼樣。母親一向教導她往西方看，可母親多年不在身邊，西方也隨之落在地平線下。倒是東方的絢爛金彩突然在她眼前乍現開來，雖然在粉刷的牆上看不見出口。

母親一回來，海線又開了，她自己要去英國了。但英國已不是小時候心目中的英國。露描繪得很黯淡，生怕她幻想成是去過好日子。

「留學生大多靠麵包乳酪填飽肚子。乳酪吃多了對身體可不好。學生只有上衣裙子，天冷加件毛衣。什麼都看不見，回國的學生大談巴黎維也納的，我們都笑死了。說的跟真的似的。」

乏人的來回旅程終點是中國的省立大學。

「許多人在裏頭，謀個教職並不難。」露說。

話雖如此，琵琶還是很得意能出洋。露開口總先告訴親戚女兒要到英國，表明帶著女兒只是暫時的安排，怕難為情。露直到如今才在看那本歷史小說，出版時她不在國內。所有親戚都念給她聽過。

「不過是寫書。」她說，加上一聲嘆息。「唉，由我來寫，可寫不完呢。」

露要知道琵琶的祖父母在她心中的分量，肯定會大吃一驚。琵琶住在父親家夠久，深知從往事中尋求慰藉的滋味，不是自己的往事也無妨。她因此而老氣橫秋，與世上最多記憶包袱的國家同聲一氣。她父親成天在他房裏踱來踱去轉圈子，一面不斷的背書，滔滔汩汩，背到末了漫聲吟哦起來。原來這籠中走獸似的踱步也仿的是外曾祖父。奶奶說是好習慣，他也該學學。飯後在房裏來回繞圈五十次。外曾祖父在剿平太平天國戰事方殷之際仍不廢此習性。琵琶憎惡父親的懶散，卻也逃不過這魔咒，家裏的秋思懷舊氣氛。弟弟因此而死，她也險些送命。積習還是難改。她得了肺炎那次也沒有延醫，只關在屋裏。

第一位先生上的第一堂歷史課是武王伐紂。商朝宗室伯夷叔齊這對兄弟不事新朝，隱居山中，不食周粟，以野草維生，餓死在首陽山。先生講完課，琵琶號啕大哭。先生不知如何是好，渾然不覺自己的故事說得多精彩，不免疑心學生使詐，借此罷課。他不作聲，只等候著。弟弟坐在她身邊，假裝不在意，心裏顯然認定她又在賣弄了。她還是哇哇大哭，央求先生往下念。先生一邊念一邊拿毛筆沾硃砂圈點。她為伯夷叔齊兩兄弟傷心，看見他們孤零零在蒼黃的山上採野菜。逆天而行要有骨氣。越是叫你別哭，越是要哭得嗓子沙啞、兩眼紅腫為止。如今回想起來，倒像是什麼前兆，凡是不願隨波逐流的人都要耐得住那份寂寞。

吸烟室裏拿的另一本書上有胡適博士的論文，文中闡述老子是商亡後遺民之後。商朝覆亡之後，宗室利用古老傳統與祭祀的知識謀生，之後父傳子子傳孫，極力迴避當朝的耳目。伯夷叔齊死後若干世紀，他們的後人老子教導世人這支宗族的求生之道，不斷告誡世人心懷驚懼，貼牆疾行，留心麻煩。陰陽不歇的衝突中，老子顯然相信陰是女性，多數時候弱能勝強。琵琶心裏想老子確實是勝過了孔子，雖然官面上推崇的不是老子。民族心理上多的是老子而不是孔子。歷史上天災人禍頻仍，老子始終是唯一的支柱。

三

母親節到了，琵琶從報上知道。她在花店櫥窗外觀望。她母親會了解送花的意義。她最愛芍藥，花形與牡丹類似，但不如牡丹名貴，有牡丹婢之稱。長圓形的花，雞蛋黃似的花心，深粉紅色複瓣，花瓣邊緣像縐紙。瓶裏插的六隻花裏，有一隻最大最美。琵琶打量了許久，這才進店裏指出來。

「那朵多少錢？」

「三毛。」店員笑道，已經傾身去取了。

貴多了。三毛買朵花，還是花裏的婢女。可現在又似乎是最適合母親的禮物，連長相都像。

「這是我送媽的。」她把衛生紙包著的花送給了露。

「好漂亮。」露詫笑道。

「噯，是母親節。」珊瑚忙笑道。

「拿杯子裝水，插起來。莖斷了。」露喃喃道。

花朵太沉重，蒂子斷了，用根鐵絲支撐著。琵琶如遭電擊，熱血直往腦門衝，耳朵裏轟然一聲巨響。壓根沒想到該看看莖。她怎麼那麼傻，上了人家的當？露還一再告誡花錢要仔細呢。

「斷了！」她大哭了起來。

「不要緊，放水裏就好了。」露溫和的說。

「就謝了！」

「不會的。」

這次露倒沒埋怨她粗心大意，丟三落四。芍藥花在她床邊小桌上盛開了好幾天。

她有個英國朋友，叫漢寧斯，瘦瘦高高的，紅通通的臉，是年青的生意人，正在學中文。常請露陪他去看新編正統戲，她會解說戲文。新戲都是愛國歷史劇，演繹中國對抗蠻族入侵的故事，顯然影射日本。戲院擠得水洩不通，演員是一夜的明星，漢奸出場觀眾喝倒采，每一段振奮人心的言詞就鼓掌。日本人的氣息從四面八方吹向他們的頸項，還能享有這等的自由，觀眾無不心情激蕩。漢寧斯是隨著國際志願軍來的，下班之後就打電話來，要帶露去看他打水球。露一邊著裝一邊同珊瑚開心的聊著。

「老是水球。這一次是跟美國陸戰隊比。」

「漢寧斯講話我老聽不懂。」珊瑚說：「嘟嘟囔囔的，一句話吞進去的倒有一半。」

「不對，是話說到一半就笑，笑得後半截都不知道說了什麼。不是好習慣。中國人說話老是講一半不吉利。」

「英國人說話誰不是那樣，總不可能個個都短命吧。」

「噯，洋人可真能流汗。你看過他的襯衫吧？」

「從頸子下面的卡其布都是黑的。」

「跟他聊聊去。」

「他又不喜歡我。」

「他有時候會給別人那種印象，其實他是真正的朋友。」

「英國人只要成了朋友，就會是真正的朋友。」

「可憐的漢寧斯，他真的是個好人。」露說，若有所思。「留神。」她伸手到琵琶背後，從壁磚上剝下一方手帕，按在香水瓶上。

這一刻三人很親密，就如同琵琶小時候，每個人都在該在的地方，琵琶看著母親打扮準備出門，珊瑚在一旁閒聊。琵琶擠進洗手間，免得從客廳門那裏看得到她。

「有誰來了，就說我是你阿姨。」露有一次這麼吩咐她。

「可惜她長得太高了，不然就像了。」珊瑚笑著說。

「漢寧斯沒關係，他知道。」

是不是他勸露別送女兒到英國去？說不定只要是真正的朋友都會這麼勸她，琵琶心裏想。母親的男性朋友她都喜歡，也很為露高興她的模樣很年青。人生似乎變長了，也沒有那麼嚴酷，而不像露掛在嘴邊說的那樣，今天美麗，明天便枯萎死亡。不過年青人就該體貼，在這方面與別的地方為長輩挪出位置來。男性朋友與女性朋友當然沒有什麼不一樣，只有那些老古董會對再平常不過的兩性交往驟下結論。琵琶總覺得母親在離婚前就戀愛過許多次，可她不肯外遇。「愛情是神聖的」，這句話是她那一輩的口號，他們才剛發現愛情與西方世界。這如今早已不同了。愛情在生活中退位了，在移植的過程中改變了。露負責幫姪女們挑男朋友，就這麼抱怨過。

「你還真是投入。」珊瑚道。

「還不是她們的母親，要我介紹歸國的留學生，還非得要歸國的留學生不可。現在又換國柱跟我埋怨：『我聽見客廳裏一個跑一個追，有點不放心。馮先生跟老大在裏頭。我走過門口，瞟了一眼，手都伸進了她旗袍裏，旗袍大襟的鈕子都開了。我一急，就嚷了起來。』我問他嚷什麼。『沒嚷什麼。』他說：『我真是急壞了，大概是喊著要報紙什麼的，後來就叫小的進去陪他們。』」

「噯，時代真是不同了。」珊瑚道：「國柱自己以前就不是好東西，現在倒成了捍衛道德人士了。」

「都該怪那些女孩子，哪有才進大門就讓人登堂入室的。規矩就是規矩，一步也錯不得。」

「我聽見她們說要嫁給高大的人，我自己倒是有點吃驚。」珊瑚呢喃道，又是好笑又擠眉弄眼的。「馮先生不夠大。噯，女孩子家說什麼大不大的！」

琵琶聽得摸不著頭腦。要個高大的男人有什麼穢褻的？

「我們中國人不懂戀愛。」露道。

「所以人家才說一旦愛上了洋人，就不會回中國了。」

「中國男人也不喜歡和洋人打交道的女人。」

「還叫她水兵妹。」

「幸好我不想再婚了。」
「橫是中國男人也不娶離婚的女人。」
「對，他們只知道少女。就說我的丫頭葵花吧，連漂亮都稱不上，國柱成天纏著跟我要。南京的表哥也問我要。這些人，心眼真壞。只要是少女就來者不拒。」
「聽說有些老手寧可要有年紀的女人。」
「那說的是歌女，不一樣。一般來說，少女一定有人要。法國人說少女淡而無味。女人要過了三十才真的顯出個性來。」
過了三十，琵琶草草跟著念了一遍。人生都結束了，還要個性做什麼？她想的不是母親，她是例外。可是驚鴻一瞥法國這青春永駐的國度，看著母親倒身向前，壓在洗臉台上，向鏡子裏深深注視著，有那麼一會兒琵琶覺得窒悶，中國的日常生活漸漸收攏了來，越是想掙脫越收得緊。第一次，她略微懂得為什麼母親總是說困在自己的國家裏。
然而她仍沒有把這事同露經常向珊瑚提起的菲利普這名字聯想在一起。日子一天天過去，露也越來越常把他的名字掛在嘴邊。
「嗳，你真該看看我的菲利普。」她笑道。「多英俊啊！」
「他是念法律的？」珊瑚懶洋洋的問道，像是談過不少次的聲口。
「是啊，現在當兵去了。他們得服兵役。」
「服多久？」
「兩年。他真怕會打仗，說他自己一定會打死。我走的時候，他說再也見不到我了。」

又一次她酸酸的說：「這樣的事，當然是人一走就完了。」

琵琶花了很久的時間才看出母親是同她愛的男人分離，泥足在這裏，債主被迫與兩個負債的人同住。不是發琵琶的脾氣，便是向琵琶數落珊瑚的不是。

「看我在這兒，動彈不得，為的是什麼？名義上是為了你，可是真正的原因呢？噯喲。」她壓抑下嘆息，別開了臉，喃喃自語：「算了。」

她的側面和顴骨石頭一樣，架在金字塔似的頸子與纖細的肩膀上。可誰也說不準她還能美多久。說不定她再也不能以同樣一張臉面對菲利普了。知道是為了自己的緣故，琵琶痛心得很。

每次法國來了信，露就取出她的法語字典。可是回信她總問珊瑚英語。

「我得用英文寫，我的法文還不行。」

有時候她要琵琶幫她想個字。她會拿本書遮住半張信紙，再拿張紙遮另一半，只露出中間一行。寫了一陣子之後，她將信鎖進了抽屜。她這樣是防誰看？顯然是防女兒，她與珊瑚是無話不說的。琵琶從來沒想到這一層，只是不喜歡，每次露鎖抽屜，就別開臉看別處，心裏畏縮著等著聽鑰匙叮叮響。

她把抽屜鎖上，到弟弟家打麻將去了，鑰匙忘了帶去。琵琶進房間來，看見鑰匙插在抽屜上，鑰匙圈晃來晃去的。不知怎地，痛苦漫了上來，招架不住。要是我真幹了什麼，我也要知道是什麼罪過，她向自己說。轉動了鑰匙，開了抽屜。兩封藍色航空信擱在最上層，一封是菲利普的法文信，她看不懂，另一封是露的英文信。琵琶匆匆看了一遍。信上寫著：

「菲利普達令，

收信兩個禮拜了，本想立刻回信，只是太忙，事情太多，公寓要裝潢，連學法文的時間也沒有。你一定會罵我懶。我真想你，達令。你好嗎？……」

結語是「堆上我的愛與百萬個吻，你的露。」

底下一排的×，琵琶以為是為了隔開下文，可底下沒有地方可寫了。信中不像母親的聲口，文字卻意味深長，要飛越重洋的緣故，幾乎像是電報。她趕緊放回去，鎖上抽屜，皇皇然四下張望。

「我們中國人不覺得拆別人的信有什麼。」珊瑚有次這麼說。而露對琵琶說：

「你父親以前老愛拆我們的信。」笑得很溫暖，發自胸膛深處。提起榆溪來她總是這麼笑。

到頭來琵琶也同她父親一樣壞。說也奇怪，這件事上的良心不安抵銷了另一件事上的良心不安，她對菲利普的惡感也消失了。

她考試通過了，還是去不成英國。

「都說隨時會打仗。」露說。

琵琶對納粹、奧地利、捷克只有恍恍惚惚的印象。該訂船票的時候露會知道。

「最好把護照預備好。」露說。

上海孤島裏的人很難從重慶方面取得護照，露托了表妹夫M.H.張，他從前在政府做事，沒跟著到戰時陪都去，可是並沒斷了聯絡。那天薄薄的小黑本子送到家，露高興極了。

「這麼快，」她說：「我真該請張家夫婦過來吃飯。M.H.這事辦得可真是快。」
「他跟你倒是不拿官架子。」珊瑚說。
「我真不懂你們這些人，還說什麼做官。」露笑道。「就算是說笑吧。現在不都民國了。」
給琵琶補課的先生覺得她仍趕得上春季班。開春了，她同其他人還等著打仗。
「現在走不得。」露說，微搖了搖頭。
「是嗎？」琵琶笑道，掩飾心裏的急。
露只又不耐煩的微動了動頭，掉過頭去，板著一張臉。
「我越是看琵琶就越不放心。」她向珊瑚說。「她一個人怎麼過。」
「這誰也說不準。逼不得已了，她也非過不可。」
「你姑姑說的倒輕鬆。」過後露跟琵琶說。「又不是她的心事。」
她的脾氣越來越壞。
「別把壺嘴對著我。」她喊道，抬頭看著琵琶將杯碟擺上桌。「我最討厭壺嘴對著我的臉了。」
琵琶把壺嘴掉過來，朝著自己。沒念過茀洛依德，不知此舉有什麼含意。發揮想像力的話，倒可以聯想成豎起的蛇，或是恐龍的頸子直伸到臉上沒有唇的笑口。露看見她研究壺嘴。
「掉向沒人坐的地方。」
琵琶再把茶壺掉個方向。又多了樁要記住的事。越荒誕反而越容易記住。

「我請張家夫婦和吳家夫婦星期五過來吃飯。」露跟珊瑚說。她和吳先生他們是在法國認識的。里奧納・吳在法國念醫科，愛上了學藝術的緹娜・夏。他在家鄉已有妻室。兩人一齊回國。吳目前在大醫院裏担任外科醫生，到今天還沒能離婚。

「張先生他們知道他們沒結婚嗎？」珊瑚問道。

「不知道，他們都是從我這兒知道有這麼個人的。我請他們四個一塊來是因為我欠他們一頓飯。」

「我也只湊巧想到，你知道張太太可是個標準的官太太。」

「她對我從沒那樣，她一直對我很好。」

「她先生欣賞你，她還很有肚量。」

露哈哈笑。「她說得煞有介事：就連M.H.也直誇你好。倒像是鐵證如山似的。」

「舊派的太太們只要有把握丈夫不會偷腥，就不會放在心上。」

「我早該請他們了，最近籌備婚禮把我忙壞了。」她的大姪女嫁給了馮先生。「唉喲！滿城跑遍了，買衣料，大小姐還不滿意。我這是何苦來，可是他們又什麼都不懂。」

「下一個幾時結婚？」

「你一定是煩透了。楊家人進進出出的，一會這個一會那個。」

「不是，我只煩那些喜期緊張。下了班回家來，大小姐居然在床上哭，擾得人不得安寧。」

「你就是嫌人。你要是一個人住，連隻鬼都不會上你的門。星期五在不在？」

「你要我在？」

「不在多彆扭，我們到底是住在一塊。」

「好吧，要我在我就在吧。」

「我知道你不喜歡張家夫婦。」

「也不算特別討厭。」

「你不喜歡緹娜。」

「唉哎嗳，那個緹娜啊！」珊瑚作個怪相。

「她很漂亮。」琵琶道。

「唉哎嗳，什麼眼光。」

「緹娜有時候確實是不夠大方。」露說。「在巴黎有一陣子眼看著無可救藥了，虧得里奧納器量大。我老要她別那麼常吵架，雖然吵完了和好很甜蜜。」

「人家情人吵架，你老愛攪和在裏頭。」珊瑚說。

「也不知是怎麼回事，麻煩老是自己找上門來。」

「你還能四處嚷嚷，還不算是真正的麻煩。」

「每個人有每個人的做法。」

「我最受不了的是你不介意——好像你自己那種罪還沒受夠。」珊瑚笑著喃喃道，微有些窘。

「星期五早點回來幫我預備。」

「好。」

珊瑚對露的朋友都很小心，不知道拿了錢的事是不是他們都曉得。她自己猜想現在該知道的也都知道了，卻不能肯定誰會有什麼樣的反應。

「我不能推給你一個人。」露回國之前明這麼說。

「這是我跟她的事，」珊瑚這麼回答，「跟你不相干。」

「我不喜歡這種態度。」

「你又能怎麼樣。你爹剛放出來，一切都還千頭萬緒呢。」

「他覺得對不起你。他還不知道露的事呢。」

「最好先告訴他，免得他聽到什麼閒言閒語。嘴長在別人臉上，我不能攔著露要她別聲張。」

「你要告訴她我們的事？」

「不說也不行了，很難說清楚就是了。」

「她一氣，準定會說出去。」

「以前你可不覺得是罪過。」

「還不是礙著爹。他很看重你。」

兩人吵歸吵，卻避開了真正的問題。他爹放出來了，兩人心裏都明白，他是不會跟他爹說要娶表姑的。他好容易才塑造出精明幹練的孝子形象，這一下可不壞了事？表舅爺不再一見他就罵，也真的開始信賴他了。

明和珊瑚沒談過婚事。他曾問過：

「你怎麼沒結婚？」

公寓裏只有他們兩人，還是低聲說話，隔牆有耳似的。誤聽成他說：「你怎麼不跟我結婚？」珊瑚淘氣的答道：

「你沒跟我說。」

略頓了頓，他笑著再問一次：「不是，我是說你怎麼沒結婚。」

兩人都有風度，這件事也就撇下不提了。過沒多久，兩人有了肉體關係，表示她並不想套住他。也為了她的身體比臉蛋可愛，似乎是打破姑姪迷咒的唯一實體，族譜上輩份不對的姑姪。營救表舅爺的事仍繼續進行，兩人攜手同心，不抱太大希望，而是像神話中的愚公，一鏟一鏟移走門前大山。有天清早一開門，山不見了，被他的傻勁嚇著了，飛到另一個省份去了。只不過她是被山壓住了。一邊等露回國，她常想到自殺。她最介意的是兩人的事到末了，明擺明了是個無賴，而她是個傻子。

星期五請客，她確定露什麼都跟緹娜說了。張夫人說不定也知道。但願不是，張夫人即便對人沒有成見都架子十足。張先生至少飽經世故，知道了也不會放在臉上。不料想張先生著意冷落她，珊瑚話才說一半，他就別開了臉。珊瑚想一笑置之，告訴自己單相思的人最是容易為他暗戀的人打抱不平的，看不慣別人對她不好。張先生長圓形的頭禿了，像是雞蛋疊著雞蛋。他搭訕著與吳先生吳太太找話聊，可是他在美國念的書，各擁護各的國家。張先生從美國回來也已經許久了。新舊大陸都找不到兩家都認識的人。圓胖的張夫人也儘可能隨和，還是找不出什麼話跟緹娜說。

「喔，露！」緹娜時時這麼嬌嗔，偶爾還「喔，珊瑚！」她日晒過的臉金魚一樣閃著光，睫毛膏擦得太濃，荷葉邊連身裙顯得很熱，頭髮也顯得熱。香水鬱悶悶的。露今天把頭髮盤得像滾了一圈黑狐毛的無邊帽，臉頰與眼睛有深沉的陰影。她同緹娜都很觸目，都是西式打扮，卻對比分明，比肩一站，華麗奪目，房間都顯得擁擠。琵琶在賓客間徘徊，想縮起來不見人，細細長長的青少年，清湯掛麵的頭髮。她幫著將桌子拼成梅花圖案。露煨了一陶罐火腿雞湯，其他的菜是館子叫的。

「還缺一隻椅子。」露說。

琵琶趕緊到別的房間去找，一張椅子也不剩。她又找了過道和廚房，但是椅子已經全搬去客室了。她得回頭去問母親，她又正忙著張羅客人。琵琶決定要搬動一張小沙發椅，說不定擠得進客室的門。椅子很重，但是她慣常遇到勞作就自己動手。躊躇不前像是還瞧不起勞動，像在父親家裏一樣。她半拖半推，小沙發椅推上了厚地毯，一次只推進個一尺半尺。好容易推出了門，正要推進客室，忽然聽見倒抽冷氣的聲音。

「你這是幹什麼？」露說著朝她過來。

「沒別的椅子了。」

「你是怎麼想的？」露悻悻然，低了低聲道。

「不行麼？」

「你是怎麼想的？」露不滿的說。

琵琶笑一笑，費力將小沙發又推出門。過道沒舖地毯，推起來容易多了，就是吱呀聲太刺耳，把母親的地板刮壞了。露也跟著進了房間。

「別拉地毯，別的東西都會扯下來。誰會想到來拖這張椅子？」

她瞪大眼，仍是驚異不敢置信的表情。琵琶一點一點的推沙發，有時還得把沙發椅抬起一半。

「豬！」露說，轉身回客室了。

琵琶聽見心裏什麼摔了個粉碎。她母親只有另一次罵人豬，很久以前，她第一次出國之前。她坐在梳妝台前，琵琶站在一旁，還沒有桌子高，露為了什麼生葵花的氣。

「豬！」她大罵，掮了她一耳光。「跪下，給我跪下。」

葵花一手撐著梳妝台，跪下來，上半身挺直。琵琶還覺得好玩，葵花短了膝蓋下面一截還那麼高，樣子可笑極了。她頭一仰，哈哈大笑。

「什麼好笑？」她母親輕笑著問。「又跟你什麼相干了？」

她答不上來，只是張大嘴，笑個不住。

「好了，好了，別笑了。起來吧。」露跟葵花說，自己站起來走開了。

那次是她贏了，卻是很久很久以前的事了。

四

有天晚上她跟著母親與姑姑去看表舅媽。表舅媽在丈夫被捕之後就搬進了小衖堂屋子，養了好幾隻貓，隱隱有股貓臊味。昏暗燈光下的白色的小房間使琵琶心情沮喪，為了彌補，她看見書桌上第一樣東西就驚歎起來，是管象牙頂斑竹毛筆。

「不用，真的不用，」琵琶懊悔的說：「表舅媽自己留著。」

「拿著。」表舅媽笑著摁進她手裏。

「拿著，拿著。」

「我用不著，我用鋼筆。」

「拿著，拿著！」

「給你就拿著。」露說。

「忙啊，珊瑚小姐？」表舅媽這才同珊瑚說話，尖酸的聲氣藏不住。

「忙死了，不過忙慣了就好了。」

「她每天都很晚下班。」露說。

「你呢？還打麻將？」表舅媽說。

「最近不打了。」

「可惜三缺一，琵琶不會打。」

「今天我也不行。」珊瑚說。
「改天吧。」露說：「明呢？」
「出去了。」表舅媽促促的說了一句，又接著說：「他現在在中國銀行做事。」
「那真不錯。」露說：「你瘦了。」
「瘦了好。」她嗤笑一聲，沒有笑意。「身上的油都能論斤賣了。」
說不上來是什麼緣故，她的樣子變了，無框眼鏡後的臉黃黃的，坑坑洞洞像剝皮烤栗子。
「身子骨還硬朗吧？」露說。
「前一陣子病了。」
「還看那個大夫嗎？」珊瑚說。
「是啊，關大夫。」
「前一陣子心裏不好受的緣故。」露說。
「我看得很開。」表舅媽又嗤笑道。「操心也是白操心。」
「噯，我也都這麼跟自己說。操心有什麼用，噯唷！」露嘆息一聲。
「打麻將吧？」表舅媽低聲說，誘惑似的。「我來湊牌搭子。」
「不了，今天不行。」
「我掛電話找人來。」
「不了，真的，馬上走了。」
「吃過飯再走。」

餐桌擺在樓梯口。表舅媽不用廚子，是老林媽下廚。飯吃到一半，老林媽上樓來，倚著扶欄站著，並不老，是寡婦，繃著臉，相貌清秀，圓圓的臉上微微有麻點。在這裏許多年了，表舅媽很怕她。

「豆子還可以？」她問。

「炒得真好，」表舅媽說：「老林啊，」她輕聲說，討好似的，「下回還可以多擱點醬油。」

「嗯。」林媽說：「是淡了。」

「不是，不是，豆子有甜味，得多擱點醬油提味。真嫩啊，是不是？」

「是啊，炒得真好。」露說。

「我不敢多擱醬油。」林媽說：「鹹又太鹹了。不能嘗嘗味道，輕重就拿不準。」

「林媽吃素，這裏頭擱了肉。」表舅媽解釋道。

「手藝還是這麼好。」露說。

「總比什麼吃食都讓廚子把鬍子浸到裏頭的強。」表舅媽說。

飯後回到小房裏，林媽進來說：「太太，老爺來了。」

表舅爺一個月來一回，送幾百塊家用來。往常是男傭人送，表舅爺出獄後就自己送。只在客室坐個幾分鐘，問問妻子近況，雖然多少只是行禮如儀，也求個心安，顯然是歷經患難良心發現了。

表舅媽立起身。

「到樓下吧。」

露跟珊瑚互瞅了一眼。「晚點吧，你們先說說話。」

「一起下去，一起下去。」

大家都下樓了，琵琶落在後面，終於能一睹表舅爺的廬山真面目，興奮極了。很難理解就是這個人一手毀了姑姑與母親。

見她們進門，表舅爺站了起來，微微鞠躬，軟裯袍跟著往裏凹，虛籠籠的，像套在骨架子上，瘦得嚇人，倒像是瘦長的老婦人，眼瞼下垂，蒼白內凹的臉上鬍子刮得倒乾淨，臉卻沒洗乾淨，透著蠟黃，頭髮中分，油垢得像兩塊黑膏藥貼住光禿的額頭，還是年青時候的式樣。琵琶反正沒有插口的餘地，好整以暇上下打量表舅爺。他的腳下尤其守舊，還是白襪子，圓頭黑斜紋布鞋，厚厚的白布鞋底。市面上還有賣的？還是家裏做的？她只在一家專賣前清壽衣的商店櫥窗裏見過。聽他說話更是驚詫。一口老媽子的鄉下土腔。羅家人沒有一個人這麼說話了，他卻不覺得該改一改。他正在感謝露與珊瑚的鼎力相助。

「不用謝我。」露說：「我那時還沒回來呢。」

「二位都是女中豪傑，古道熱腸，叫我們這些人都慚愧死了。這些親戚裏面，我總說二位是最叫人欽佩的。」

「那是親戚太少，老鴇子也成鳳凰了。」珊瑚說。

「哈哈！太客氣了，太客氣了，所以說二位最是叫人欽佩。琵琶要到哪兒念書？」

「英國。」露說。

「好極了，好極了，有其母必有其女，前途不可限量。珊瑚小姐，你跟令兄天壤之別，叫我不勝驚訝。世道往往是這樣，陰盛而陽衰。難怪我們的國家積弱不振。」

「反正只要國家動蕩怪女人就對了。」珊瑚說。

「哈！『紅顏禍水，傾國傾城。』不錯，不錯，總是怪女人。」

客室裏烤得慌，他似乎不覺得，帶來的摺扇仍沒打開。

「明不在家？」他這才跟表舅媽說話。

表舅媽清清喉嚨，緊握著兩手放在膝蓋上。「啃。到王家去了。啃。」

「聽說你這一向很活動？」珊瑚問道。

「沒有，我只去扶乩。」

「我倒沒看過。」珊瑚說。

「沒什麼道理，不過是消遣。」

「扶乩是什麼？」琵琶低聲問珊瑚。她早就不理會什麼靈魂轉世，永生之流的說法了，倒是還抱著一絲希望，有什麼通靈的方法能證實超自然界存在。

「跟碟仙差不多。」珊瑚說。

「就是頂上有把手，底下有根棍，在沙盤上寫字。」表舅爺說。

「靈驗不靈驗？」珊瑚問道。

「那得看乩仙了。扶把手的有兩個人，可是得聽乩仙怎麼解釋。」

「就是神仙顯靈預言吧？」珊瑚問道。

「也不總是預言，可以只念首詩給一個人，他也以詩唱和。」

「聽說要是仙姑的話，還能調笑幾句。」珊瑚說。

表舅爺笑笑。「有時候神仙還會為了有人不敬罰他磕頭。」

「你被罰過嗎？」

「沒有，幸虧還沒有。」他笑著喃喃說，眼睛看著地下。還是舊腦筋，懂得包涵女子有些不敬的言語，而且總是格外體貼婦女似的殷勤的畫清該守的界線。

「乩仙說中過嗎？」露問。

「這就難說了。有個神仙老是不請自來，不預卜將來，只是寫些歪詩。問得緊了，就只說：啟駕天目山——與老子相約賞樹。」客人聽得笑了。「過兩天不來看看？我們只當聚會，消遣而已。」

「你太客氣了。不是說你要出山了嗎？」珊瑚說。

「沒有，沒有的事。打哪兒聽來的？」

「是誰說的呢？橫是有些耳風刮過。」

「沒有這回事。就算重慶政府要我，我這副身子骨也去不了。」

「不是要你在這裏出來？」

「你說的是日本人？沒有，沒有。國家到這步田地，我的身體又這樣，我只要閉門謝客，安享晚年，於願足矣。」

「要是別人不放過你呢？」

「不會，不會，真的，沒人找過我。日本人還不到饑不擇食的時候，哈哈。」

「你可是有聲望的？」

「什麼聲望？說不定還有幾個朋友會說某某人並沒有那麼不堪。可我要是跟日本人攪和在一塊，連他們都沒辦法幫我說話了。不會，我不行。不會。」

表舅媽自始至終一聲不吭，只隔些時便微嗽一聲打掃喉嚨。表舅爺走後，她像是很高興，表舅爺很給面子，待那麼久，又同她的客人聊了那麼多。上樓後露說：

「他氣色很好。」

「是啊，氣色不錯。」表舅媽道。

略頓了頓，珊瑚問道：「現在是誰，還是老九？」

老九並不是第九個姨太太，而是堂子裏的排行。

「是啊，她跟得最久。」表舅媽道，又嗤笑了一聲。

「她年紀也不小了。」露道。

珊瑚道：「當初跟他就不年青了，已經是第二次從良了。」

「明恨死她了。」表舅媽道：「每次去找他爹就得見她的面。我啊，我跟她是井水不犯河水，誰也不礙著誰。不像從前的燕姨太，住在同一個屋子裏。住在一塊我也跟燕姨太沒什麼，畢竟她先來。」

表舅爺娶表舅媽之前是鰥夫，有三個姨太太。為了表示他是真心誠意要重新開始，別的姨太太都打發了，只留下最寵愛的燕姨太。

「她待得最久。」珊瑚說。

「我記得嫁過來的時候，她還跟我磕頭，我要還禮。」表舅媽含笑半呢喃道，彷彿回到當年那個胆戰心驚的新娘子，說著悄悄話。「他們哪肯啊。老媽子一邊一個早扳住了，僵得我像塊木頭。娘家早就囑咐了跟來的人，不讓我一開始就錯了規矩。壓伏姨太太，後來人人都說新娘子好神氣，一寸也不肯讓。雪漁先生氣壞了，面子上不肯露出來，我才剛進門的緣故。過後幾天燕姨太過來套交情。新房裏有一溜彫花窗。我說：『好熱，把窗打開。』偏巧老媽子都不在跟前，燕姨太就拿了靠牆的黃檀木棍，支起了一扇窗。回房後哭得不可開交，說是把她當成傭人。嗳，又哭又鬧的。雪漁先生氣壞了，可是也沒說我什麼。」

這晚他來攪動了她的心湖，覺得需要解釋為什麼是今天這個景況。她吃吃竊笑，眼睛欲眨不眨的，彷彿有什麼私房話，不時點頭，道：

「他們都說現在要是不立規矩，將來就遲了。嫁過來還不到一個月，他就不大跟我說話了，我也不曉得該怎麼辦。他們都那麼勸。除了陪房的老媽子之外，我在這家裏一個可以依靠的人也沒有。所以我就跟他大吵，鬧著要自殺，拿頭去撞牆。誰想到屋子那麼老，把牆都推倒了。」

珊瑚道：「是啊，我記得聽他們說新娘子的力氣大，發起脾氣來，只一推，牆就倒了。」

「你不是跟燕姨太處得很好嗎？」露道。

「那是後來，日子久了她才知道我沒有惡意。雪漁先生帶我們兩個到北京去上任，我真高興能躲開，自己過，不和夫家住一起。一離了屋子，燕姨太也懶得立什麼規矩了，我也不介意，正合我的心意。」

露笑道：「你真是模範太太。」

「不是，是我早下定決心要跟他。女以夫為天。後來有天我哥哥打電話來，那時已經有電話了，裝在燕姨太的院子裏，接電話的傭人莽莽撞撞的。我哥說：『叫你們太太講話。』傭人就問：『東屋太太還是西屋太太？』我哥一聽脾氣就上來了：『放屁！什麼東屋西屋，就是你們太太，叫她講電話。』『你自己來吧，我鬧不清你找的是哪一個。』『好，我跟你主子算賬去。』他氣得馬上跑過來，打了雪漁先生一巴掌。燕姨太正好在旁，也挨了兩耳光。我也待不下去了，只好回來跟婆婆住。」

「愛管閒事的人就是太多了。」珊瑚道。

表舅媽笑道：「有時候我就想要是沒人插手，說不定不會到今天這步田地。」

「大家少管點閒事就好了。」露喃喃說道。

表舅媽瞧了瞧對面，琵琶正和貓玩。

「那次他病了。」她低聲道。「只有那一次，搬回來養病，我照顧他，住了好兩個月。我老覺得能有個孩子就好了。可是明就住在隔壁房裏，十三四歲了，雪漁先生當然覺得不好意思。」

「怪到明身上不太可笑了。」回家後露向珊瑚道。「想跟老婆好，男人哪會顧忌那種小事。」

「他常講『胖子要得很哩。』」珊瑚道。

「男人。這樣說自己老婆！」
兩人在浴室裏，還以為琵琶睡了。
「老叫她『胖子』，她只是豐滿了點。」
「她的臉蛋長得甜，兩人根本不相配。」
「她講話那樣子，老是怪別人不好。」
「要怪都要怪周家，硬挜給他，又一開始就站錯了腳。」
「我還是頭次聽見她說自己娘家的不是，以前可容不下一句難聽的話。」
「最好笑的是她對燕姨太倒是一點舊怨也沒有。」露笑道。
「燕姨太每次來，還好得很，說：『人家現在倒楣了。』」
「聽起來，在北京住的日子倒還是最幸福的。」
「她只求能跟著雪漁先生，別的都不計較。」
「跟他們打麻將的那個男人不曉得是怎麼回事。」
「什麼男人？」
「聽說是燕姨太拉攏的。」
「對了，我彷彿也記得有這麼回事。」
「正格的，有人動雪漁太太的腦筋，怕她不做傻事。」露說。
「也難說，說不定她只是裝得世故。從前那時候沒有什麼，人家也能聽見風就是雨的。」
「不知道究竟是怎麼回事。最有可能是燕姨太想要她，看她出洋相。」

「難說。」珊瑚哼了哼。
「我沒敢問。可別低估了雪漁太太，有些事她絕對守口如瓶。」
「我倒很詫異，今晚跟我說了這麼多話。我知道她討厭我。」
「開始有點僵，慢慢的就熱絡了。」
「雪漁先生來了的緣故。」
「她處處都怪別人，雪漁先生還只顧著跟我們說話，沒理她，我緊張得不得了。」
「在雪漁先生跟前，她從來不開口。」
「她那個僵，看了都難過。」
「還一直清喉嚨，真受不了她啃啃啃的。」
「我就怕跟她打麻將，一著急就左搖右搖。一輸就搖，越搖越輸。」
「以前她輸也不怕，那陣子也是缺錢。」
「以前她真好玩。」
「自從雪漁先生出了事，她就變了。」
「可是還是那麼急驚風似的，像那回到北高峯看日出，半夜三更就起來了。」
「還把大家都叫醒。」

琵琶記得跟他們到西湖北高峯去玩。傍晚表舅媽帶她到飯店外散步，買柿子。表舅媽有點難捉摸，同她出去比跟別的大人出去更刺激。琵琶那年十歲，已需要放慢步子配合表舅媽的小腳。以前纏足，後來放了，趿著綉花鞋，嘴上不停安慰，半是對自己說的：

「這裏的柿子好。在哪兒賣呢？喜不喜歡吃柿子？正對時。販子都在哪兒呢？這條街應該很多的。難不成是走過頭了？」

街燈剛亮，照不清杭州城的寬敞馬路。潮濕的秋天空氣、陌生的漆黑城市，琵琶興奮極了，卻察覺出表舅媽的不滿。這才明白表舅媽寧願別人陪，不要孩子在身邊。除了丈夫之外，她愛過別人嗎？琵琶希望她愛過。她的七情六欲都給了這個命中注定的男人，畢生都堅定的、合法的、荒謬的愛著他。中國對性的實際態度是供男人專用的。女人是代罪羔羊，以婦德補救世界。琵琶讀到魯迅寫男人也許不抵抗盜匪和蠻夷，然而婦女若是不投井投河以避強暴，倒是痛哭家門不幸。荒淫逸樂的空氣裏，女子的命運卻與富饒土地上的窮人一樣，比在禮教極端嚴格的國家尚且不如。不過這些都算過去了，琵琶心裏想著。表舅媽已是古人。琵琶沒想到她母親也只比表舅媽小十歲，但差十歲就完全兩樣。她的小床一頭抵著牆，一頭抵著冰箱，嚓嗄嚓嗄的叫，引擎嗡嗡轉，碗盤叮噹響。彷彿她已經搭上了往英國的船，把中國的哀愁抛到腦後了。

冰箱不響了，只聽見露輕笑道：

「怎麼能開口問那種事——問人家是不是漢奸。」

「秋鶴說的。」

「秋鶴可能是想托他找事。」

「有可能。幫過滿洲國，他橫是也染黑了，再跳進染缸也無所謂。」

「你怎麼不幫他說話？他欠你的。」

「他矢口否認，我怎麼幫？」

「他就只差指天誓日了。你看是真話嗎？」

珊瑚只是哼了哼。

「他現在手頭一定很緊。難道在跟日本人送秋波？」

「誰猜得透他？」

「明說不定知道，可惜他不來了。」

靜默中水流聲嘶嘶響。兩人不再說話，琵琶也睡著了。

一個星期之後，表舅爺又上了報紙頭條，比上次坐牢的新聞還大。琵琶在上報之前就知道消息了。珊瑚剛下班，電話就響了。

「喂？……是。」她低聲促促的說，省略了招呼稱謂。一定是明。

她緘默的聽著。「嗯……嗯……對……現在怎麼樣？……嗯……問問醫生她受不受得了？……她當然會怪你瞞著她。她娘家人怎麼說？……我剛進門……打電話給周家，看他們怎麼說，你起碼能回個話……你現在當然心亂如麻……當然……好。」

她掛上了電話。

「雪漁中了槍。」她跟露說。「在寶隆醫院。」

「天啊，是誰幹的？」頭一句話引的法語。

「不曉得，兩個槍手，都逃走了。」

「傷勢嚴重嗎？」

「昏迷不醒了。」
兩人壓低聲音說話。
「他跟日本人的事是真的了。」
「看樣子是真的了。」
大家都知道漢奸就怕人暗殺。
「告訴雪漁太太了嗎？」
「問題就出在這兒。她又病了，心臟病，明不敢跟她說。」
「等她知道了一定很生氣。那時候你們忙著把雪漁先生救出來，什麼都瞞著她，已經傷了她的心了。」
「這一次跟我不相干。」
「萬一他有個好歹，她卻沒能見他一面呢？」
「明就是為了這事左右為難。」
「這話我不該說。他這陣子人影不見，一出事就又來找你。」
「我也是這麼想。可是好人都做了，就做到底吧。」
「你自己的事自己最清楚，我不過是白說說。」
屋裏大禍臨頭的空氣使琵琶不敢多問。得等明天的報紙。她不担憂，只覺得刺激。頭條排得很勻稱，一邊寫他身中三槍，一邊寫兩名槍手仍在逃。報導用的是文言文，起得倒審慎：
「昨日午後四時半，前航運商業局局長羅雪漁方步出麥德赫司脫路某屋，竟遭兩名槍手伏擊。羅氏涉嫌虧空公帑，前厄未艾，又逢新殃。該屋一樓為功德林素菜館，二樓設一扶乩法壇。羅氏虔誠，每日必來。昨聚會之後，羅氏正欲登車。一人身著西式白衫黃卡其長袴由後縱身上前，連開數槍。另一人身著白衫海軍藍長袴由鄰屋竄出，亦向羅氏射擊。羅氏應聲倒地，臥於血泊。槍手趁亂雙雙逃逸，隱入大馬路方向。巡捕抵達現場後，驅離圍觀人等，召來救護車，將羅氏送入寶隆醫院急診室。羅氏之汽車夫幸未受波及，與數名目擊證人均帶往巡捕房詰問……」

下文描述表舅爺傷勢嚴重，又簡述了他的軼聞舊事，他的祖父，他自己的官場經歷：前清的官職與國民政府內疑雲重重的局長任職。

「出獄之後，羅氏隱居西摩路自宅，不問世事。然暗殺一事只恐與政治有關，或有蛛絲馬跡可尋。」

刊登了張模糊的照片。看似焦油四濺，竟像鮮血，又太黑，不像照片本有的。傍著汽車躺在地上的是個穿中國長袍的人，只一隻著舊式鞋襪的腳格外分明，九十度角伸出來。

珊瑚下班回來，帶回消息，表舅爺下午過世了。明打電話到洋行給她。

「是誰幹的，還不曉得嗎？」露問道。

「藍衣社。」珊瑚短促的低聲說。

「藍衣社？」琵琶問道。

「蔣介石的秘密組織。」

三人都默不作聲，羞於漢奸之名。琵琶更是驚懼兼而有之，滿足了她想要發生驚天動地的大事的渴望。

「他們是怎麼知道的？」露低聲道。

「只是猜測，沒有實據，看起來像是藍衣社的手法。準是跟蹤他好幾天了，摸清了他的習慣。」

「日本人呢？」露說：「會不會拿了他們的錢，又害怕了？」

「日本人不會這麼快就放棄。前後不會太久，他才出來沒多大工夫。」

「誰想得到他會有今天，求神問卜了半天也沒能算出來。」

「他的眼漏光。」珊瑚輕聲說，很窘似的，她還會相信這種事，覺得慚愧。

「怎麼樣叫漏光？」琵琶問道。

「眼珠邊的眼白多。」

「不好麼？」

「說是主橫死。」

隔天傍晚明來了，帶來最迫切的問題。遺體現在在太平間。後事怎麼辦？太草草只會坐實漢奸的污名，唯有把後事拖下去，必要時拖上個幾年，也不算希罕的做法，等有了錢找到合適的墓地墓碑再說。等醜聞淡了，籌款也容易些。可是該暫時停靈在哪一家？老九的房子大。然而周家維護表舅媽的大太太地位，堅持要把棺木運到她家裏。她委屈了這麼些年，人死了至少該歸她了。老九得講道理，否則就跟對付燕姨太一樣，也賞她幾個耳刮子。明說周家的意思是暫且瞞著表舅媽暗殺的事。萬一她下樓來看見了棺木呢？經不起這樣的噩耗。

周家覺得老九是條子，守不住，暫時停靈在客室裏，誰曉得會有什麼場面。死者為大，不應再受辱。另一個辦法是暫借個寺廟，每年送點香火錢。可是萬一表舅爺的敵人想用他來殺雞儆猴，很難說會做出什麼事來。不犯著周家援引歷史典故，說什麼「鞭屍三百」。寺廟是公眾場所，只有一個人張羅，棺木等於沒有保護。

棺木終於送到了表舅媽家裏，緊接著又是喪禮的問題。太盛大怕引人側目，甚至招惹麻煩，從簡又顯得鬼祟。明又來找珊瑚討主意，決定在城裏的寺廟舉行，只請最少的僧人來念佛，不請道士。顧忌的是表舅媽，正病著，不能讓她發覺，喪事辦得太大，怕風聲吹進她耳朵裏。明還得在報紙上刊登訃聞，得迴避表舅媽訂的那份報紙。白帖子也分送各親朋好友，傳統的「壽終正寢」四字也得換掉。

「我該問問榆溪叔，我聽說榆溪叔現在喜歡替人料理喪事。」他說。哭泣又缺乏睡眠，眼睛紅通通的，可是現在與珊瑚又是朋友了，又恢復了譏誚的老樣子。

琵琶剛巧在旁邊。「真的？」她驚詫的說。

「是啊，引經據典的，講究照規矩應當怎樣。」

琵琶震了一震，既同情又駭然。閒散了一生，父親居然找到這種事做！不費他什麼，自抬身價，又護守著唯一不受質疑的傳統，感激涕零的遵守著，還是來自權威人士的指點。可他的熱心背地裏還是招來嗤笑。

「你就去問他啊？」珊瑚道。

明答道：「他只當我藉故來借錢呢。」

喪事的花費老九不肯出，氣棺木不擺在她家裏。表舅爺生前若是拿了日本人的錢，明被蒙在鼓裏，老九也推得乾乾淨淨。明在家裏見過一兩次日本人，沒當一回事。他和老九日日討價還價，周家人背地裏說他看老九有錢拼命巴結。這話可能有弦外之音，誰讓他有通姦的記錄。表舅媽也氣他，她病得這樣，都不來看她一次。明裏外不是人，只能找珊瑚商量。

談著談著總會靜默一陣，明怕珊瑚會談起自己，向他訴苦。可是珊瑚讓他放了心。她要這件事優雅的結束，以後回想不覺得心中有愧。明還偷偷跟她說表舅媽想看他結婚。怕自己病重，她跟明說趁她還有口氣在，能看他結婚最好。明從不跟女孩子約會，可是親戚會介紹。他推說沒有錢。表舅媽當然不知道表舅爺過世了，服喪中不能結婚，還以為他是推搪她，為了珊瑚的緣故。

「我只要求你不要在上海結婚。」珊瑚笑道。否則她得參加婚禮。

他答應了。

「我得辭去銀行的差事，那是國立銀行，得先等一陣子，以免太明顯。我想到北方去，可是媽病了，走不成。」

「你要在北方找事？」

「事有了，看祠堂。」

「怎麼看？是修補還是照顧族裏人？」

「我自己就是個需要人幫的族裏人，利用這機會可以四處看看。」

「那裏親戚多，也可以幫你做媒。」

「現在還談不上，連飯都還吃不上呢。」他笑著喃喃道。

「你想娶什麼樣的女孩？」珊瑚不曉得為什麼要自己找罪受。為了像西方人一樣坦然？不，也為了兩人一生像寄人籬下的孤兒，找到了彼此，以肉體滋養對方，互相鼓勵對方自由、自然、自私。即便是現在她也感到得意，明能夠坦坦蕩蕩談起別的女人。

「不用漂亮的，像琵琶吧，很年青，不諳世故。」

「那是自然，你崇拜了你父親一輩子，該別人來崇拜你了。」她笑道。

「我不是要人崇拜，只是想可以讓我有責任感，給我動力重新做人，自立更生。」

「我不曉得你喜歡琵琶。」

「我一直都喜歡她。」

明來露很客氣，卻總躲著，琵琶也是。怪的是，琵琶不記得姑姑與明哥哥的事。很難想起他們曾是戀人。他們家裏都是這種態度，父母孩子、兄弟姐妹，老覺得別人很天真，不懂情愛，總是情願相信沒有這類的事。

五

公寓頂樓是共用的洋台，卻沒有人想用。方方的烟囪與用途不明的大混凝土塊襯著藍艷艷的天，赤裸裸的形狀。露有客人來喝茶，琵琶總帶本書上來。最近來的是法國軍官，布第涅上尉。有次是琵琶開的門。他立在門口，不作聲，下巴緊貼著白色制服，像極了父親書桌上的拿破崙半身像，只是更漂亮。她硬叫自己別再想了，吃下午茶的客人走後，她從屋頂下去，房裏有走了味的氣息與香烟味。她母親戀愛了真好。愛情像香烟，二十歲便可以抽，三十以後世故相稱，二十歲之前可抽不得，除非是像表姐妹她們，什麼也不能做，只能一心一意找丈夫。

頂樓上很舒服，就是荒蕪的水泥與天空總害她口渴。她坐在一塊水泥樁上看書，什麼也不想，事情卻自然而然跑出來，站在空空的地板上，環繞住她，蹲著的幾何的形體，靜悄悄的，在她心裏一言不發，卻是存在的。有次她納罕住得這麼痛苦，姑姑為什麼還要和她母親同住。她為什麼也一樣？帶累母親犧牲自己，還不時提醒她？這麼一再的等待歐洲局勢明朗。延宕的殉難還不如一槍一了百了。她應該出去找事做，自己養活自己。她快十八了。大學錄取證明和高中文憑一樣管用。不，她不能放掉到英國的機會。那就別臉皮子薄，她告訴自己，別光是痛苦卻什麼也不做，太可鄙了。越是痛苦，越是可恥。我們是在互相毀滅，從前我們不是這樣的。別將她整個毀了。從屋頂跳下去，讓大地狠狠拍你一個耳光，奪走你的生命。她沒低頭看七層樓下的人行道，但人行道就在下面，幾分鐘的距離，也不過是另一個混凝土塊，攤平了的，周圍這些彎腰駝背蹲著的沉默形體，影子投在夕陽下，一樣的真實。你啊，貪戀著無窮無盡的轉世投胎，給你一條命都嫌多。她要是知道該說什麼的話，就會這麼向自己說。

她計算不出母親為她花了多少錢。數目在心裏一直增加，像星雲，太空數字，幾乎要像表舅爺虧空的公款一樣多。她不知道現在怎麼能一走了之，也不知是繼續這麼過下去的藉口？可是跟露講她不想到英國了，露會怎麼說？一開始就反對讓女孩子出洋的親戚又會怎麼說？她父親與後母呢？跳下去，讓地面重重摔她一個嘴巴子，摔聾了，聽不見別人的閒話。

事實俱在，她母親幫助她，她還不知感激，也不再愛她了。她不像明哥哥，崇拜他父親，為了自己怎麼也比不上他。親子關係，半認同半敵對，如同裝得不好的假牙又癢又搖，她和母親都不習慣。拜倒在別人腳下是對人類尊嚴犯罪。往往也是愛，可是一牽扯上愛，許多事是罪惡。她之所以反感可能是因為她對母親的愛不夠，現在又像是人家讓你進了後台，就幻滅了。不公道，她曉得。

比發脾氣更讓她駭然的是只要一點小事就能讓她母親滿足。降價的連衫裙，漢寧斯或布第涅上尉的電話，她的聲音會變得又輕又甜，就連向琵琶說話也是，有時還發出喘不過氣來的少女傻笑。女人就這麼賤？像老媽子念寶卷上的話：

「生來莫為女兒身，

喜樂哭笑都由人。」

琵琶儘量不這樣想。有句俗話說：「恩怨分明」，有恩報恩，有仇報仇。她會報復她父親與後母，欠母親的將來也都會還。許久之前她就立誓要報仇，而且說到做到，即使是為了證明她會還清欠母親的債。她會將在父親家的事畫出來，漫畫也好，毆打禁閉，巡捕房卻不願插手，只因蘇州河對岸烽火連天。她會寄給報社。說不定巡捕會闖進屋子去搜鴉片。

她會投稿到英語報紙，租界的巡捕房才會注意。她以看過的佛經畫為摹本，一捲卷軸，以連續圖說故事，同樣的魔魘似的人物一再出現，屋外蘇州河北岸鬧北大火。這幅畫就名為「蘇州河南大戰」。她找出最長的紙，仍是不夠長，得再接一截，附上短箋，向編輯解釋。她投稿到露與珊瑚訂的美國報紙，刊登出來就能看見。

每天揪著心翻報紙，三個星期過了，她也放棄了。幸喜沒有告訴她母親姑姑，現在只懼怕畫稿退回來，她們會知道。她雖未要求退稿，對方可能會好意的退回來。每次有人揿門鈴，她第一個衝去應門，唯恐是郵差。

有個星期六信來了，露與珊瑚在家。主編署名霍華．科曼，說是漫畫下週日上報，只盼她不介意截短成四格。隨信附上了四元，還請她有空到報社一晤。

「太好了。」珊瑚道：「什麼時候畫的？」

「只是鋼筆畫。」

露神情愉快，沒作聲。

「聽來倒像他能給你個事做。」

「跟他說你要到英國念書。」露道。

「反正還在等著走，我可以先找事做。」琵琶道。

露略搖了搖頭，不贊同她的話，眨眨眼，毫無笑容。

「我一個美國人也不認識。」珊瑚道，若有所思。「總以為不會喜歡幫美國人做事，薪水是高點，可也隨時可能丟飯碗。」

「就算要找事做，也不能做這一行。」露喃喃道，不以為然的話音。

「有人認識這些美國記者就好了，偏偏周圍的人沒有一個認得。」珊瑚半是自言自語。

「我不喜歡美國人。」露道：「自來熟，沒認識多久就直呼你的名字，拿手摟著你，亂開玩笑。」

「而且還是弄不清楚你跟他們到底算什麼。」珊瑚道。「美國人的事難講，他們是莫測高深的西方人。」

「這麼些美國記者來，是要報導戰事的？」

「他們淨寫酒排間醉酒的事。」

「『血衖堂』是他們造出來的吧？一點也不像中文。」

「不是他們就是水兵。」

「『惡土』，也是他們胡謅的。」

琵琶等著聽有什麼轉圜的餘地，讓她能到報社工作。當編輯部的漫畫家突然間成了她的夢想。可是也可能讓她母親說對了，她不懂怎麼跟這些人相處。她賣出一幅畫，剛在母親心目中加了幾分，別現在就扣分了。

「要我打電話說不去麼？」

「還是寫信吧。說你得出洋念書，不能找事做。」

「他沒提給我工作啊。」

「姑姑會教你寫。」察覺到她的失望，露又說：「能靠賣畫謀生當然很好，可是中國不是畫家能生存的地方。問緹娜就知道。到巴黎學畫的留學生回來，沒有一個靠賣畫生活的。」

「除非能在外國成名。」珊瑚說。

「那是虛無縹緲的事。」

「國畫的市場還是有的。」珊瑚說。

「這都很難說。好當然是好，只是——」露做了個非難的手勢。「有了英國學位，不怕沒依靠。」

「麥卡勒先生說香港的維多利亞大學不壞。」珊瑚喃喃說出萬不得已的建議，不看母女二人。「不用考試就能入學。」

「就是可惜了，都等了這麼久。」露說。

「他說大學非常的英國作風。」

「嗳，再說吧。等也等了這麼久了。」

琵琶頭痛發燒，病倒了，該怎麼回謝報社編輯這種小事，也看似迎刃而解。

「讓姑姑幫你打電話，說你病了，不能去。」露說。

珊瑚打了電話。漫畫刊登在星期日報紙二版頭頁，佔了半面。幾天後，布第涅要來吃飯，琵琶仍病著。珊瑚說好了到表姐家吃飯，帶著琵琶。露得取消與布第涅上尉的飯局，撥電話去又找不著他。他的安南傭人不曉得他幾時回來，又不太會說法語，露的法語也不行。

「光會喊不在家！」她學傭人講法語的聲氣。

不確定傭人聽對了沒有，也不知電話號碼抄對了沒，她隔一個小時就撥一通，接電話的老是那個安南傭人。第四次之後，她進了客室，琵琶躺在沙發床上，準備再給她測體溫，卻失聲喊了起來：

「你真是麻煩死了。你活著就會害人。我現在怕了你了，我是真怕了你了。怕你生病，你偏生病。怎麼幫你都沒用，像你這樣的人，就該讓你自生自滅。」

琵琶正為了病榻搬進了喜歡的房間，沾髒了這個地方，聽了這話，頭腦關閉了，硬起心腸不覺得愧疚。珊瑚五點之後回到家。

「我撥了一天電話，找不到布第涅。」露跟她說安南傭人的事。

「那他還是會過來吃飯。」珊瑚說。

「誰知道。他要聽到留話，會打電話過來。」

「琵琶燒還沒退？」

「是啊。也真怪了，就是退不了。」

「不少天了。」

「得請伊梅霍森醫生過來看看了。」

伊梅霍森醫生下班回家順道過來，仍是笑口常開的老樣子。離開前露跟他在過道上談了幾句。

「說是傷寒。我問是怎麼感染的，他說是吃的東西。我說我們吃得很乾淨，準是在外頭吃壞了東西。

「我幾天沒出門了。」

「那你前一向吃了什麼？」

「沒什麼，就是平常吃的。」

「那可不怪了？」她向珊瑚搬救兵。「那麼處處留神的，她還得了傷寒。國柱又好笑話了。他老說一條街都吃遍了也不見怎樣，越是小心反倒又生病。」

「是抵抗力的關係。」珊瑚說。

「一定是外頭的東西不乾淨。」

「明天上班前我去拿藥。」

「醫生說最要緊的是別吃固體食物。」露轉頭跟琵琶說：「什麼也不能吃，一小口也不行。聽見了吧？腸子會穿孔。」她囁嚅著說，窘得很，彷彿說到內臟很穢褻。過了一會兒，又道：「小心一點，不算大毛病。」

「有名目的病就不是小毛病。」珊瑚輕快的說。

「說不定住院會舒服點。再看看吧。」

「醫生要她住院？」

「哪個醫生不喜歡人家住院。」

門鈴響了。

「喔，布第涅來了。」露呻吟。

「這麼早？還不到七點。」她不動，等著露去應門。

露拎著花籃回來了，花籃和她快一般高。

「樓下的人，說是送錯了，才想到是我們的，花都蔫了。」

「開電梯的上個星期一就拿來了。」珊瑚說：「問有沒有一位陸小姐，我跟他說沒這個人。他說要問問樓下的勒維家。」

「噯，還有卡片呢。怎麼會送錯呢？」

「該怪我，我沒想到會有人送花給琵琶。」珊瑚不屑的把鼻子略嗅了嗅。

露將信封給琵琶。「報社送來的。」

「真客氣。」珊瑚說。

琵琶將信箋抽出來。

「親愛的琵琶，

祝你早日康復。

霍華・科曼上。」

她還給母親，讓她看。露隨手接了，垂著精明的眼睛，眼皮上多了一條摺子，顯得蒼老。

珊瑚把花籃往床頭拉。「這可值不少錢呢。」

她噎住了沒往下說。琵琶知道姑姑是要說與其花錢送花，不如多付點稿費。也囁嚅著接口道：

「可惜蔫了。」

「我不怎麼喜歡送花。」琵琶說：「外國的玩意。」

露把短箋還給她。「那。最好馬上答謝人家，都快一個禮拜了。」

「對，人家會怎麼想啊？倒像得罪了你似的。」珊瑚說。

「還是打通電話吧，珊瑚。說清楚是送錯了，再告訴他發高燒，是傷寒。」珊瑚出去了。

琵琶鬆鬆揑著短箋，一隻手擱在枕頭邊上。不犯著再看也能一字不漏背下來，像是對畢生傑作的最高禮讚。給他的印象一定很深，送的這個花籃即便是花朵鮮麗的時候都有點荒唐，當她是「蘇州河南大戰」的戰鬥英雄，英勇負傷，奄奄一息。她看著枯死的大麗花，像黑色捲起的爪子，菊花如乾掉的拖把，劍蘭縮扭得像衛生紙，唯有邊緣沾著點橘色。喜悅轟隆一聲冒上心頭。發燒燒得臉紅腫，現在像鍍金的神像般亮澄澄的。

露在拾掇屋子，慢條斯理的，像是疑心一出房間琵琶就會再把信看一遍，甚至還吻幾下。她轉過來，看著她。

「行了，花又不是送給你的。」

琵琶瞪著她。兩人都聽出這話沒道理。露決定不解釋，略頓了頓，再開口語氣較為溫柔輕快。

「我出去吃飯，姑姑在家陪你。」

「好。」琵琶道。

露走到過道上。珊瑚剛掛上電話。

「他怎麼說？」露問道。

「沒說什麼，只說很遺憾是傷寒。」

「我再也想不透她是怎麼病的。」

「要不要再打電話給布第涅？」

「你先打電話給表姐，今晚不過去了。琵琶病著，不能兩個人都不在家。」

「你要出去？」

「還不知道。」

「喔——布第涅要是來了，你們就出去吃飯。」

「是啊，伊梅霍森也問了我。」

「他剛來的時候？」

「噯，他說今晚跟他吃飯，琵琶住院的費用他會付。」

「真高貴。」

「到他家裏。」

「啊，你去嗎？」

「我早就知道他不安好心。」

「現在又乘人之危。」

兩人都有點窘。露到浴室化妝，珊瑚倚著浴室門。

「他家在貝當路上。」珊瑚說，翻閱著心裏的備忘錄。「一直單身。」

「誰知道，說不定在德國有太太。」

「他來中國三十多年了！」
「就連那時候別人也對他一無所知。」
「噯，他一定都七十了。」珊瑚吃吃笑，懼怕什麼似的。
「外國人不顯老。」
「許四小姐以前都是找他。」
「是肺結核嗎？」
「是啊。許四小姐說除非快死了，否則他不會把你當一回事。」
「他是鐵石心腸的那種人。」
「你不回來，要不要報巡捕房？」
「我還沒決定去不去。」
「你跟他怎麼說的？」
「說我會考慮。我要他答應別打電話來。」
「吊吊他的胃口？」
「打電話給你表姐就是了，得有個人在家裏陪琵琶。」
「早點知會她就好了。」珊瑚去打電話。
「這個琵琶，真是會找麻煩。」露說著輕聲一笑。
珊瑚倒震了震，露一向反對將金錢與愛情混為一談。可是說她露又會說：我困在這裏怪誰？再者，她是為琵琶犧牲，局面又不同。

布第涅趕在露出門前打電話來，取消了飯局。隔天下午她帶琵琶到醫院，住進了私人病房。伊梅霍森醫生晚一點來巡房，露還沒走，正和護士攀談。他的態度變了，很豪爽，像主人在自己家裏待客。

「啊哈！」他跟琵琶說：「舒服嗎？多有耐心，兩手老是疊著壓在心臟上——」他模仿琵琶的姿態，兩眼往上吊，像聖人。「這麼文靜，動也不動，真是聽話的病人。」

琵琶微笑，手指放平了，被單不再往上拱。病中無聊，但除了靜候痊癒，也無可奈何。她不担心，知道這場病也會像以前幾次有驚無險。晚上一人躺在白慘慘的病房裏，沒東西可看，連道閃光都不曾掠過。隔壁有個女人微弱的聲音呻吟了一夜。所有動靜都仔細的關門擋住了，只有呻吟聲鑽進來。黎明將近，再也承受不住了。她要死了嗎？琵琶心裏想。不會，似乎有經驗老到的聲音回答，要死沒那麼容易。她弟弟死了，可是是兩回事。在她父親的房子裏什麼事都有可能發生，吸烟室像烟霧彌漫的洞窟，他和鬼魅似的姨太太躺在榻上，在燈上燒大烟，最後沉悶的空氣裏冒出了他的蜘蛛精似的繼室。外頭的生活是正常的。病人噢咻呻吟，如此而已。果然，天一亮也安靜下來了。一日之計開始，盥洗吃藥。

「隔壁病人是誰？」

「年青女孩，跟你一樣年紀，」年青的護士詫異的說，「也是傷寒症。」

「她呻吟了一個晚上，吵得我睡不著。」

「她今天早上死了。」她喃喃說，不很情願的聲口，只不想再聽琵琶抱怨。

「什麼？」

「腸子穿孔。」她的臉色一暗，像負傷受驚。「哎，慘啊。不過跟你不一樣。」趕緊又接上一句。「她呢——不像你，你運氣好。」

這巧合得有點嚇人。她不想給分錯了類，放進這死亡的孵化箱，裏頭有一排排小小的隔間。只是這顆蛋不會孵化，這是顆石頭。她自己修鍊成了百毒不侵，跟在父親家裏一樣。整整兩個月，她忍受醫生最喜歡開的玩笑，模仿她的手交疊在胸口。最後他終於有了新的花樣。

「啊，星期五是好日子，可以吃東西了。我記得日子，天天釘著日曆。」

星期五珊瑚帶了雞湯來，隔天露帶來雞粥，兩人輪流來。她聽說表舅媽病重。她出院之後，她們帶她去看表舅媽。那是夏天某個晚上。死亡在這棟小屋子裏格外真實，比醫院還真實。上樓就與死亡擦身而過。客室的燈亮著，她們都往裏看。一年前和表舅爺說話的悶熱小室變得與小教堂一般，靠牆的渦卷桌上擱著蠟燭香爐牌位。抬高的棺木與桌子呈直角，像寫了個丁字。黑漆棺木上了層廉價的厚漆，棺蓋往後退，像船頭，給人一種在移動、奮力向前的錯覺。棺木上罩了張紅色舊毯子，馬背上披著毯子似的。地上一隻軟墊，隨時都可以為逝者祝禱。另外三面牆邊仍擺著黃檀木椅，小茶几，茶几上有烟灰缸，大小沙發罩著布。房間給人的感覺既陰森又樸實。她覺得很難往腦子裏吸收，房裏的擺設已經維持了將近一年了，像顆未爆彈，樓上的女主人毫不知情。

「琵琶應該給表舅爺磕頭。」露低聲說。

「等一會兒吧。」珊瑚說：「這兒又沒人。」

林媽在樓梯半途上招呼她們，眼睛哭得又紅又腫。

「太太怎麼樣？」露輕聲問道。
「好一點似的。」可是淚珠卻滴了下來。
「她始終都沒下樓來？」珊瑚問道。
「哎呀，好幾次想下樓，有什麼道理攔著她？春天好像好多了。我費了多少工夫才攔住她呢。」
「苦了你了，林媽。」露道。
「可不是呢，楊小姐，我每天提心吊胆的。」
房子仍散發貓臊味。這是表舅媽的房子，她就要離開了，而她心愛的男人躺在樓下的棺材裏。琵琶覺得死亡似乎應該不止這樣。
羅家年青一代的一個媳婦聽見了聲音，站到樓梯口來。
「我以為是明來了。」她低聲道。
「還有誰在這兒？」珊瑚問道，寒暄過了。
「都來了。」
「周家人也在？」
「全部都在。」
「她怎麼樣？」露問道。
年青的媳婦把露往旁邊一拉，沒什麼道理，只是強調是機密。「說是要沖喜。」
這是死馬當活馬醫了，讓家中的獨子結婚，好讓喜氣把死亡沖出去。

「明怎麼說？」露問道。

「麻煩就在這兒，他不肯。大伯母都想死了。」

珊瑚不作聲，另外兩人也儘量不看她。

「趕著結婚只怕也難找到對象。」露道。

「對象倒是很多，就是他不肯。」

「明呢？不在家？」珊瑚大聲道，打斷了兩人說話。

「出去選棺木。周家覺得先預備下，沖一沖也好。」

這又是另一種的做法，孤注一擲，特為的觸霉頭，以毒攻毒。

「她的腦筋還清楚嗎？」

「很清楚，像是在等人。」

「等雪漁先生？」露低聲問道。

年青媳婦點頭。「病了一年了，從沒來看望過一次。」

「她沒疑心什麼？」

「沒有，提也不提。恨死了。」

出於對尊長的敬意，她不說「恨死他了」。靜默的片刻裏，只覺恨意籠罩了每一個人。

「都已經這樣了，索性跟她直說算了。」露說。

「我也是這麼說，他們現在就在裏頭商量。」她朝後面的房間勾了勾下巴。「跟她說了，讓她也心安。可是怕這麼一驚嚇，吃不住。誰敢說。」

「明的意思呢？」露問道。

「他倒是不置可否，我看他根本挑不起什麼担子。大伯母把他當親生兒子，拉拔到大，現在也該拿出個兒子樣來。」

露勸解道：「明也有他的難處。他是做兒子的，母親又生命垂危。」

「話是沒錯，可是現在是他拿主意的時候了，他是兒子啊。」

「進去吧。」珊瑚道。

林媽先進病人房間去探過，這時立在門口等她們。三人進去了，羅家的年青媳婦也進了後面的房間。

房裏唯一的光源是一盞枱燈，拿報紙摺成燈罩。枱燈四周藥瓶子閃爍著微光。房間另一頭燃著一炷香，散發出古寺的寂然。

「今天好些了，雪漁太太？」露問道。

「噯。」表舅媽輕聲說，在枕頭上微微點頭。

「快別說話，看累著了，我們只是過來看看你怎麼樣。」珊瑚道。

「快秋天了，你的病馬上也會好起來。今年夏天太煩膩了。」露道。

「眼鏡。」

林媽幫她戴上眼鏡。薄窄的金屬框戴在她臉上，顯得太寬了。鼻子邊變深的紋路使她淡淡的笑變得尖酸。

「我自己也病了。」露說：「琵琶也剛出院，珊瑚洋行裏忙，不然我們老早就來了。」

「洋行裏洋人去度假了，缺少人手。」

說這些做什麼，琵琶心裏想，她只想知道一件事，這件事會讓天堂與地獄截然不同。

「房裏太熱了。」雪漁太太虛弱的說。

「不會，不會，這房間涼快，朝南，是不是，珊瑚？」

「朝東南吧？」

雪漁太太懶洋洋的，表現得冷淡，眼皮在眼鏡後向下搭拉著。

「我們走了，過兩天再來看你。」露說。

年青的羅家媳婦在外面等她們，攙住露和珊瑚的胳膊。

「表舅和表舅媽請兩位進去，想問問你們的意見。」

「哪有我們說話的份？我們是哪牌名上的人？」她們兩人都說。

可是還是讓自己給請進了會議室。琵琶也跟了進去。她沒見過表舅媽的哥哥嫂子，倒是見過了她的姪子外甥跟甥姪媳婦。表舅媽的哥哥滿頭白髮，一臉落腮鬍，同露和珊瑚說：

「兩位是她的好朋友，是不是覺得該跟她說實話？」

「這事沒有我們插嘴的餘地，我們是外人。」珊瑚道。

「尤其是我，連親戚也談不上。」露囁嚅道，說的是她已經離婚了。

「我們都是外人。」她哥哥道：「我們姓周，她姓羅。」

「舅舅是大媽自己人。」一個羅家人道：「舅舅決定的事，沒有人會反對。」

「這是你們羅家的事。」

「大媽最相信舅舅啊。」

「她是你們家的人，我不能担這個責任。」

「我們更担不起，我們是小輩。」

「明還沒回來？他是兒子，該由兒子作主。」

讓他們吵，乾脆我溜出去告訴表舅媽，琵琶心裏想。我不在乎，我不是這個小圈子裏的人，我什麼也不是。可是我欠她的情，她對我很好，到現在她還惦著我，還費勁的越過我媽的頭頂跟我說話。我會到病人房裏，除了林媽以外沒有別人，表舅媽怕她，我可不怕她。可是她還是怕林媽，林媽名正言順，保護垂死的病人不受打擾。她也怕攪擾了奄奄一息的病人，已經入土一半了。

露和珊瑚在告辭。還有時間衝進去，趁著有人攔下她之前，告訴表舅媽。可是露會怎麼說？事情已經夠多了，不犯著再讓她去攪混水，讓她母親公然在親戚面前丟臉。大家會說她沒規矩，難怪她父親會那樣待她。她跟著母親姑姑出去，到了樓梯口，很感到挫折，像一根沒有重量的指頭用力的戳，穿不透一張薄紙。下個兩級樓梯，從欄杆上一俯身就能看見棺木，但是表舅媽卻永遠不會知道，彷彿另一人的死亡是在她自己死亡的一年後，還是一百年後，兩者並沒有差別。永恆封閉了這短短的數階。

琵琶再見到表舅媽已是去廟裏參加她的喪禮。到末了，沒有人跟她說。露沒去，因為沈家人會在。

「你爸爸最近也不知忙什麼，」珊瑚向琵琶說：「先前在親戚家見過他，誰也不理誰，可是他要見著你，不知道會怎麼樣。」

喪禮一切從簡，大殿一隅只擺了張供桌，一整天弔唁的客人進進出出，向亡者磕頭。明在孝幃後磕頭回禮。等著磕頭時，珊瑚同站在附近的客人閒談。琵琶看見了楓哥哥，天津兩個叔叔家的大孩子，兩個叔叔長得很像，她不太分得清誰是楓哥哥的父親。小時候到天津，他已經十來歲了，跟現在的樣子就差不多了，高個子，很有威風，玳瑁框眼鏡，長臉有紅似白，難得開口說話。有一次他奶奶要他帶琵琶與她弟弟到書店，隨他們買想買的東西。琵琶的阿媽跟著去，怕他們亂要東西。楓哥哥看過了一些紙鎮、羅盤、自動鉛筆，在玻璃櫃下閃閃發光，琵琶看著覺得像是科幻小說裏的玩意，水晶似的光遊移閃爍。楓哥哥什麼也沒買，她很失望。店夥極為巴結，顯然認得他是總長的兒子，楓哥哥草草嘀咕幾句。琵琶不曉得他生什麼氣。他現在結婚了，是政治聯姻，岳丈是他父親政壇上的盟友。他的妻子耳朵有點聾，他也沒抱怨，卻執意要與家庭脫離關係，在上海一家銀行找到差事，帶著妻子獨立生活。珊瑚認為他很了不起。

「他像是兼具了新舊兩種道德觀。」她說：「現在這些年青人正相反，家裏的錢是要的，家裏給娶的老婆可以不要。」

楓哥哥楓嫂嫂與秋鶴站在一塊，見了琵琶招呼了聲，照樣說著他們的話。

「這裏的事情一了結，明就要到北方了。」秋鶴在說。

「是麼？」

「北邊情況怎麼樣？」

「大不如前了，到處都是日本人。」

「六爺還是隱居不出？」

「爸爸誰也不見，就是這樣還躲不過麻煩呢。」

「日本人找麻煩？」

「多半是舊日的部屬來借錢。」

「幸虧內閣的人不像從前的官，他們不帶槍。」

「也有人帶了，好看家護院，有的跟日本浪人混在一塊。」

「我爸爸來沒來？」琵琶低聲問楓嫂嫂，她矮而不嬌小。

她笑笑沒應聲，穩穩的站著，握著雙手，長得漂亮，門牙有點齙。琵琶倒弄糊塗了。不該問起她父親嗎？即便他們不贊成，她離開父親家也不是新聞了。

「她耳朵不好。」楓哥哥轉過來說，難為情的樣子。

琵琶老是記不住楓嫂嫂是半個聾子。她對這類的事情沒記性。楓哥哥以前跟她說過同楓嫂嫂說話要大聲點。她又忘了。看見他困窘的表情，琵琶很過意不去。他顯然很在意妻子的聽力缺陷。

「我是說，」她大聲問，突然察覺寺廟裏人人輕聲細語，囁嚅著說完，「爸爸不知道來了沒來。」

「我沒看見榆叔。你呢，秋鶴叔？」

「沒看見。」

珊瑚朝他們過來，點頭招呼。楓哥哥似乎沒看見她，轉身就走了。琵琶覺得奇怪，沒多留意。楓嫂嫂喃喃叫了聲珊瑚姑姑，珊瑚和秋鶴談了幾句話。

「來吧，輪到我們了。」她向琵琶說。

兩人上前去，一前一後磕頭。後來搭某個羅家人的便車回去了。

星期六露要到張家打麻將。早晨琵琶走過房間，吵醒了她。她再回頭睡，卻睡不著，中午起床氣呼呼的。

「睡得不夠我的眼皮就不對。」她說：「偏揀著今天我要出門。」

珊瑚回來了。露出門了，下午的公寓竟多了份奇怪的祥和。這是可愛的夏日，空氣中有秋天的氣息。詭異的寧靜感分外明晰，連珊瑚都坐立不寧。

「想吃包子。」她突然說道。

琵琶正要說她去買，又想起珊瑚雖然加薪了，手頭並不寬裕。

「自己來包。」珊瑚說：「想不想吃包子？」

「想死了。很難做嗎？」

「不難，不難。」

「沒有餡子。」

「就拿芝蔴醬和糖吧。」

「好像不錯。」她急著幫忙把東西拿出來。「沒發粉。」

「沒有了？」

「沒了，該拿的都拿出來了。」

琵琶把糖摻進芝蔴醬裏攪拌。「我沒吃過芝蔴醬包子。」

「我也沒有，沒做過包子。」珊瑚半是向自己說，輕輕一笑，不好意思似的。「不曉得做成什麼樣。」

「沒關係，我喜歡吃包子。」

屋裏濃濃的稠稠的寂靜繼續溺愛著她的耳朵，就連碗盞都不響。

「我老記不住楓嫂嫂耳背。」她說：「前天我又忘了跟她說話要大點聲。」

珊瑚現出了傷慘的神色。

「他假裝沒看見我，不知道為什麼。」

「啊？我以為是他近視眼，沒看見你。廟裏很暗。」

「不是，是故意冷落我。他們初來的時候，我非常幫他們的忙，幫他們找地方住。我以為他是年青一輩裏最好的一個。」

「他為什麼要那麼對你呢？」

「誰知道。自從和你大爺打官司之後，我就遠著親戚了。他們護著你大爺，我也不會因為這樣就對他們另眼相待。連你表舅媽都捨不得跟大爺斷了這門親。『可惜了的，一門好親戚，』她是這麼說的。」

「她真那麼說？」

「是啊。這種事情真叫我寒心。」

「我都不知道。」

「你跟你爸爸鬧翻了，她都嚇死了。一句話也不敢說。你出來後，她沒問過你，是不是？」

「是啊。」

「她才過世，我實在不該這個時候說。」

聽姑姑說話，琵琶才漸漸明白楓哥哥為什麼會是那種態度。準是聽說了明的事。珊瑚也知道原因，只是找話掩飾。她可曾疑心琵琶知道？說不定她以為露就只沒跟她說。琵琶若是知道，同住這麼久，不可能沒有什麼表示。

蒸籠水開了，冒出白色蒸氣。珊瑚水龍頭開得太大，嘩的沖進調麵盆裏，濺了她的眼鏡。她摘下眼鏡擦，琵琶看見她左眼皮上有條白色小疤。

「這是傷口嗎？」

「是你爸爸拿烟槍打的。」

琵琶愕然。「什麼時候？」

「我上次去的時候。」

「鶴伯伯陪姑姑去的那次？」琵琶被禁閉的第一天，姑姑就趕去救她。她聽見樓梯上有人揚聲吵架。

「就是那次。他從烟鋪上跳下來，拿大烟槍打我，打碎了眼鏡。我還到醫院去，縫了幾針。」

「我都不知道。」琵琶低聲道。

「幸好碎片沒扎進眼睛，否則就瞎了。」

「姑姑連提都沒提。」

「沒提麼？你一逃出來我就告訴你了吧。」

「沒有。」

「大概是太激動，忘了。」

琵琶想換作是她母親決不會忘了說。

「我都沒注意到。」她微弱的說。

「好像也沒有人注意到。」

珊瑚不太高興的聲口。

包子出屜，小小灰灰的。少了發粉，麵沒發起來。

「餡子真好吃。」琵琶道。

「噯，還不壞。」珊瑚道。

琵琶喜歡這些包子。皮子硬得像皮革，她偏喜歡吃，吃在口裏像吃的是貧窮。我們真窮，她心裏想。眼淚湧了上來。珊瑚心不在焉的咀嚼著，沒注意。

六

這年夏天過後，英法對德宣戰，就在開學之前，琵琶還有時間可以到香港維多利亞大學註冊，最後一分鐘入學。露安排讓她與比比・夏斯翠同船。比比是印度人，給她補課的先生與琵琶是同一個，也念同一所大學。兩人通過電話，一直到坐船才見面。露和珊瑚到碼頭來送行。三等統艙的旅客不能請客人上船。她們在炎熱晴朗的碼頭上張望，看見了這家印度人。

「你是比比？」珊瑚上前去。「我是琵琶的姑姑。」

比比的父親戴著土耳其帽，母親頭髮挽成髻，穿歐洲式連衫裙。幾個兄弟都很國際化，與上海城裏的歐亞混血兒或葡萄牙人沒有兩樣。比比胸部鼓繃繃的，捧著兄弟送的紅色康乃馨。她個子嬌小，嬰兒臉，膚色金黃，大大的眼睛。她幫大家介紹，一陣握手寒暄。

「琵琶什麼都不懂，要靠比比多照應了。」露說。又花了一刻鐘的工夫和夏斯翠家攀交情，就跟琵琶住院她極力敷衍醫院護士，為的是讓她得到特殊待遇。琵琶記下了比比父親的綢店住址。最後夏斯翠家的人挨個親吻了比比。

「倒像個能幹的女孩子。」露側到一邊向琵琶低聲說。「身邊有個人很有好處。」又大聲說：「好了，該走了。現在開始要小心了。」

「我走了，媽。我走了，姑姑。」

「多保重。」珊瑚說，伸出了手。

琵琶楞了楞，才和姑姑握手。這樣英國化似乎太可笑，險些忍不住笑出聲來，一轉身，趕緊跟著比比上了舷梯。

找到艙房後，比比說：

「到外頭揮手去。」

「你去，我要待一會兒。」琵琶說。

「你不想再看看她們？」

「她們走了。」

「你怎麼知道？我們去看看。」

「不用了，她們回去了。碼頭上太熱了。」

「好吧，她們還在我就叫你。」比比出去了。

琵琶從行李箱裏取出一些東西，將行李箱收起來。汽笛突然如雷貫耳，拉起回聲來，一聲「嗡——」充滿了空間，世界就要結束了。她從舷窗望出去，黃澄澄的黃埔江，小舢舨四下散開。大船在移動。上海沉甸甸的拖住，她並不知道和上海竟然有這樣的牽絆，這時都在拉扯著她的心。她後悔沒早知道，雖沒見識上海的真貌，但是她愛上海，像從前的人思念著自己的未婚夫，像大多數人熱愛著祖國。她哭了，聽見比比進來，沒回頭。比比沒說什麼。琵琶聽見她在整理行李。

「真的上路了。」過了一會兒她說：「覺著了嗎？」

「嗯。」

「現在還在江上，要不要出去看看？」

「好，走吧。」

「戴朵康乃馨，塞進扣眼裏。」

「謝謝。」

「我來幫你戴。」

「你一直住在上海麼？」

「不是，我在新加坡出生。」

「真的？那你會說廣東話了？」

「會。」

「太好了。我不會說，到了香港真不知道怎麼辦。」

晚餐時比比要船上的茶房幫她把豬肉湯換了。

「我們的宗教不能吃豬肉。」

茶房將她的盤子撤走。

「我是回教徒。」她向琵琶說。

「那你在中國吃飯一定很麻煩。」

「喔，我總會先問過。」

飯後，她自告奮勇教琵琶下西洋棋。

「千萬不要，我絕對學不會。」

「只是打發時間。那走走吧？」

船很小，燈光下中國海也不大。倚著欄杆，琵琶搭訕著找話說。「我對穆罕默德派什麼也不知道。」

「不叫穆罕默德派，叫伊斯蘭，或是穆斯林。我們不崇拜穆罕默德。」

「我們這兒也有穆斯林，不過是在西北方。」

「都說中國穆斯林只有不吃豬肉這件事像穆斯林。」

「這樣就夠引起動亂了。」

「是啊，中國人永遠弄不懂為什麼不吃豬肉。」

「到末了兒你知道人家怎麼說嗎？說豬是穆斯林的祖先。」琵琶低聲道，咯咯笑。

「這是老律法，為了衛生的緣故。這些事總是有很實際的理由。」

「可是……娶四個老婆呢？」

「我就知道你要問這個。其實我認識的人都只有一個老婆。我媽說她不介意我爸爸多娶三個老婆，可是他不要。」

「只憑男人的良心，不是太冒險了？」

「跟良心沒關係，我們的宗教允許有四個老婆。」

「可是還是很冒險啊？」

「因人而異啊。這也是習俗問題，有些地方有後宮，就跟中國人娶妾一樣。」

「現在娶妾不合法了。」

琵琶覺得伊斯蘭這種異國的東西是種族上的，不是精神上的。比比往下說著他們的原則，他們有包容心，融合了基督教的元素，琵琶聽著聽著神遊了起來。最後她說：

「你信教會不會是因為出生在伊斯蘭教家庭裏？」

「喔，我們都是這樣的。我們不改變信仰。」

「了不起。我怕死了傳教士。」

「是啊，沒辦法跟他們談基督教，他們一門子心思就是想勸你信教。」

「基督教的天堂真無聊。我一直希望能相信轉世投胎，好理想化，永生不死，而且能有各式各樣的人生。」

「只可惜是一廂情願的想法。」

「基督教的天堂也一樣一廂情願，也一樣難以相信。」

「不能為了不想死了就完了，就去信什麼宗教。」

「你真的相信穆斯林那個有美女的天堂？那是給男人的。」

「不能按字面解釋。古蘭經是為了向沙漠的部落解釋，拿他們懂的事情來打比方，所以才說清涼的流水和黑眼的美女。」

「還有現在基督教的想法，說人生只是道德預備科，我們來人世走一遭只是為了死後的人生訓練。恐怖極了。」

「他們很害怕活著。」比比道：「都是些畢了業就教書，沒看過這個世界的。我喜歡上學，可是我可不想一輩子在學校裏。」

「你不是學醫，可得念很久。不是七年嗎？」

「我爸要我們有一個當醫生，除非我學醫，他不讓我上大學。我爸就是那樣。」

「你想當醫生麼？」

「我也不是不想。我有興趣，而且我會是個好醫生。」

「是、是啊，我看你會是個很好的醫生。」

「我哥哥都不想學醫，急著要從商。」

「我要是有做生意的本事，我也要從商。我覺得念了大學也沒什麼用。」

「那你幹嘛去念？」

「我什麼都不行。」

「你只是害怕。」

「我是怕。」琵琶忖了忖方道。

「害怕也沒用，人生總是要去過的。」比比說，聲音卻變得又小又淒楚，一點也不能安慰人。

隔天船行到大海上。挪威籍小船顛簸得兇。那晚她們吃的是中式晚餐，一桌四人，五道菜。同桌一個婦人只會講廣東話，一直找比比說話，很高興找到一個說她家鄉話的人。五道菜裏樣樣有豬肉。

「不能叫點別的來吃麼？」琵琶問。

「那是牛肉炒麵？」比比問，表情很拘束。

「不知道，看看。」琵琶說。

琵琶把湯匙朝她遞過去，比比閃躲開。「豬肉？我受不了那個氣味。」

「豬肉沒有味道，牛肉羊肉才有。」

「那是你聞慣了。」

茶房確認是牛肉炒麵之後，比比埋頭大吃。可是同桌的廣東女人也最喜歡炒麵，一雙筷子夾個不停。

「是搖晃得厲害麼？」琵琶注意到比比坐著也搖過來搖過去的。

「你沒感覺到？」比比說，搖得像鐘擺。

「沒有，我不會暈船。」

「你真是當水兵的料。」

廣東女人忽的站了起來，匆匆出去，拿手帕捂著嘴。比比也不搖了，一個人把炒麵吃了個精光。

「虧你怎麼想的，」琵琶後來笑道：「你怎麼跟阿拉交代？」

「我也只是鬧著玩，誰知道她那麼嬌弱。」

「要是把神當成父親一樣，就會像哄自己父親一樣哄神了。」

「你去哄我爸爸看看。」

「我老覺得只要對自己坦白，就不算做壞事。」

「這麼想更壞，明知是壞事還做。」

「難道虛偽比較好？」
「當然嘍，虛偽起碼還有點原則標準。」
「我不信。」琵琶立刻想到後母。
「我爸每次都說聰明人才需要宗教，缺了宗教，他們就會做出太多壞事。笨人就無所謂了，笨人只要不對不起良心，也不會造什麼孽。」
琵琶苦笑，不願意被歸類為空洞的人，可也只能說：「中國有句老話，有爪子的就不給翅膀。」
「對，大自然很懂得平衡。」
也許是真的，世上只有兩類人：無能無感的與聰明邪惡的。比比彷彿看穿了她的心思似的，說道：
「我爸做生意很精明，可是他是好人。他是富翁，比百萬多三倍。」
「他做絲綢生意的？」
「還有各種副業，房地產，投資。雖然起起落落，他始終都很虔誠，老是氣我們不多懂一點阿拉伯文。古蘭經是阿拉伯文寫的。他的脾氣壞，媽的脾氣就好，隨他罵人。可是有時候也會發脾氣，我們都一樣，只是我們會輪流發脾氣。我們在家裏很快樂。」
「真的？」
「是啊，真的很快樂。我知道中國人的家庭有時候是什麼樣子，我們學校裏有中國女孩。可是我們家真的很快樂。」

「我相信。」

心坎裏卻不信。在大學宿舍住了一年之後，她聽了更多夏斯翠家的事，主要是夏斯翠先生的事，聽到末了也覺得可信了。

「我爸年青時候就去了新加坡，學做生意。他說剛來的時候看見中國女人到店裏來，長得好漂亮，卻隨地亂吐痰！他就跟自己說，我可不要娶個亂吐痰的女人。

「我爸喜歡說一個故事，有個人自以為是茶壺，一手扠著腰，身體往另一邊彎。『倒茶。』他說，你就知道他的肚子有多大，跟茶壺一樣，胳膊短短的——」比比自己也把短胳膊架在腰上，沙漏似的身子緩緩傾斜。

琵琶笑了又笑，其實在《讀者文摘》上看過這故事。她沒法想像夏斯翠先生看《讀者文摘》，更覺得好笑。

「我剛見到你那天，你真好玩。」比比有時候會說，帶著酸溜溜的笑，彷彿嘴裏含著東西。

琵琶想知道怎麼個好玩法，卻只是笑笑。猜也猜得出言下的恐怖與嫌棄，和她對弟弟的感覺極類似。比比似乎認為她現在兩樣了，而且是她的功勞。琵琶不覺得自己變了。成績好，又有比比這朋友，她多了自信，卻還是同一個人，一樣的高瘦，一樣的蒙古型的鵝蛋臉，眼睛朦朧朧的，呆滯冷淡，像是沒有顏色，只有眼白襯著蒼白的膚色透著藍光。比比夏天要回家去。她也很想回家，卻是奢望。比比收拾行李那天，她哭了一天。

「好了，我不走了。」比比說。看琵琶木木的，她又說：「我留下來陪你。」

「不用，不用，你走吧。」

「我回不回去都沒關係，在這裏我也一樣快樂。」

琵琶不知如何解釋，她當然會想念比比，卻不是捨不得她。她捨不得的是上海，與她母親姑姑也沒有關係，她們只是碰巧住在上海。她不願再去投奔她們，即使只是兩個月的時間。可是再看看上海，那個沒有特色的大城市，連黃包車都是髒髒的褐色的，不像這裏，英國政府特為把黃包車漆上大紅色配上大綠的車篷，色彩繽紛。上海不止讓她想到一群群的人，共住一城卻無緣相識。他們就是世界，就是人生，而香港像個人口稀疏的熱帶小島，整整齊齊的擺出來，等著什麼計畫。到市中心短短的路上放眼盡是簡陋老舊的房舍，傍著窄路，小小的咖啡館髒污的窗上張貼著咖哩飯的廣告。上海有更不堪的貧民窟，大江邊的垃圾堆。離開的前夕，她從公寓屋頂往下眺望，迷濛的燈光延伸出去，扁平得像板子，微微向上翹，抵著淡紫色的天。無以名狀的懊悔清空了，也吹熄了她的心。那時她還不知道她是屬於上海的。

她母親寫信來，解釋為什麼她最好別回去，其實沒必要。露也要離開上海。琵琶想應該是珊瑚把錢還了她，她又可以去旅行了，戰事的關係，不到歐洲。

她打電話來說路過香港，要來看琵琶。宿舍女孩子都回家了，比比也在琵琶堅持下回去了。管理宿舍的天主教修女讓琵琶夏天免費住下，知道她很窮。她幫修道院學校改文章。很得意有這機會讓大家知道她有個美麗的母親，也很遺憾女孩子都不在，見不到她。多明尼克嬤嬤帶她們參觀。她是葡萄牙人，戴著漿洗過的荷蘭帽。她們從地下室出來。

「真漂亮。」露說：「我得走了。」

三人一起往下走，停下來看著四周一片無際的海。欄杆上隔一段距離就擱一個浮彫藍花盆，一直擺到馬路邊。出去到開闊的空間，琵琶覺得露這身青綠色襯衫長袴讓她略顯得憔悴。一定是新的高塔式髮型太嚴肅了。母親的形象彷彿剪了下來，貼在淡藍的海上，就如盆子裏的雞冠花總讓她覺得是剪紙，深紅綴邊，清清楚楚，襯著遠處的海，近得很不真實。

多明尼克嬤嬤跟露在講話，態度隨便、無動於衷。凡是女孩子的父母來訪，看樣子也不像是將來的贊助人，她就擺出這副嘴臉來。

「媽住在哪裏？」

「淺水灣飯店。」

琵琶聽說淺水灣飯店是全香港最貴的飯店，不敢去看多明尼克嬤嬤，她厚墩墩的臉上沒有表情。

「明天來看我。」露別過臉來對琵琶說：「先打電話來，找三一九房。」

「很遠嗎？」

「有公共汽車。」

「對了，坐淺水灣巴士就會到。」多明尼克嬤嬤說，琵琶覺得這話插得唐突。

「我得走了。」露說，又囁嚅道：「底下有車子等我。」是阻住人不往下送的聲口，否則就得送到馬路邊上，跟她們介紹坐在汽車裏的人了。

多明尼克嬤嬤道了再見，搖搖擺擺上了階梯。琵琶又站了一會兒，不跟著上去，實在覺得窘。

七

淺水灣巴士在一條乾淨的碎石路前把她放下，馬路兩側綠意盎然，密叢叢的蕨類植物。空氣停滯不動，蟬噪聲盈耳。馬路盡頭是一幢長長的淡黃屋子，進了門去，裏頭又暗又寬，沒有電梯。

「真漂亮。」她說，四下打量了飯店房間，亮藍色的海景佔了四分之三的窗子。

「我喜歡。」露說：「本來是要住告士打飯店的，可是這裏好多了，還有漂亮的沙灘。」她跟誰一塊來的？琵琶沒問。也沒問候姑姑。她母親可能不高興，雖然按理說兩人各自有各自的朋友。

露又回浴室照鏡子，琵琶佔了她剛才倚著的門框邊位置。明亮的午後陽光照在白磁磚上，她母親的肩胛骨在橙色的透明睡袍下突了出來，看得她一驚。她不能穿這種衣服，穿在她身上一點也不性感，反倒俗氣。太不像她了，她從來沒有穿著打扮不得體，總像時裝模特兒無可挑剔。

「噯，我看見那個小印度女孩了，她叫什麼來著？」

「比比。」

「她打電話來，我就約她過來吃茶。很聰明的女孩子。」

「是啊，我很喜歡她。」

「就是不要讓她控制你，那不好。」

「不會的。」琵琶笑道。

注視著兩潭鏡子似的眼睛，往臉上擦乳液，露講了幾句注意身體的話，撇下學校功課不提，琵琶的成績很好。生平第一次她樂於給母親寫信，報告她的大小考試成績。

「有別的朋友嗎？除了比比？」

「沒有。」

「同學呢？」

「都回家過暑假了。」

「你不給他們寫信？」微微的猶豫，她指的是男孩子。

「不寫。」

「我跟你張叔叔張嬸嬸來的，緹娜阿姨跟吳醫生也在這裏。」

「喔！都來了？」

「他們要到重慶去。」喃喃一句就煞住不提了。

琵琶沒問她母親又是要到哪裏去。當然不是重慶。

「我聽說你爸爸日子過得很艱難，房子不要了，搬進了兩房的屋子，後來又換了一間房的屋子。他們說何必付房租？你後母就去了大爺家，要他們把閣樓讓出來給他們住。」

「什麼？」琵琶驚呼，半是笑著。

「就搬進去了。」

「駿哥哥沒說話？現在是他當家了吧？大媽也過世了麼？」

「是啊，是你駿哥哥和駿嫂嫂當家。」

「他就讓他們住？」琵琶注意到駿哥哥才十幾歲，做人就又圓融又油滑，等她大了，才知道駿哥哥特別提防窮親戚。

「不答應也不行吧。要不是你爸爸倒了自己親妹妹的戈，你大爺的官司也贏不了，你駿哥哥也得不到那麼多家產。噯呀，你們沈家啊！」

琵琶想像得到後母跑那一趟，黑色舊旗袍顯得單薄俐落，頭髮溜光的全往後梳，在扁平的後腦勺上挽個低而扁的髻。長方臉，很蒼白，長方眼，大大的，帶著笑意。要求的是份內該她的，搬出一套大道理，像什麼國難當頭一家人理當守在一起，生死與共。提也不提官司的事。

「你爸爸跟你姑姑翻臉，庭外和解也沒撈著什麼好處。都怪他那個能幹的老婆，都是她教唆的。現在起碼幫他弄到了閣樓養老。噯呀，真是的，現世報啊！」

琵琶倒覺得駿哥哥是寧可給房子也不敢借錢，那可是無底洞。

「我真不明白，現在就淪落到這個地步。汽車沒了，房子也沒了，又沒孩子，就只他們兩口子。兩個連大烟也戒了。鴉片越來越貴了。他的土地偏偏位置又不好，先是日本人佔了，現在又換上共產黨。可是其他東西呢？我早就說過：遺產不可靠，教育才可靠。我沒有錢留給你，只能給你受教育，讓你能自立。」她絮絮叨叨的說著。

琵琶心裏震了震，最後的庇護所也沒有了。雖然也不可能再回去投奔她父親，但父親家總給她一份歸屬感，不像她母親擺明了說不欠她和她弟弟的，姐弟倆打小時候就知道了。

「你後母可真精明。」露在說：「機關算盡，末了又怎麼樣？嗳呀，看她是怎麼對你弟弟的。故意把肺結核過給他，又不給他請好醫生。那時他從家裏逃出來，我逼他回去，想想真後悔。我也是不得已。」她的聲音沙啞了。「已經有你了，我實在養不起了。」

琵琶總是為弟弟的事怪自己。打從後母一進門，就當他是眼中釘。琵琶也不知道能怎麼幫他，如果真有心，就會知道要怎麼幫。她只是想要是有錢就好了，有錢就能把他拉出來，好好栽培。全都怪在缺錢上，她那年紀的人也是正常的心態。

她其實可以對他多點女性的柔情，而不是像男人對男人一樣同他說話。他對女孩子感情脆弱。他還能是正常的男孩，想想也真傷慘。年紀還小他彷彿就掂量過自己和這個世界，決定了呆坐著等錢比較上算。結果他錯估了人世的變動。他沒能活著看見這一切，但是十五歲那年他看見父親把一封通知書原封不動收了起來，末了，抵押過了期，產業也沒了。被恐懼癱瘓了。小時候她就知道父親的恐怖。他看著變動來臨，加快速度。他有先見之明，而他的恐怖讓他的先見之明跑得更快更遠。

「我叫他去照個X光，都安排好了。」她母親在說：「他去了嗎？反倒從此遠著我，小鬼怕見閻王爺似的。我老跟你們講健康，講得我嘴皮子都乾了，講得你們的耳朵都長老繭了，可是有人留意了嗎？這下子知道厲害了吧。」

有人敲外頭的門，僕歐進來了。

「茶點來了。」露道，躲了進去，還撮著嘴唇讓嘴看著小一點，琵琶覺得詫異。「他走了嗎？」露低聲問道，探頭來確認過後才穿著橙色尼龍睡袍出來。

她倒茶，要琵琶從加蓋的銀盤上拿黃油吐司吃。張夫人來了。

「有客啊？」

「沒有，琵琶來了。」

「咦，琵琶，你好麼？」

她拿了塊剛買的衣料給露看。「午飯後看見緹娜了沒有？」她問道。

「沒有。」

「我才跟張先生說：別又打麻將了。吵成那樣，多難為情。這個怪那一個打錯牌，那個又怪這一個打錯了牌。」

「是啊，這習慣真不好。什麼都能吵。」

「旁邊的人看著可不好意思。」

「這沒什麼，緹娜還每次都哭著來找我呢。」

「吳醫生看起來像好好先生，脾氣還真大。」

「還是為他離婚的事情在煩心。他父母說：我們只認這一個媳婦。你出洋去，都虧她服侍我們兩個老的，為你盡孝道。誰敢趕她走？」

「老是這樣子。」

「現在這年頭也見怪不怪了。」

「不過她都安排好了。一到重慶，她就是抗戰夫人了。現在抗戰夫人大家都承認了。」

「我也是這麼勸她的。我說他要是想丟下你，又何必帶著你呢？」

「她說吳先生想丟下她？」

「她自己疑心病，還連我也妒忌起來了。」

兩人低聲咭咭呱呱說笑。

「他要看見你跟她站到一塊，選了你，我也不怪他。看她那個賤樣。我就看不慣她拿他盤子裏的東西吃。」

「你也注意到了？大庭廣眾之下還幫他扶領帶呢。」

「偏揀他跟你說話的當口。」

「也怪里奧納，他是故意的。」

「何必呢？找架吵啊？」

「是啊，故意找架吵。所以我才勸她太常吵架不好，會吵成習慣。」

「今晚不會又要打麻將了吧？」

「誰曉得。聽見說要上船餐廳去。」

「等會兒酒排見就是了。」

張夫人走後，露問道：「宿舍裏晚上幾點吃飯？」

「會幫我留到八點。」

「有熱水洗澡麼？」

「沒有，暑假只有冷水。」

「那就在這兒洗了吧。毛巾天天換，一定有一條是我沒用過的。」

琵琶洗完澡後，露道：「還有時間到外頭走走。這兒花園非常好。等我換個衣服，我帶你去看。」

她們走過了深色鑲板的過道，步下鋪了酒椰纖維地毯的樓梯，每一樓都有洋台，搭著紫藤花架。她們順著條石子路往前走，兩邊灌木叢夾徑，夕陽下山了，樹叢吐出涼風。花園倒是沒看見多少，琵琶只覺得非常異樣，跟她母親並排走著，一派的閒適。

「別把緹娜的事說出去，背後道人長短不好。張嬸嬸是例外，一道旅行，也瞞不了她。」

「我不會說的。」

「我老是說：跟男人好歸好，不能發生關係。看看緹娜，精明得很，別低估了她，還是落到這個下場。我跟你講，好讓你學個教訓。」

「張嬸嬸不喜歡她嗎？」

「噯唷，別提了。兩個人都來找我抱怨，早知道不跟他們一道走了。還不是為了方便。張先生有辦法。吳醫生他們又想跟人家一樣跑單幫。他是醫生，容易買到盤尼西林什麼的，內地很缺貨。他們河內昆明兩頭飛。我要先到加爾各答，可是有他們在也可以有個照應。我也沒做過生意。為了你的緣故，我也得想著賺點錢了。」

琵琶聽過跑單幫，生意人穿越封鎖線進入中國內地，是新興行業，男女貧富都可以做的一行。最下級的一等是些販子，硬擠進三等火車廂，一路靠賄賂闖過大小車站與日本人的檢查哨，挨耳光，踢屁股，女人也少不了挨打，有時還需要陪憲兵或檢查員睡覺。有些老媽子也進了這一行。高級的跑單幫搭的是飛機，進出未淪陷的中國省份。走私禁運品的女士都是老手，夾帶通過海關，不申報。琵琶對做生意一竅不通，一聽見就害怕，知道外行人要插手是有風險的。

「我一直非常難受，花了媽這麼多錢。」她帶笑說：「我不該帶累了媽。不用在意我，葬送了這麼多年，不值得。」

露似乎吃了一驚，但是腳下不停，也沒別過臉來看她。片刻後方才開口，眼睛釘著風景，像對鏡說話。

「我不喜歡你這樣說，好像我是另一等人，更有權利活著。我這輩子是完了。總是一個人來來去去的，現在才明白女人靠自己太難了。年紀越來越大，沒有人對你真心實意。」

琵琶聽得一驚。再獨立再不顯老的女人最後都不例外，被人性擊敗了。

「我有個朋友總是說：『你應當有人照應你，你太不為自己著想了。』我就是不聽他的。這如今我終於決定要讓別人照應了。也是為了你的緣故。」

琵琶緩緩吸收這消息，融解不愉快的包裝。原來她是要到加爾各答去找愛了她許久的男人。她雖然沒愛過他，還是溫柔多情的。琵琶不介意這事也同走私跑單幫怪到她頭上，卻一時對答不上來，就許接上了話也都聽著不體貼。他是誰？準定是個好人，願意等這麼久，也不變心。要是說她很高興，又像是證實了人家的假設，巴望有個繼父來供養她。他是個外國人吧？在這一剎那間，她就看見一個高高的男人，沒見過的長相，大衣上露出一截紅頸子，立在穿衣鏡前，不知在哪處的幽暗的穿堂裏。再多臆測就成了刺探。突然間，她母親像是已走了。雖然仍並排著走，卻變得很珍貴、顏色越來越淡，像一抹漸漸散去的香水，越是這樣琵琶越是不敢轉頭看她。

「我以前看不起錢，不管為了錢怎樣受彆。不是沒有人要給我錢。就拿你舅舅來說吧，只要我願意拿，可以拿走他所有的錢。你可不准跟別人說去。你舅舅其實是抱來的。」

親戚間的事琵琶已經見怪不怪了，這倒是從沒聽說過。舅舅是抱來的！

「可別說出去。」

「我不會說出去。」

「他的爸媽是逃荒的，一路行乞，孩子才生下幾天，胡嫂就去買了來。」

舅舅家裏那一幫半退休的老媽子裏，琵琶隱約記得有個老媽子十分齊整，白淨的圓臉，大家都尊她一聲胡嫂。琵琶剛到上海的時候她還在，後來就告老回鄉了。

「她把你舅舅帶進來，嚇都嚇死了。族裏人日日夜夜監視著屋子，監視了好兩個月。他們一開始就說肚子是假的，進出的人都要搜檢。胡嫂把孩子放在籃子裏，上頭擺了幾層糕，蓋了塊布。一個把布翻過來看了看。我完了，她心裏直犯嘀咕。人人都抓著棍子石頭，預備把門打破，殺了寡婦和姨太太們，恨她們奪了家產。男女老少都趕出去，分了家產。」

「如果真生了兒子呢？會怎麼對付他？」琵琶問道，這會兒才想到真相。剛出生的女兒留下了，再添上一個兒子，算是雙胞胎。故世的人必得留下個遺腹子來。

「會留下來，可能找個老媽子收養，不會把他淹死在水桶裏。可是要知道他是抱來的，決不容他活下去。幸好他一點聲音也沒出。胡嫂進了前院就疑心孩子死了。可是不敢看，牆上樹上到處是族人。她以為孩子準定是悶死了，後來一看，他睡得很香。所以她老說他有福氣，注定要當小少爺的。」

「舅舅自己知道麼？」

「不知道，始終瞞著他。胡嫂的後半輩子當然是不愁了。你外婆一定是厚厚賞了她，臨終前還交代要對胡嫂另眼看待。」

「真像京戲狸貓換太子呢。」

「你可不要去跟你舅舅打官司，爭家產。」露說，後悔說出了秘密。

「我怎麼會？」琵琶震驚的說。又與她有什麼相干了？母親的東西又不是她的。連她母親這話也說得荒唐。過都過了半輩子了，舅舅揮霍無度，又養那麼一大家子，只憑老媽子一句話就打官司，而且老媽子只怕已經不在人世了。「我不會的。」

「我知道你很看重錢。」

「是要賺錢，不是跟自己人拿。」

「你知道他不是自己人了。」

「他還是我舅舅。」

「我也只是提醒你一聲，你們沈家！連自己兄弟姐妹還打官司呢。你父親和姑姑就是個現成的例子。」

「那是兩樣，他們是要報復大爺。」

「我不過這麼說說，誰知道呢，說不定將來哪一天真給錢逼急了。」

「我再窮也不想拿舅舅的東西。」琵琶仍是努力笑著。

「我也只是說說。」

兩人默默走著。琵琶清楚記得第一回聽這個族人包圍的故事，那年她九歲，她母親剛從英國回來。午餐後的閒談是一天中最愉快的半小時。餐桌都收拾乾淨了。暗紅磁碗裏擱著水菓，一束陽光斜射在上頭。茶還太燙。盤子裏的菓皮漸漸發出了腐壞的氣味，還是沒有人想動。圍困寡婦的故事就像是家裏的壁毯，很美，卻難以置信，她母親與舅舅居然是傳奇故事裏走出來的，掀起蕭牆之禍的一對雙胞胎。說來也心酸，十年後別的都隳敗了，故事卻又潤色了。而在新的轉折中又添上了附錄，她也在裏頭，竟和族人一樣壞！

「回去吧，趕不上晚飯了。」露說，兩人在飯店入口分手。

八

琵琶從淺水灣回來天都黑下來了，抄捷徑穿過大學校園，上坡朝宿舍走。從石階上來，踏上馬路，她看見天空有探照燈，只這燈有烽火的氣息。她喜歡這些燈，滿足了沒實現過的一股衝動，在一片遼闊空蕩的地方亂寫亂畫。空中廣告是聽說過，卻只見過這一個例子，知道人類可以拿粉筆繞著月球怎麼畫線。今晚有三道光。有可能都是九龍方面射來的，也可能是海灣的戰艦。光束繞過一圈，與別的光束交叉，分散開來，又並行。像不耐煩的老師的手揮過黑板，板擦一抹，擦得乾乾淨淨，太快了，學生還沒來得及看懂圖表。天空像極了黑板蒙上一層粉筆灰，灰撲撲的，起起伏伏的表面也一模一樣。香港還感覺不到戰爭。課室裏當然決不提起，只有教師缺課，受軍訓去了，才有人議論。

「孩子們，我又得去當兵了。」布雷斯代先生拖著長音，香烟在唇間換到左又換到右。「討厭極了，文藝復興要講不完了。當然幾家歡樂幾家愁，比方說你們就不覺得難過，我看得出你們都很高興。」

兩盞探照燈又亮起來。一束光照著朵雲。她看見天上有雲，之前隱在墨黑的夜裏，堆得像花朵的複瓣。光束在灰雲上照出一塊淡淡的斑點，動也不動。看著它竟使人滿心氣沮，心裏癢癢的，像指尖觸到了。

她爬完最後一圈水泥石階，上了宿舍石砌的地基。走上門廊的台階，在宿舍門口揿鈴，眺望著海面。黑沉沉的海灣下市區的燈火低矮矮的。對岸的九龍馬路上的綠燈像一串珠鍊，點出了海平面。三分之二的天空是粉筆灰的條紋。正看著，一道強光忽然照過來，對準了門外的乳黃色小亭子，兩對瓶式細柱子，她從頭至腳浴在藍色的光霧中，楞了楞才明白是對海照過來的探照燈。強光打在她臉上，她動也不動，站在那神龕裏。他們以為看見了什麼？她心裏納罕著。燈關掉了，還是撥開了，效果是一樣的。漆黑之中她無聲的輕笑著，身體仍是被光浸透了。她從此兩樣了，她心裏想著。背後的門開了。

「謝謝你，嬤嬤。」

「晚飯留在那裏，吃完了跟瑟雷斯丁嬤嬤說一聲。」

她朝地下室走，但得步步小心。方才遠處射過來的強光那麼沒有邊際，過道像縮小了，她得重新適應。

「回來。」多明尼克嬤嬤的大腦袋歪了歪，頭一低，壓出了雙下巴，從漿洗過的上衣裏取出信來，遞給她。

「喔，是掛號信。」

「我幫你簽收了。」

「謝謝你，嬤嬤。」

瞥眼只見寫的是英文，筆跡陌生。誰會寫英文信給她，這麼厚厚的一疊，信封都鼓出來了？不對，裏面是本書。小小的書，又長又薄的。而且形狀奇怪。可能是字典。除非是字典，誰會寄東西給她？下樓路上她沒拆開來看，也沒細看是本地寄的還是上海寄來的。

她打開燈。晚餐擱在長條桌上，倒扣著一只湯盤。坐下來之前她拆開了信，瞪著一疊舊十元鈔票。信上說：

「密斯沈：

聽說你入學之前申請獎學金，沒申請到，所以我寫這封信來。學業成績最優秀的二年級生會有一筆獎學金，我確信明年你會拿到，足可支付到畢業前的學雜費住宿費。請容許我先給你一個小獎學金，省儉一些可以撐到明年夏季。不用謝我，也請不用客氣。這話也許說得太早，但是只要你保持這個成績，我有信心你可以拿到牛津的研究生補助費。

真誠的，

傑若德・H・布雷斯代」

字句像遙遠的浪濤，拍打她的耳朵。她本該認出這紊亂潦草的字跡的，也許他寫黑板比較工整。她冰冷的手指數著鈔票，數了兩次，確定是八百塊。地下室裏也有探照燈，照住了她。倚著長條桌立著，再把信讀了一次，信唱了起來。牛津！繞了一大段路，該她的終究是她的，這一次她真的想要，因為是她自己賺來的。她母親總說受教育才有保障，她的學業尚未結束，就有了進項。激勵讀書人的那首古詩說得好：

「書中自有黃金屋；
書中自有顏如玉。」

她把信和鈔票都放回信封。覺得詫異，這麼厚一疊破舊又有味道的鈔票竟拿橡皮筋一綑，隨隨便便的摙進信封裏，封口一半沒黏緊，顯然是極信任香港郵政，也極相信人性本善，她卻是極陌生的。也沒費事把小鈔換成大鈔。她拉出椅子，坐下來吃飯，卻動也不動，只捧著倒扣著餐盤的微溫的湯碗，慶幸這微微的溫暖使事情更加真實。不。她不要現在就打電話告訴母親。露可能不在。就算在，琵琶也不想在電話上談。多明尼克嬷嬷是澳門來的葡萄牙人，講廣東話，不會講國語，人很精明，看她那麼激動就會聯想到是那封信的緣故。布雷斯代先生雖然並沒有要求她保密，但是他若是願意聲張，何不給她支票，反而送現金？一定是怕傳出去總有人會說閒話。他這是善行義舉，可是幫助的到底是個年青女孩子。她記得有些女孩子說他是怪人，與院長處得也不大好。他老早就該升教授了，不知為什麼就是升不上。

她照露的吩咐隔天下午才打電話過去，心裏琢磨要是媽要我今天別過去了，我就得在電話上告訴她，我再也憋不了一天了。幸好露要她過去。

「我們歷史課的先生給了我這封信。」她說，裝得沒事人一樣。

露讀著信，琵琶拆開了報紙包著的鈔票，拿了出來。

「他送我八百塊的獎學金。」

「怪了。」露說：「有這種獎學金嗎？他為什麼自己掏錢出來？」

「沒有，信上說明年我會拿到獎學金，可是這是他自己的錢。」

「不能拿人家的錢。」露說，輕輕笑了聲，很不好意思。

「這是兩樣，他只是想幫助窮學生。」

「就這樣拿人家的錢怎麼成？」

「這是人家的一片心意。」琵琶急於分辯，怕母親會逼她還回去。「他連謝都不要。」

露不言語了。琵琶拿包錢的報紙再把錢包起來。厚厚一疊十元鈔票太觸目，像一條又厚又長的洗衣服黃肥皂。她母親必然是因而想到了街頭賣唱的，路人給十個一毛硬幣而不是一元紙鈔，顯得闊氣些。

「要擱到哪裏？」

「就擱在這兒吧。」露漫不經心的說。

琵琶把錢留在桌上，正眼都不看一眼，本能卻催著她即刻送進銀行金庫，這是世上最珍貴的一筆錢。她把信與信封收進了皮包。露也許還想把錢還回去。幸喜她沒想到要地址。真要起來，她又得想辦法勸她打消念頭。

露在收拾行李箱，不是她自己的衣服，是她走到哪兒帶到哪兒的精巧玩意。

「來，你也幫著點。那邊那個拿過來，是另一個，就在你眼前。」她快步走過去，自己去取。

兩人的積怨又浮了出來。琵琶發現唯一能做的就是站在旁邊，做出聽候差遣的模樣，不插手，讓她自己來。露雖氣惱，仍是按捺著性子示範如何包裝藝術品：

「最要緊是把縫隙填得磁實。看見了沒？才不會顛一顛鬆了，壓壞了。」

「那是皮子嗎？」

「海狸皮。」她舉了起來。「喜歡可以看看，就是別碰，香港天氣太潮了，東西容易壞。」

「好漂亮的顏色。」

「便宜才買的。」她一件一件東西拿起來。「物資缺乏，什麼都買。那件銀手飾現在可值錢了。」

她藉口做生意去大採購了一趟，將來要賣不掉，總可以留著自己用，還可以變賣了過日子。琵琶才這麼想，立時自愧了起來。她會這麼想，全為了母親對她的大消息太冷淡的緣故。是她自己想太多了。她母親對兒女的態度仍是舊式的，很節制，從不誇獎，怕會慣得她太過自負。但是琵琶對母親的東西不再那麼著迷了，反覺得瑣碎。是母親的品味變了，還是為了在重慶市場賣個好價錢？幫別人買東西很容易。就像買禮物，店鋪裏的東西都像是為別人預備的。

電話鈴響了。露接了起來。

「喂？……喔，緹娜啊。只是在理東西……噯，來是來了，東西也很喜歡，可是一聽見是要賣的，就這個那個起來，末了還是不要了……不要緊，到內地會賺……好啊，過來吧，我沒事。」

緹娜來了，直髮披在背上，晃來晃去，大紅花裙。

「琵琶呀！」她嬌嗔似的道：「喔，露！她跟你真像。」

露微笑，像是在思索該怎麼接口。琵琶心中一股怒氣勃發，笑著大聲說話，嚇了自己一跳：「快別這麼說。我當然覺得高興，可是委屈了媽了。」

露正想開口，又忍住了沒接這個碴。

「怎麼？」緹娜拖著聲音，遲遲疑疑的。「你跟她長得像，她哪裏會委屈。」

「坐吧，我馬上就好。」

「我等不及要跟你講昨晚的事，我都笑死了。」

「我就知道你藏不住話。」露笑她捺低了的興奮笑聲。

「張夫人說：『那個軍官是誰啊？』他們在酒排那兒看見你們了。」

「洋人又是當兵的。」露說，假裝恐怖。

「張先生倒是沒吭聲。那是誰啊，張夫人又問，是不是海灘上那個。英國人嗎？張先生說：『我哪知道。』張夫人說：『從他的制服也看不出來？』張先生沒搭理她。」

「像他那種老一輩的留學生比別人都要守舊。」

「又跟他有什麼相干了？太可笑了，這麼挑撥他。」

「噯呀，緹娜，現在交朋友難了。當著面說一套，背地裏又說一套。」

也不知緹娜是不是以為露在指桑罵槐，沒坐一會兒就走了。

「等我換衣裳到海邊去。」露向琵琶說：「一起來，也到海邊去看看。」

「我不會游泳。」

「不用游泳。找個地方坐下，四處看看。都說是世界上少有的幾個頂漂亮的海灘。」

兩人一起出門，露披著黃綠披肩，像蝙蝠的翅膀。琵琶不安的納罕，她母親是又像昨天一樣想拉近一點關係，最後弄得不歡而散，還是她覺得琵琶也該見見世面了？

她們從馬路上走了一段下坡，就看見了沙灘，足跡零亂。琵琶東張西望，心裏糊塗。常青灌木叢與有刺鐵絲網前面有一溜架高的褐色舊涼棚。叫做鳳凰木的大樹開著鮮紅色花朵，遠遠的躲在後頭，彷彿怕沾濕了腳。海灘上的人這裏一堆那裏一堆，毛巾鋪在踩亂了的沙上，坐在毛巾上。沙子像淡黃的鋸木屑。有人背對著她坐在太陽傘底下，像即將收市的小販，卻沒有東西可兜售。她猜大多數都是外國人，倒是有幾個廣東人，男的女的小的，滿臉嚴肅，在水邊漫步。這裏的海沒那麼藍，卻是可望而不可及。就連從渡船上看，海都還藍得多。

「這裏蚊子真多。」她說，不時停下來，彎腰抓癢。一彎身，眼梢就帶到母親細瘦的腿，膝蓋以下直柳柳的，到腳背才有了起伏。她母親始終那麼美麗，她以前根本沒注意過。一雙白色海灘鞋掩住了弓起的腳，還是大得像雨鞋，很異樣。她儘量不去看。這雙腳也能夠步步生蓮。古老的讚語說的可能是指紅色鞋尖露在裙子下，每一步都像地上多了一瓣蓮花。但在這兒，光天化日的海邊，兩條腿又是那樣的細瘦，倒像一對蹄子。

「不是蚊子，是沙蠅。」露說。

「喔。倒還真像沙灘上的蒼蠅。」

「小得很，比蚊子還討厭。來，坐在這邊石頭上，這邊看出去的風景不錯。」

琵琶坐下，還是得抓癢，一邊道歉。「我給咬壞了。」

「別抓，越抓越癢。」

「早知道穿長襪來。」

「坐一會，等一下要走也很方便。公共汽車站就在對過。我要過去那邊。」

露隱隱朝海面勾了勾下巴，轉過身走了，脫下了外衣。琵琶瞧見是件剪裁大胆的白色游泳衣，胸部半露，墊得太高，襯著淡黃的沙子太惹眼。琵琶看著露走進水裏，太難為情，起初也沒看懂是怎麼回事。她母親涉水，嬌小的倩影像是隨便一個人。有個男人不知是從水裏崛起半截身子，或是上前來迎接她，琵琶不記得是哪一樣，自覺看見了什麼禁忌的畫面，自動移開了視線。只看出是個外國人，褐色頭髮濕淋淋的貼在額頭上，年青的臉，長長的下巴往外凸，肌肉發達，膚色蒼白。等她回過頭來，兩人已沒入了人叢。

沙蠅還在咬她，坐在這裏從旗袍衩口抓癢太引人注目了，她站起來，緩步走開，免得她母親回頭望著這裏，看她行色匆匆，倒又嫌她假正經。

第二天她發現露躺在床上，跟張夫人說話：

「我連眼都沒閉過。緹娜那麼晚了還來敲門，說里奧納會殺了她。」張夫人笑了。「人家是外科醫生，殺個人可不是什麼難事。」

「她是真嚇壞了。」

「她是在這兒睡的？」

「噯，睡什麼！等她絮叨完，都早上十點鐘了。」

「你們昨兒個散得也晚，我就沒聽見張先生進來。是誰贏了？」

「緹娜跟張先生。他沒告訴你？」

「他還沒下床呢。你輸了多少？」

「就我一個人輸，里奧納不輸不贏。張先生最近的手氣真好。」

「所以他才不讓我替他打。你輸了多少？」

「八百塊。」

「可輸了不少呢。」

「都怪他們放了新型的麻將進來。」

琵琶一聽八百塊整個木然，聽在耳朵裏也沒有反應。八百塊不是她昨天帶來的錢嗎？為什麼不輸個七百塊或是八百五？如果有上帝的話，她要抗議：拜託，別開玩笑了。她哪裏還有臉再看著布雷斯代先生？他領的不是教授的薪水，還特為送她一筆獎學金。她母親並不想說出輸了多少錢，躊躇了片刻，還是說了，漫不經心的拋出了數目，正眼也沒看她一眼，彷彿在說：看吧，造化弄人。

「我真是受夠了。」露在說。

「這兩個人整天吵，吵得大家都不快活。」張夫人道。

「連覺都不讓人睡。」

「我要問問張先生什麼時候走。」

「越早越好。就是我的蜥蜴皮還沒弄好。」

「什麼蜥蜴皮？」

「我買的貨。」

「喔，鱷魚皮啊。」

「不是鱷魚，是蜥蜴。便宜點，顏色也漂亮，做皮包皮鞋都好看。」

「內地應該賣得好。」

「我也是這麼想，正好在香港做好。」

兩人又上街去了，到城裏把琵琶放下，讓她改搭公共汽車回去。

再一天露很忙。昨天琵琶打電話來，說要留在宿舍裏批改修道院學校的考卷。將近一個星期之後她才又到飯店去，態度也變了。不再在意她母親說什麼做什麼。倒不是她做了決定，只是明白到了盡頭了，一扇門關上了，一面牆一寸寸從她面前挪開，她聞到隱隱的塵土味，封閉的，略有些窒息，卻散發著穩固與休歇，知道這是終點了。她母親說輸了八百塊那天，她就第一次感覺到了。

九

香港的夏漫長絢麗。琵琶在淺水灣沒聽見誰說要走，她也儘可能遠著。可是她母親察覺到了，起初很生氣，後來又犯了疑。

「有沒有去看過先生？他叫什麼來著，布雷克？」她說，閒話家常的聲口。

「布雷斯代。我寫了封信給他。」

「怎麼能拿了人家的錢，不親自上門道謝？」露輕笑著喃喃說，難為情的樣子。

「我不能冒冒失失的闖到人家家裏。」

「噯，當然要先打個電話。」

「他沒有電話。」

「沒有電話？他說的？」

「不是，可是我聽見說他不想在家裏裝電話。」

「怎麼會？倒像個老哲學家。他多大年紀了？」

「四十吧。」

「結婚了？」

「不知道，我聽說他一個人住。」

頓了頓，露方道：「他賺多少薪水，能這麼大方？」

「比當地人是賺得多。」

「他住在哪裏？」

「石牌灣道，信封上寫的。」

「在哪兒呢？」

「不知道，一定很遠。」

「下次我們去兜風，帶你去，你去當面謝謝他。」

琵琶的嗓門也拉高了。「他不要人家去啊，會惹他不高興的。」

「他只是客氣。」

「不是，他真的是那個意思。」

「你怎麼知道？」

「他就是那種人。」

露不言語了。

有天琵琶也在，她一面刷頭髮一面跟張夫人說：「我昨晚做了個夢，夢見在浴室裏，到處張望，心裏納罕怎麼會有這麼多血？」她担憂的斜著眼，瞥了眼馬賽克地磚，表演出來。「我拿了抹布來揩地板，噯呀，我心裏想，怎麼會滿地都是血，牆上也有，水管也有，到處都有。是怎麼啦？」

張夫人笑著坐在浴缸沿上。「還不都是那位大小姐半夜三更跑來跟你哭訴什麼殺人啦。」

「一定就是這個緣故。還能為什麼？真是怪夢。我揩了又揩，突然在門後面找到了一包褐紙包，可是不敢打開。」

「八成是給醫生分割了的屍體。」張夫人咭咭笑道。

「我抬頭一看，琵琶站在門口。我就說：『這是什麼玩意？誰來過了？』琵琶也不作聲，把臉往旁邊一撇，硬繃繃的，還是一點表情也沒有。」

露說著話，始終沒看琵琶一眼，但琵琶察覺出她的迷惑與傷心。坐在外面，臉朝浴室裏望著母親，一逕是木木的一張臉。這場惡夢裏怎麼會有她？

「然後呢？又怎麼樣了？」張夫人問道。

「我就跟琵琶說：『這是什麼東西？不能丟在這不管，一會兒就來收拾房間了。』我才說著話，門上就響了，有人在轉門把。」

她拿著梳子揮動。飯店好靜，聽得見毛刷半吸吮蓬鬆的如絲的頭髮，遠處還有刈草機嗡嗡的響。露的夢還沒說完，琵琶業已忘了聽了。沒再提到她。可是她感覺到有那麼一瞬間她母親怕會被她殺害。她心裏立刻翻騰著抗議：我從來沒想她死，我只想離得遠遠的，一個人清醒正常的活著。橫是她也總是四處奔波。她為什麼不喜歡跟我在一起，卻只是要我從有她作伴的每分鐘獲利，彌補逝去的歲月，安慰她的良心？她不喜歡我，我也不喜歡不喜歡我的人。

張夫人說不知張先生醒了沒有，回他們房間去了。她走後有一陣靜默。琵琶立在最近的窗前，眺望外面，預備露一開口就站到浴室門口去。露經常斥責她，當著張夫人的面也不避忌，可是現在沒有什麼可以讓她責罵的地方。

她總留下來吃茶洗澡。今天真不知道要如何熬過對坐吃茶的時光。

「多明尼克嬤嬤要我今天早點回去，她們晚一點要到修道院去。」她說。

露微微側頭，眼睛仍迴避她。

琵琶離開前洗了澡，正要拿毛巾，浴室門砰的一聲打開來。露像是闖入了加鎖的房間，悻悻然進來，從玻璃架上取了什麼，口紅或是鑷子，卻細細打量她。她當下有股衝動，想拿毛巾遮掩身體，這麼做倒顯得她做賊心虛。可是即便是陌生人這麼闖進來，她也不會更氣憤了。僵然立在水中，暴露感使她打冷顫，她在心裏瞥見了自己的全貌，寬扁的肩膀，男孩似的胸部，豐滿的長腿，腰還沒有大腿粗。露甩上門又出去了。

原來她母親認為她為了八百塊把自己給了歷史老師，而她能從外表上看出來。老一輩的人說分辨女孩子還是不是處女有很多種方法。有的說看女孩子的眉毛，根根緊密的就是處女，若蔓生分散，就不是貞潔的女人。她母親反正自己的事永遠是美麗高尚的，別人無論什麼事馬上想到最壞的方面去。琵琶就不伏氣。她清洗了浴缸，控制住情緒，可是離了浴室還是很氣憤，心裏有硬硬的一團怒火。她感覺到腮邊的沉厚牆面，碰是沒碰著，卻像笨重的鎧甲阻礙了她的手肘和膝蓋。她確信母親看得出來，可是露卻連正眼也沒看她一眼。

你以為完了，可是情況還是照舊。幾天後她再去，也和之前一樣，不好不壞。

「告訴你呀，有樁怪事。」有天下午吃茶，露低聲說道：「有人搜過我的東西。」

「什麼？」琵琶喊了起來，慶幸有這麼個機會能驚詫同情。「丟了什麼嗎？」

「沒有，東西都在。」

「那就怪了。」

「不是鬧賊，是警察。」露厭倦的說。

「警察！」

「你沒打電話過來，我還以為你也出事了，給人跟蹤了，還是警告了什麼的。」

「警察麼？」

「現在是戰時，他們會懷疑。」

「懷疑什麼？──間諜嗎？」

「除了這個還有什麼？他們看我一個單身的女人，走過那麼多地方，又跟外國人交朋友，多少有點神秘。」

聽母親自己的描述，琵琶猛的發覺她確實是像中國的瑪塔．哈莉[1]。

「搜了哪一件行李？」

「這一件。」

琵琶敬畏的看著。

「我出去了，晚上回來就注意到房裏的東西變了樣。怪了，我心裏就納罕，早晨房間就收拾過了。我把箱子打開找東西。箱子翻過又還什麼都歸還原處，我的東西動過我看不出來？」

「裏面只有衣服麼？」

「還有信、照片、零零碎碎的東西。」

1．荷蘭籍女藝人，喜裝扮成異國舞女，後因在一次大戰中為德國從事諜報活動而遭槍斃。

照片——琵琶不安的想著，那些數不盡的小包裹和信封，裝著成疊的照片，露嬌小孤單的倩影，背後襯著的海岸有爪哇、印度、地中海、上海、杭州、澳門、青島、北戴河。

「飯店不肯幫忙？」她遲遲疑疑的說。

「我沒張揚，驚動了飯店也不中用。我只跟一個英國軍官提過，看看他怎麼說。」就是海邊的那個男人。

「他怎麼說？」

露微微聳肩。「他覺得是我太敏感了，是我想像出來的。」

「他會不會是警察那邊的人？」

「不會，他是正規軍。倒是警察可能以為我跟他做朋友是為了要打探情報。他說不定也是這麼疑心的。我問他也是為了試試他。」

「他像是知道什麼嗎？」

「很難說。知人知面不知心。」

露很喜歡引用這些古詩熟語，琵琶記得前一向有個老媽子常常大聲朗誦。她最後這句話還帶著抑鬱的嘆息，琵琶想起有一次她說女人一人老珠黃就找不到真心的人了。

「我沒跟別人講還有個原因，這裏道人長短的太多了。我這兩天心裏七上八下的，沒有人可以商量，你也連個消息都沒有。怪事一樁接一樁，連你也都有點改常。我還想是不是哪裏做錯了，你每次什麼做錯了我總說你，不像你姑姑那麼客氣，隨你自己愛怎麼樣就怎麼樣，橫是她也不在乎。」

習慣使然，她母親一說起這件事，琵琶就默不作聲。這次不開口倒反而艱難，她母親期望她說點什麼，出於衷心抗聲說幾句。以什麼名義呢，兩人都不能想像。但是露仍等待著。再開口，聲音略顯沙啞。「比方說有人幫了你，我覺得你心裏應該要有點感覺，即使他是個陌生人。」

是陌生人的話我會很感激，琵琶心裏想。陌生人跟我一點也不相干。

「我是真的感激，媽。」她帶笑說。「我說過我心裏一直過意不去。現在說是空口說白話，可是我會把錢都還你的。」

她想像中是交給她一個長盒，盒裏裝著玫瑰花，花下放著一束束的鈔票。她母親會喜歡的。

「我不要你的錢。」露拉高了嗓門。「我不在乎錢。就連現在這麼拮据，我也從沒想過投資在你身上，希望能——能——」她無助的揮揮手，輕輕笑一聲，說出了不能想像的話，把自己描繪成老太太，「將來有一天靠你養活。可是只要是人，對那些幫過你的人就會有份心意。想想過去我對我媽，並沒有哪裏做錯了，不應該有這樣的報應。」

鍊子斷了，琵琶尋思著。撐持了數千年，遲早有斷裂的一天。孝道拉扯住的一代又一代，總會在某一代斬斷。那種單方面的愛，每一代都對父母懷著一份宗教似的熱情，卻低估了自身的缺點對下一代的影響。不幸的是，偏是斷在你這個環節上，而你奉獻給母親的，自己的女兒竟然沒有回報。如果在年青貌美，又集寵愛於一身的時候能到西方各國旅遊，那還不打緊。現在你覺得再也得不到可敬的愛，你想回頭，卻驚詫於不復你母親的時代。

「噯唷，」露嘆氣，越來越像童年南京的那些老媽子，「我真是奇怪上輩子是欠了什麼債，到現在還不了。我以為吃的苦頭夠多了，還是一件事接一件事的來。想也想不到的事。連你也這個樣子。為什麼？跟我還有什麼不能說的。虎毒不食子啊。」

又一句鄉下人的俗諺。琵琶心裏發慌，卻仍是忍不住覺得滑稽，偏挑這個節骨眼上。

「我知道你爸爸傷了你的心，可是你知道我不一樣。從你小時候，我就跟你講道理。」

不！琵琶想大喊，氣憤於露像個點頭之交，自認為極了解你。爸爸沒傷過我的心，我從來沒有愛過他。

她母親下面說的話她都沒聽到。再聽時，說到姑姑了。

「你姑姑也不知道怎麼跟你說我的。」

「姑姑什麼也沒說。」

「我倒不是有事瞞著你不讓你知道。有些事你年紀太輕，說了也不懂。你是知道的，我向來就相信愛情跟肉體完全兩樣。只要發生了肉體關係，就完了。我不要，是別人想要，他們逼我的。」

她哭了起來。嘴巴張得很大，沒化妝的臉像土褐色的面具，面具上一條小小黑黑的裂縫。那張臉比平常更長更窄。琵琶太窘，感覺不到震驚，卻仍意外。她母親向來把貞節掛在嘴邊，深信不移。青天霹靂之後琵琶的腦子一片混沌，還是覺得罕異，她從沒覺得母親是偽君子。她說的都是她相信的。離婚後，她把書籍雜誌都收進了一只柳條箱裏，琵琶在無人住的頂樓找到了，挖寶一樣的探鑽著。有亞森．羅蘋的譯文全集，一本舊歷史小說叫《女仙外史》，近年來她常聽母親說是她最喜歡的書。女仙是唐賽兒，青州一個美麗的女巫，率兵反抗皇帝。十五歲她就意識到自己的命運，必須聽從父母之命，嫁為人婦。她咬牙苦忍洞房夜，之後與丈夫做了協議。她因為他破了身子，失去了長生不老的機會，所以他不能夠再碰她，但他可隨意蓄妾。到香港之後，琵琶從廣東老媽子那裏也又聯想到青州女巫的故事。許多人發誓終身不嫁，但有時會有女孩子家裏給她定了親。為了不讓家人出爾反爾，婚禮上她行禮如儀，婚後也和新郎共住一段日子，之後就會逃家到城裏找事做，同男人再也沒有瓜葛。她證實了自己是處女，保住了家裏的顏面，也就不能議論她是為了男人而跑的。廣東鄉下都有這個習俗，女子想要躲避舊式婚姻與惡婆婆唯一的手段。其他省份沒有這麼驚世駭俗的風俗，除了學習巫術，起而造反之外，別無出路。露為了證明自己是處女，無奈也得結婚。心腸惡毒的人必定會散佈謠言，說她違背父母之命是因為別的男人，外婆一面勸她一面求她。

「她對著我哭，我還能怎麼辦？」露向琵琶解釋為什麼離婚的時候說過，回溯到她為什麼結婚。

琵琶當時沒能了解，現在看見母親哭，她知道了。鍊子是斷了，讓她全身刺刺的，動彈不得。世界上最靠得住的人在哭泣，天空暗了，就要下雨，跟她小時候一樣。她誤會了，琵琶想，以為我是為了男人的緣故。我必須告訴她我根本沒有那種想法。琵琶覺得真像她讀過的書，蕭伯納和威爾斯，只不過她的貞節問題純粹是文學上的。如果事關她本人或是真正親密的人，她可能會用中國人的看法來評斷，可是以母親的例子，她是徹底的理性的。她有韻事，又有什麼兩樣？要她忠於誰呢？她心裏想。可是我又能怎麼說不是這回事呢。又是哪回事？我就是不喜歡她？不行，最好還是讓她誤會吧。她會認為既然是中國人，我會有這種感覺也是理所當然的。她會認命。自認為是罪人，這裏頭是有一份美麗與尊嚴的。

為了不看母親，她始終釘著牆上彫花的上了清漆的鏡子，只是視而不見。震了震，她認出鏡中的臉是自己的，高高的拱起的淡眉，木木的杏眼分得太開，柔軟的狹窄的鼻子。露沒注意到她欣喜的發現。失了平日當作盾牌的浴室鏡子，露對著茶杯上的空間說話。琵琶自己呢，她知道她始終釘著鏡中冰冷的歲月不侵的象牙彫像的臉，為的是保持冷淡。她受不了母親的哭泣，更受不了自己責難的沉默，每一分鐘都更加痛苦。她痛恨受到誤解，渴望能說：「我不是那樣的，我不會裁判你，你並沒有做錯什麼，只是有時候對我錯了，而那是因為我們不應該在一起。」告訴她實話，不管她懂不懂。她比你聰明。找不出該說的話，也說點什麼。她在受苦。

可是琵琶說不出口。過去已化為石頭，向現在擴展得太快，將她凍結凝固在相關連的塊料與沒有形狀的東西上。湧到口邊來了。嘴唇想移動，頭卻是無心的岩石。氣急敗壞下，她告訴自己再一會兒就停了，她母親知道哭泣無用，就不會再哭了，她們會談別的事情，這一刻永不會再來。可是太難忍了，露毫無顧忌的嗚咽，窄臉上張著大嘴，一手半握拳支著腮，手肘架在桌上。琵琶站起來就跑出了房間。

她一口氣跑出了長長的褐色過道，不耐煩的吞下了樓梯。白色制服的僕歐閃躲，一手托的銀盤舉得高高的。得慢下來才行。別人會怎麼想？僕歐很容易就知道她是打哪個房間跑出來的。可盛怒之下，她停不住腳。同樣的酒椰纖維地毯過道在面前延伸，前方是同樣的紫藤架逼向她的臉。彷彿被惡夢追逐，荒謬無稽，像是以為她母親穿過飯店走廊呼喚她回來。

末後，她跑到了天空下，知道自己表現得不正常，但是太開心了不在乎。至少結束了。那樣子奔跑一定像是受驚的無辜少女，管他的。隨便她母親怎麼想吧。只有這個法子。結束了，她母親再也不會重提這件事。太陽下山了，天色仍亮著，她走向公共汽車站。露坐在裏面哭的房間必然暗了，她也不會站起來開燈。不，她早就去洗臉了，說不定她前腳剛走她就進了浴室。但即使坐上了公共汽車，她還想回去。說不定房間裏沒人了。

公共汽車晃了一下停住，街燈全亮了。已經進城了。她看著窗外一爿棉花舖，門敞開的，太熱的緣故。頭頂的燈光照下來，高台上有人在彈棉花，一邊肩膀背著一隻有彈性的扁桿，桿子兩頭繫著條繩。三個男人光著膀子，只穿短袴，半彎著腰，繞著高台敏捷的移動。一彈繩子，棉絮就飛揚，三人移來移去，似乎聽著彈弓的聲音跳舞。瘦削金黃的軀體閃著汗水。棉絮在金黃的房間裏飄然飛下，隱隱有綳綳綳的聲響。雖然只看見了幾分鐘，她卻異常感動。

「我還沒離開人。」她對自己說，不曉得為什麼這麼說，為什麼覺得安慰。痛楚將她圈禁在盒子裏，圈禁瘋子似的，唯有慈悲的鬆懈穿過，美麗動人，無法形容。

隔天她勉強打電話去問該不該過去。她知道母親會假裝沒事。那天下午緹娜也在，試穿新衣。露幫緹娜的背抹防晒油，討論一部兩人看過的電影。

「你也該看看，琵琶。」緹娜說。

「明天去看。」露說。

「對，給她放個假嘿，露。」

琵琶有天打電話去，露出去了。第二天清早多明尼克嬤嬤叫琵琶接電話。媽起得倒早，她心裏想。

「請問是沈琵琶小姐嗎？」是個男人，說的是英語。

「我就是，請問哪位？」

「這裏是警察總署。今早能請你過來一趟嗎，沈小姐？有些事情要請教。」

「什麼事啊？」她問道。每次出了事，她就變得空洞而鎮靜。

「只是例行的調查。你是上海來的吧？你母親到這兒來看你？」

「是、是的。」

「不會耽誤你太多時間。十一點之前能趕到嗎？」

「警察總署在哪裏？」

「德輔道六十號，找莊士敦隊長。」

「我要怎麼過去？」

「嗯，你搭四號巴士吧？再轉到筲箕灣的電車。」

「到哪裏搭電車？」

他詳細的指示了她路線，這才掛上電話。越笨越好，她心裏想，雖然她並沒有裝笨。她打電話去問母親該跟他們說什麼。露又不在。早上十點一刻就出門了？

十

她步入二樓一間大辦公廳，說要找莊士敦隊長。柵欄擋住的辦公桌後一個長臉淡褐金髮的警員抬起頭來，又回頭寫字去了。有個黝黑結實的人穿著卡其制服上前來。

「沈小姐麼？請這邊走。」

他領頭到一排的隔間，請她在一張桌子前坐下。

清白的人無端被召進了警察局，該如何舉動？應該是氣憤又緊張。可是她準是做得過火了。黝黑的漢子瞧了她一眼。

「沒有什麼事，問幾個問題罷了。要不要喝茶？」

「不用了，謝謝。」

「喝杯茶沒什麼，我們自己也要喝。」

「那好吧，謝謝。」

他搖鈴。有個骨瘦如柴的中國人悄沒聲的出現了，一身白襯衫，僱員的樣子。

「兩杯茶。」

他默然消失，留下一絲光腳穿球鞋的氣息。

「不抽烟吧？」

他自己點燃了一根烟。金髮警員側身快步過來，像隻收起來的雨傘。

「這位是莊士敦隊長，我是馬瓦羅警探。」黝黑的警探說，彷彿是澳門人，也許是多明尼克嬷嬷的姪子，一樣的寬臉濃眉密密的睫毛。他一個人說話，做筆記。莊士敦只是坐視，面前攤開一本大筆記簿。會是什麼？她母親的「檔案」？他不斷翻看，像參考什麼。不可能全記著她的事吧？琵琶顛倒著看，只看見是活頁紙，打字稿。心裏漸漸的恐慌，又一股子想笑，彷彿已是事過境遷向某人提起，不是向母親提起，她會大發雷霆，而是向比比或珊瑚姑姑。她甩不掉這戲謔的感覺。她向來信任警察，坐在這裏心裏自在，並不比在學校口試緊張。馬瓦羅像個壞學生，筆記寫得很吃力，有一句沒一句，只有三兩行。他怎麼不索性讓她自己來寫算了？

「你父親多大年紀？」「你母親幾歲了？」又想抓她撒謊的小辮子似的。「你父親大你母親幾歲？」問不倒她的。他們兩人同年。

她報出母親上海的朋友，心上有些不安，比方說布第涅上尉，有必要說出他來麼？不過，既然事無不可對人言，有話直說豈不是最好？

「你認識羅侯爺嗎？」

「是我表舅爺。」珊瑚姑姑聽到不知會怎麼說。連這都查出來了。

「他同你母親是什麼關係？」

「他是我父親的表哥。」

「你母親跟他很熟？」

「不是，她只見過幾次面。」

「她一定跟他很熟。不是她設法籌錢救他出來麼？」

「不是，那是我姑姑。」

「可是錢是你母親的？」

「我姑姑跟她借的。」

這些事他們怎麼知道的？露不會告訴他們，除非是他們先提起。她的心往下沉，曉得有場大病要來了，而且不是幾天就痊癒的。她喝了一口熱奶茶，饑荒似的。她這動作似乎使馬瓦羅震了震。難道是以為她突然口乾舌燥？

「他常到你母親家嗎？」

「羅侯爺嗎？沒來過。我們統共只見過他一次。」

「在你母親家裏？」

「不是，是在他家裏。」

「她常到他家去？」

「不是，那是他太太的家，他不住在那裏。」

她一心一意只提防說了什麼會惹她母親生氣。

「你幫你母親送過信嗎？來到香港之後？」

「沒有，上海對外的通訊並沒有斷。」

「你寄過包裹到重慶嗎？」

「沒有。」

「內地任何地方？」

「沒有。」
他起身，慢悠悠走出隔間，伸伸腿，吸口氣。莊士敦一分鐘也不浪費，立即接手，不時參閱他的大本子。
「羅侯爺是何時遭到暗殺的？」
「我不記得了。──一九三八年吧。」
「他始終沒把錢還給你母親？」
「借錢的事只有我母親和姑姑知道。」
為了取信他們，她說出了姑姑與羅侯爺的兒子的戀情。她並沒有洩露什麼秘密，換做是她母親也一定會說。馬瓦羅又回來了。兩人都沒做筆記。
「所以我姑姑就偷偷拿了她的錢。」
「可是她們還是朋友？」莊士敦問道。
「只是表面上。」
「她們還是住在一起。」
「為了省錢。」
「你母親的經濟拮据嗎？」
「對。」
「她現在有錢了？」
「不算有錢。」

「她住的是淺水灣飯店，一個多月了。」
「可能是我姑姑還她錢了。」
「你不知道確切原因？」
「我沒問。」
「你對你母親的事好像知道得很少。」
「我們很尊重彼此的私生活。」
「中國家庭很不尋常吧？」
「她們母女好幾年不見了。」馬瓦羅冷不防插話。這兩人就像她在哪兒讀過的幫會兄弟，兩個人一搭一唱，「你扮白臉，我扮紅臉。」京戲裏武人畫紅臉，文人是一張淨臉。一個兇猛脅迫，另一個知書達理，好似幫受害人撐腰，對抗他的夥伴。受害人感激涕零，輕易就招供了。而這裏的兩個，莊士敦是英國人，自然扮黑臉。馬瓦羅有中國血統，廣東話想必也很流利，雖然今天不見他說廣東話。
莊士敦倒身向後，讓馬瓦羅接手盤詰。
「你認不認識你母親的日本朋友？」
「她不認識日本人。她討厭日本人。」
「倒不討厭德國人？」
「她也不認識德國人。」
「你知道伊梅霍森醫生嗎？」

熟悉的名字又使她心中一跳。「他是我的醫生。」
「他常到你家裏嗎？」
「只有我生病那次，我得了傷寒。」
「他的全名叫什麼？」
「不知道。」
再換莊士敦上場。她的父母年齡差幾歲？
好不容易，他合上了本子，說：
「謝謝你，沈小姐，我們可能需要再請你過來談談。」
琵琶倒抽口氣，難以置信。
「資料還不充分。」他說。
馬瓦羅蹙著眉，低聲道：「非常抱歉。事關安全，馬虎不得，尤其又是戰時。」
這一提，琵琶陡然想明白了一件不太確定的事——日本已經到達九龍半島邊境。上海孤島傲然屹立，毫不隱諱深陷重圍，香港人卻一句話也不想提，只說這裏是安全的，這裏是英國的轄地。可是日本不是軸心國之一，而英國正和軸心國作戰嗎？
「當然，當然是要小心為上。」她同情的喊著。
兩人都有點受驚懷疑的表情。現在可不是讓她講理的時候。
她在警察總署待了三個鐘頭。出來後在附近雜貨鋪打電話。露還是不在，她改找張夫人。
「我們打電話找你，你出去了。」張夫人說。

「我在外面打的電話。我找不到我媽。」

「她還沒回來呢。他們叫她去問話，太不像話了。」

「我也剛從警察局回來。」

「你能不能過來？過來再說。」

她發現張夫人一個人在房間裏。

「昨天我們下樓去吃午飯，有個警察過來，說要找我們談談，張先生跟我就跟著他進了酒排。問我們的旅行，十句有八句不離你媽。後來才知道吳先生吳太太也有人問他們話。我們午飯時沒看見她，只好一直打電話到她房間去，也不知道該怎麼辦。今天一大早，那人又來了。張先生差點就發脾氣了。末了才知道她昨晚沒回來。我們可真的担心了，就打電話找你。」

「她到哪兒去了，那人沒說嗎？」

「當時我們並不知道她不在飯店裏。張先生去找領事了。放心好了，很快就沒事了。真是太豈有此理了。」

緹娜與里奧納．吳進來問有沒有消息。一看見琵琶也在，就把他們的事說了一遍。今天早晨他們也是又被盤問了一次。

「這下子可領教到殖民地的厲害了。」里奧納說：「我們中國人說中國是半個殖民地，到底還是兩樣。」

「英國人在上海就不敢這麼樣。」張夫人道。

「租界裏他們就夠趾高氣揚了，可還不敢這麼明目張胆。」他說。

「誰叫香港是人家的呢。」緹娜說。
「都是打仗的緣故，才讓他們這麼草木皆兵的。」張夫人道。
「再怎麼說，也不能這麼對待友好的同胞啊。」里奧納說。
「我們本來早就要走了，」張夫人道：「可是你媽偏說蜥蜴皮還沒弄好。」
「你也知道你媽的脾氣，琵琶，老是那麼不慌不忙的。」緹娜說。
「噯，真是折騰人。」張夫人嘆息著說：「誰想得到……？」
「他們都問了你什麼，琵琶？」緹娜氣惱的說。
琵琶揀了一部分告訴他們。
「就跟問我們的一樣嘛，里奧納，你說是不是？」
矮小的里奧納．吳長了個娃娃臉，孩子氣似的漂亮，拘謹得很，今天說的話已比平日多上許多。
「吳醫生，你聽說過這個德國醫生嗎？」張夫人問道。
「是啊，他們怎麼會問起伊梅霍森醫生來呢？」琵琶也說。
「張先生本來要去找他看病的，可是他回德國去了。」張夫人道：「看他的年紀，在上海也住了三四十年了。上海的德國人運氣好，不用去打仗，也沒給拘禁什麼的。」
「聽說他涉嫌當間諜。」里奧納說。
「噯，那就難怪了，難怪他們會疑心露呢。」張夫人輕輕喊了一聲。
「這也太小題大作了吧？」緹娜說：「誰都能找他看病啊。」可是她的聲音漸漸輕了，心虛似的。

沉默了下來，顯然是顧忌琵琶在場。

「張先生沒打電話回來？」里奧納問道。

「沒有。」

「現在最要緊的是趕緊跟她聯絡上。」里奧納說。

「這事交給張先生就對了，他人面廣。」緹娜說。

「張先生在香港這裏不認識人。」張夫人道。

「他總是個名人，不比我們。」緹娜說。

「他當然會盡力幫忙。露那些英國朋友一個也想不起來？張先生也說我們黃面孔在這裏使不上力，一定得白面孔才行。」

「有個布雷克維少尉，可我不認識他，這事發生之後就沒見過他了。」緹娜說。

「他要是以前不認識露，也幫不上忙。」張夫人說。

是那個英國陸軍軍官，琵琶心裏想。

「漢寧斯呢？可以給他發個電報。」里奧納說。

「沒有他的地址。」緹娜說。

「送到加爾各答他的公司去。」

「他還在印度嗎？」琵琶問道。露如果是去找他，也不奇怪。也該是個像他那樣的人。

「對，他離開上海了。」緹娜說。

「還是可以幫她作保。」里奧納說。
「他要在這兒就好了。」緹娜說。
「噯，還是看領事怎麼說吧。」張夫人說。
「找領事就對了。」里奧納說。
「等張先生回來就知道了。」緹娜說。
吳先生吳太太翩然出去了。
下午十分漫長，張先生回來天色已經暗了。他舉高一手，掌心朝外搖了搖。
「別提了。」他趕在太太開口前道：「豈有此理。領事找了幾個人，個個跟他打官腔，什麼戰時保安的，還說只是找她去問話，不需要請律師。」
「他們怎麼能言語都不言語一聲就把人押起來？」張夫人喊道。
「現在是打仗。」
「跟他們打仗的人可不是重慶政府。」她指明了。
「他們知道重慶管不了。」他惱火的朝太太嘟囔。「沒有後台的中國公民算什麼？」
「張伯伯可不是沒沒無名啊。」琵琶道。
「我說不上話，我有好些年沒在政府任職了。」
「可是有張伯伯在這兒。」其實她想說的是「有您作保還不夠嗎？」
「我也只能據實以答，」他用講道理的聲氣說：「雖然有親戚的情份，卻很少跟你媽見面，這次搭夥一道走還是因為去的是同一個地方。」

「老實說，他們問我們的事情我們一件也不知道。」張夫人道。
「我也一樣。」琵琶道。
「這事純粹是誤會，都是因為不體恤中國人。」張先生道。
「她人呢？」張夫人問道。
「領事也在打聽，明天他會去找總督。」
「絞把熱毛巾擦臉吧？」
他點頭。張夫人進浴室去，放熱水。張先生趁這時候問琵琶她到警察局的情況。
「我看還是你回去問他們，堅持要知道你媽的下落。你是在這兒上大學，不是玩幾天就走的，總該有點分量。」
「是麼？」
「是啊，島上這所大學頗有點地位，究竟是公家的機構。」
「那我即刻就去，免得他們下班了。」
警察局裏仍有燈光，也沒人攔住她不讓她上樓。不見人影的走道散發出光腳穿球鞋的氣味，比白日更濃。辦公室的門鎖上了。母親就在這棟屋子裏嗎？幽暗的黃色燈泡使得這棟又大又舊的辦公樓欺人的溫暖。還是別讓人逮著在這裏遊蕩的好。可她還是楞楞站在辦公室門前，轉動門把，影子映在灰濛濛的、沒有光亮的毛玻璃上。有警員從過道走來，腳步落在亞麻油亮皮暗褐地板上，響亮得很。他說莊士敦與馬瓦羅都下班了。琵琶只好走了。
到這時候她已經習慣了晚上走這段斜坡路回宿舍，覺得路程短了很多。今晚這份熟悉的感覺尤其窩心。心底裏她深信又是她母親旅行中的災難，像那次船啟航前她父親扣下了行李，像紐約登岸後簽證又出了問題。她聽得見事過境遷母親與姑姑談講，又是氣又是笑。珊瑚在就好了，她最拿手的事就是救人。連表舅爺有罪的人都救得出來。表舅爺扶乩得了一首詩，說什麼「飛龍搏風上九天」。旁人都恭賀他，聽說了他即將出任傀儡政府的總統。過沒兩天，他從扶乩處出來，就遭射殺了。明跟珊瑚說過有這個流言。琵琶把表舅爺推出心裏。他惹的禍還不夠多麼？

她覺得張先生等她走後還有許多話要對張夫人說。中國人有些事總不讓老太太和兒童與聞，當他們毫無用處。她能體會表舅媽為什麼惱恨明與珊瑚在營救表舅爺時始終瞞著她，可是她不能怪張先生跟她母親一樣都拿她當小孩子看。他們對她的判斷也許是對的。

爬坡爬到一半，她經過了教授們的屋子，空洞洞黑魆魆的。這個夏天戰火方興未艾，不曉得他們能到哪裏去度假？布雷斯代先生留在香港，可是她不會去向他求援。心裏有什麼扯了下來，百葉窗一樣阻斷了讓他與她母親發生一點點關聯的想法。張先生說大學在香港是有地位的。那麼院長呢？他也住在這些小屋子裏。這時候必然也不在。教務長呢？甚至是除了講演日不曾露面的校長？她四處告幫，要人幫一個素未謀面的女人作保，她母親會不會生氣？這時候她就能明白前清的官員遇上急事為什麼通常都不作為。做錯了事反倒比不想到該做什麼容易招禍。交給張先生處理吧，母親信任他。可是明天她還要再到警察局去，張先生是這麼建議的。

多明尼克嬤嬤幫她開門，什麼也沒說。可是琵琶感覺警察也來調查過她。多明尼克嬤嬤說不定打電話向院長姆姆請示過，決定不聞不問。教會不能蹚這混水。

十一

她又去問莊士敦與馬瓦羅他們把她母親羈押在哪裏。作不出心急如焚的孝女姿態來，她只能又一次任他們輪番盤詰。當晚她到飯店找張氏夫婦，一五一十說了。

「別去了。」張先生道：「總是有說錯話的風險，反倒把事情弄擰了。」

他也跑了一天，白費了許多力氣。除了等領事那面的消息之外，別無良策。樣子很是煩惱。琵琶為麻煩他致歉又道謝，他說：

「噯，我是力不從心。我也是蒙在鼓裏，實在也難幫得上忙。」

「就連我也是，更別說張先生了，」張夫人也幫腔道：「你媽跟我從小一塊長大，就跟親姐妹一樣，可就連我也鬧不清是怎麼回事，又是法國軍官又是德國醫生的。」

「怪的是他們倒什麼都知道。」張先生道。

「這裏頭有鬼。」張夫人怒目瞪著他，豐滿的下巴抬了抬，又掉轉了臉，厭煩似的。顯然夫婦倆談過了。

「有鬼？」琵琶道。

「不然怎麼解釋連上海的事他們都知道？」張夫人反問道。

「我以為是他們調查過。」

「他們又是從哪兒打聽來的？上海的巡捕又不認識她。」

「他們不是為了伊梅霍森才疑心她麼？」

「是誰跟他們說她認識他呢？」她直勾勾看著琵琶，幾乎是在指控。「可不有鬼不。」

不，她沒把伊梅霍森醫生列入她母親的朋友——從來沒想到這一層——琵琶緊張的這麼告訴自己。

末了，張夫人道：「還不是她那個朋友太愛管閒事，別人家的事倒是一筆賬也不漏。哪像我——糊裏糊塗的，連這個英國軍官都不知道，還是我們眼皮子底下的事呢。」

張先生一聽提到布雷克維少尉倒像深受侮辱，不言語了。

「這一個也是壞蛋，」張夫人往下說：「出了事後影子也不見一個，縮起頭來做烏龜了，保不定就是他去告的密。這一個月我們走到哪兒都有人跟著，聽他們的問話我就知道了。」

「上海的事又是誰說的呢？」琵琶問道。

「想啊。」張夫人怒視她，上巴又往上一揚。「還會有誰？」

「她怎麼會呢？」

「這種人難講。你媽固然會做人，難免還是會開罪人。」

「沒憑沒據的，別信口雌黃。」張先生不敢苟同的說。

「我也只是跟琵琶這麼講，又沒到外頭說去。」

「會是她去報警的？」琵琶問道。

「那就不一定了。你媽是說過緹娜三教九流的朋友都有，還在上海的時候就認識法國巡捕，在法租界很有點勢力。」

「真的?」琵琶說,真感到詫異。

「替他們開派對,請他們到家裏。」別過臉,不屑似的,脖子向肩後扭了扭,倒像不言可喻。「她會說法語。」

「是啊,兩個人都會。」琵琶道。

「吳醫生在法租界開醫院,交遊廣闊也是應當的。」

「那都是上海的事。」張先生懊惱的說。

「我就是氣不過,你這麼大把年紀了,馬不停蹄的,四處求人。俗話說強龍不壓地頭蛇,再能也是異鄉人。別人倒是坐在樹蔭底下淨說風涼話。琵琶,你真該聽聽他們都說了什麼。將心比心,就辨出忠奸來了。我是不該挑你媽落難的節骨眼上說這話,可她到香港來好像就換了一個人了。有時候連我都吃驚。看看她交的朋友,那個緹娜,還有那個布雷克維。這一向時局那麼亂,又不是太平盛世,交朋友之前哪能不睜大眼睛看清楚呢。」

琵琶不作聲,心裏卻想:我不喜歡別人批評她,可她捅了這麼大的樓子,我不也覺得優越嗎?我們大多等到父母的形象瀕於瓦解才真正了解他們。時間幫著我們鬥。鬥贏了,便覺著自己更適合生存。露瀰著她的纏足走過一個年代,不失她淑女的步調。想要東西兩個世界的菁華,卻慘然落空,要孝女沒有孝女,要堅貞的異國戀人沒有堅貞的異國戀人。佛曰:眾生平等。不單在法律上,甚至財產與機運上,魅力美貌聰明,人類所有差異的地方都是。在琵琶眼中人都一樣,而她總是同情那些只求公平的人,知道他們得到的比別人少。

她曾以母親前衛的離婚為榮,卻對婚姻的實況毫無概念。她愛過她的家,甚至愛過她父親。母親敘說的被迫結婚，琵琶在當代小說中讀到不下千次，再也不覺得真實。多年後有一天她去看珊瑚，一個遠房姑姑正巧也在。兩人正說著在露的婚禮上第一次見面的事。

「說來也怪，有的新娘子真漂亮，有的不及平常漂亮。」珊瑚說。

「媽呢？」琵琶問道。

「很漂亮。」珊瑚說。

「她戴皇冕，我結婚的時候戴鳳冠。」

「有人就說新娘子漂亮不好。」珊瑚說。

舊式婚禮琵琶見過一次，楊家的一個叔叔成親，她同表姐妹一齊去。舅舅的女兒告訴她：「是真正的古式婚禮，坐花轎。很好玩。」

上海不再舉辦古式婚禮了。再守舊的家庭都舉行所謂的文明婚禮，婚禮進行曲，交換戒指。

「為什麼要古式婚禮？」琵琶問。

「新娘子家要的。四叔說他不在意。」

「他見過新娘子嗎？」

「見過了。是相親的，可是他們見過面了。」

骯髒的老屋子披紅掛綠，門上綴著綢緞，懸著縐紗綉球。新郎也披著大紅帶，兩頭紮成一個紅紅的綉球。他是個年青人，面相有些獷悍，與身上的長袍馬褂及瓜皮帽格格不入。有人取笑他，是漂亮女孩子的話，他也少不得回敬她兩句。

「你等著吧。」他向舅舅的大女兒說：「四叔來教教你，下一個就該你了。」

「看四叔多漂亮，快敲鐘。」她說，拉扯綉球。

「哪及你漂亮。」

他抓住她的手，被她奪手甩開了，倒退了幾步，怒瞪著他。

「四叔最壞了，新娘子就來了，還這麼下流。」

她的三妹十三歲，與琵琶一樣大，重重蹬腳，大聲嚷嚷：

「嗳喲喲！四叔，好不要臉啊！都做新郎倌了，還在調戲女孩子。」

他氣得咬牙。「小猴崽子，你才最壞。」

他不懷好意的逼過去，她轉身就跑，躲在琵琶後面，扯得她團團轉。

「四叔不要臉！」她大唱大嚷，一溜烟跑了。

「小猴崽子。」他喃喃嘀咕。

又一群咭咭呱呱的客人圍住了他。

「只管笑，」他說：「我不在乎，今天我是耍猴戲的猴。」

「嗳喲喲！」琵琶的三表妹又飛奔而過，唱著：「四叔不要臉。」

「看我捉不捉到你。」

他追上去，一個房間追進另一個房間，撞上客人與老媽子。末了不追了，三表妹倚著琵琶直喘氣。

「四叔最壞。」她咬著牙說，瞇細的眼卻閃著奇異的光芒。

她們在屋裏轉了幾個鐘頭，好容易大門口劈里啪啦響起了鞭炮聲。

「新娘子來了！新娘子來了！」

女孩子都往大門跑。街衢上已聚了一小夥人，笑笑嚷嚷，瞧著花轎。

「這些東西居然還找得到。」有人說。

「現在都成老古董了。」另一人答腔。

封閉的花轎向前進，花轎綴著漂亮的小裝飾，尖尖的轎頂金燦燦的，轎身是紅布的壁，一排排破舊的粉紅流蘇隨著轎夫腳步晃動。四個轎夫將轎子放下。又一波的鞭炮響，兩個老媽子上前來，攙扶新娘下轎。新娘頭上的紅布遮住了她的臉，披到下頦底下，往外撇著，斧頭似的側影，像怪物的大頭。大頭底下是一整套的大紅綉花袍和大紅裙。

左右兩邊各有一個老媽子扶著新娘子的手肘，進了屋子。新郎跟她一起叩拜天地與列祖列宗。新娘子被簇擁著送進了新房，坐在有掛簾的床上，是神龕裏的邪神。有人遞給新郎一隻秤桿，催促著他把秤桿伸到她的蓋頭下，掀起來。

「蓋頭丟到床頂上！丟得高點！高點！」有個女人高聲喊道。

新郎玩笑似的往上一撩，蓋頭撩上了床頂。

新娘子的真面目示人了，一剎那間，房裏彌漫著失望的壓抑氣氛。她豐潤的臉又大又長，空落落的，嘴唇也太厚。沒戴鳳冠或是皇冕，梳著新式波浪頭，死板板的。新郎被請到她身旁坐下，鬧起了新房來了。可是沒有琵琶的表姐說得那麼好玩，整個的沉悶。她母親居然也經歷過，難以想像。

她母親有一對喜幛，小時候躺在老媽子懷裏在牆上看見過。裱了框，綉的是盤花篆體，最早的象形文字，淡粉紅緞子上像長了五彩長尾鳥。她最早認的字就是這上頭的，可是總有兩個字老記不住：

「宜室宜家宜——

多福多壽多子孫。」

這些東西都是特為請知名的湘綉綉工做的，當她的嫁妝。相當於一家小工廠人數的綉工忙著趕工，她母親卻仍絞盡腦汁想毀婚。一長列的禮品送達了。嫁妝又是一長列。每一場華麗的遊行都敲實了一根釘子，讓這不可避免的一天更加的鐵證如山。末了，她向母親與祖先叩頭告別，被送上了花轎，禁閉在微微波蕩的黑盒子裏，被認定會一路哭泣。鞭炮給她送行，像開赴戰場的號角。開道的吹鼓手奏出高亢混亂的曲調，像是一百支笛子同奏一首歌，卻奏得此前而彼後，錯落不整。他們給她穿上了層層的衣物，將她打扮得像屍體。死人的臉上覆著紅巾，她頭上也同樣覆著紅巾。注重貞節的成見讓婚禮成了女子的末路。她被獻給了命運，切斷了過去，不再有未來。婚禮的每個細節都像是活人祭，那份榮耀，那份恐怖與哭泣。一九二〇年代流行一句話：「吃人的禮教。」到了今天卻很難體會，今天古老的儀式變得滑稽可笑。禮教死了，讓露委屈自己的母親也死了。她的犧牲失去了一切意義，卻也喚不回失去的人生。她再怎麼樣也無所謂了。

但她還是忌憚人言，可能這趟最後的旅行例外，焦急煩惱了那麼久，終於成行了，再婚之前最後的一擲。漢寧斯為了救她在奔走嗎？他接到電報了嗎？琵琶昨天問過，得到的是含糊的回答。張先生他們攬下了這件事，就把發電報的事延宕了，不確定露會不會在意讓他知道事涉別的男人。說不定是緹娜出的主意，而沒有人想担這個罪名。我也一樣壞，琵琶心裏想。我一定有什麼能做的事。我真的這麼又傻又不中用？她躺在床上，思索與警察的談話，苦於不曉得說錯了什麼，只知道連當時她都避重就輕。她的責任難道只限於此？不說錯話？

午飯後她要到淺水灣去，可是早上九點半她先打電話去找張先生，問問漢寧斯的電報發了沒。

「二七二房客人不在。」總機的歐亞混血女孩吟唱似的說。

「能不能麻煩到餐室找一找？」

「請稍等。」

過了許久，那吟唱的聲音才響起。「二七二客人不在餐室。」

她留言請他們回電。這會兒又是怎麼了？一大早兩人都不在？她又等了半個鐘頭左右，再打電話過去。

「二七二房客人不在。」緊接著「二七二客人不在餐室。」

「那請接二〇六房吳先生或是吳太太。」

「請稍等。」

琵琶提起精神。最可能接電話的是緹娜。

「二〇六房退房了。」

腳下的土地裂開了一條縫，像抽屜嘩啦一聲拉開來。

「退房了？他們都走了？什麼時候的事？」

「請等一下……二〇六房今天早上十點十五分退的房。」

她預備立刻就到淺水灣去。正要出門，有電話過來了。

「琵琶嗎？她出來了。」張夫人惱火的說，言下之意是也該是時候了，以免顯得太過喜悅。「下午過來一趟，她現在在休息。」

「她還好麼嗎？」

「好，一切都好。剛剛是不是你打電話過來？我們在你媽房裏。好，三點左右過來。」

三點前後她敲了門，似乎過了許久門才打開一條縫。她母親精明的臉探出來，背後的光使她的臉暗沉沉的。她一言不發，白色錦緞晨衣一揚，又走回去理行李，半敞著，像直立的巨蚌。琵琶關上門。

「媽。」她喃喃喚了一聲，怯怯的綻開笑臉，表現出放下了心中的大石頭。

「真是豈有此理。」露說，理著吊在行李箱裏的大衣翻領。

「起碼沒事了。」

「他們無權羈押我，管他戰時不戰時，我就是這麼跟他們說。就算是在他們自己的殖民地也不行。」

「是不是——都在警察局裏？」

「是啊。他們不能就這麼把我關進牢裏。就連這樣，下次想申請簽證到別的地方，都會對你不利，所以我才那麼生氣。我跟他們說，你們根本沒有證據，你們也知道末了還是得讓我不論她的感情再怎麼少，這種時刻快樂的淚水也不能放肆。琵琶知道。

她顯然是被琵琶的微笑與殷切的無知給惹惱了，像是詢問患了難以啟齒的疾病的長者。

「遇上這種事，誰還在乎舒服不舒服？你不知道事情有多嚴重麼？」

「你沒不舒服吧？」

「噯，他們知道嚇不了我。」

「他們——還有禮貌吧？」

走，頂好是現在就讓我走。」

露往下說，如此這般告訴了一遍她對警察說的話，省略了他們的問話。輪到琵琶說了，她省略跳脫了許多事，察覺到露並不真的想聽。

「他們第一次找你是什麼時候？星期二？」她打斷了她的話，到這時才正眼看了琵琶，從沉重的睫毛下看。

「不是，是星期三。」

蒙上了沉鬱的眼尋思著，似在計算。計算日子？懷疑會不會是琵琶不經意間說出了羅侯爺與布第涅與伊梅霍森的事？

「緹娜走了嗎？」琵琶問道。

「你怎麼知道？」

「我打電話找不到張夫人，改找她。」

「噯呀，真是笑話。我一回來她就撞了進來，噯喲！沒口子的担心，都快担心死了，還說什麼里奧納太氣憤英國人了，連在英國的領地裏多待一天都不願，可是又不能拋下我自個走。料不到河內又出了急事，既然我出來了，他們就能問心無愧走了。我又不是傻子，用不著張夫人指明了說，也知道是誰放了我這把野火。我只是不懂，怎麼有人做得出這種事，難道都不顧慮以後了？背著門拉屎——能瞞人多久？除非就讓英國人把我槍斃了。可是人要人死偏不死，天要人死才會死。你跑吧，難道從此不見面了不成。」

「他們搭飛機走的麼？」

「她說是總算運氣好，還有位子。也許事前先定好了。他們是在躲我，里奧納一定也怕死了受牽連。也不知道他是不是疑心是緹娜搗的鬼，那可夠多寒心啊，一個女人做得出這種事來，又不離你左右。還以為早看透了朋友了——你姑姑不就是個榜樣？咳喲，想想現在連夫妻都能離婚了，朋友又算什麼？可不管是不是朋友，做出這種事來——借刀殺人。就說張夫人吧——她倒指控緹娜，可是他們自己呢？跟警察說我的事一點也不知道，只是剛巧一道旅行，好像我拿張先生當幌子。他們這一說也許還倒打了我一耙。我們中國人就是這樣，有了點名聲地位就怕事，落了片葉子還怕打破頭呢。這下子可好，他們說就為我在這兒惹的麻煩，去不了重慶了。真是笑話了！我又沒犯間諜罪——他們放了我是因為什麼證據也沒有，為了面子才告訴我案子還沒結。要是怕受我連累，索性從現在開始分道揚鑣。張夫人說還不是張先生太有名了，難免惹人閒話。我是不願跟張先生說他沒那麼了不起。他們現在到處找房子，暫時在香港住下來。都是我不好。怪的是，我到哪裏都會遇見陌生人對我好，病了照顧我，省了我大大小小的麻煩，為我抱不平，擱下自己的事來幫我，體貼周到不求回報。」她哽住了，紅了眼眶。

「反倒是跟我越親的人越待我壞，越近的越沒良心。噯喲，別提了。」

琵琶不作聲。不再關心，徒剩一種遙遙無期不見盡頭的淒楚。

露繼續拾掇行李。扣好口袋後，她直起腰來說：「行了。」

她朝桌子揚了揚下頦。

「你姑姑的信，前天送來的。有人拿蒸氣拆開過，我一看就知道。我不在的那兩天，他們一定是把房間都翻了個過，說不定還裝了麥克風。你姑姑說交了個朋友。這又奇了，我在的時候一個朋友也沒有，我一走朋友也有了。像不像又是我不好？她也剛升遷了。我一走什麼都好了。」

琵琶沉默以對，也什麼都不想，撥給姑姑需要的所有空間，甚至不好奇這個男性朋友是中國人或外國人，結婚了或單身，兩人是否會結婚。

「靠後點。」露忙著把縫衣機打包，像是綁頭小牛。

縫衣機裹著褐紙。她的力氣真大，雖然瘦削卻很結實。琵琶在一旁坐視，還是心虛。可是一插手絕對是越幫越忙。

「我需要這個。」她說：「內地的裁縫不行，印度的也是。」

「是嗎？」

「是啊。」她不耐的向另一側甩頭。「這還是在法國買的，在上海一直沒派上用場。好多東西我自己動手做，我一個人就能縫好，現在就能用上了，可是老是沒工夫。」

她的東西散置在房裏，花朵一樣。活動房屋裏的陳設又擺出來展示了。張先生的房間也大同小巽，可是一比較，就遜色許多。

「來，幫我撳著。」她說：「別扯，撳著就行。」

有人敲門。僕歐拿進一只加了掛鎖的洋鐵高箱。

「蜥蜴皮。」露等他走後說：「要不是等這些皮鞋皮包，我早走了。今天早上我打電話到作坊，你知道他們說什麼？還沒動手呢，說價錢還沒講定，還在等我的消息。」

「怎麼會？他們是不是弄錯了？」

「還不是想哄抬價錢，欺負外省人。我說那就算了，拿來還給我。我這幾天就要走了。」

她打開箱子，仔細剝下了上層的一張皮，攤開來，像極了大張香蕉葉，同樣的深綠色，同樣的脈絡和凸點，漂亮極了，中央的摺痕很深，泛出白色，竟讓琵琶看得心痛。難怪她母親會想買下來。

「馬來亞來的。」露說。

塞滿了貨的洋鐵箱裏竟然是冰涼的。這冰涼的潮濕是怎麼來的？來自叢林的雨季，或是香港的作坊？

「能拿到印度做嗎？」

「不行，太貴了，也做得不好。張先生橫豎要留在這兒，我會託給他們。萬一他們要走，還可以寄回去給你姑姑，她會幫我在上海弄好。」

「姑姑還住著原來的公寓？」

「是啊，公寓一半是我的。我要個地方給我落腳。」

她帶的箱籠那麼多，琵琶本以為她不會再回上海了。

「我的東西都還在那裏。」她說，琵琶很是驚異，她大小行李有十七件。「你姑姑最好是身邊一件東西也沒有，我不行，我不能把東西就這麼一丟，再買新的還得花錢。雖然現在這年頭說不準什麼東西還是你的。我的東西還在巴黎，門房讓我把東西搬進地下室，答應幫我保管。可是這個仗一打，誰知道還在不在。」

她每到一處都扎一次根，彷彿在說服自己還會回來。也許是可堪告慰離開的傷慘吧，卻少了份萍蹤漂泊的美。她決不會站起來，飄然遠去，而是必得放言還會回來，以免有人胆敢忘記她，還留下個人物品，像在門口留下足跡。

她口中不停，始終沒有正眼看琵琶一眼，琵琶也只能扮好閨中密友一角。好容易說到一個段落停住了，靜默立刻填補了進來。她對琵琶儘管沒什麼要求，還是略感失望，還帶著失落感。她坐著，不說話，緊捺著嘴唇，臉頰往裏縮。琵琶震了震，她母親變得好老。不會是單因在拘留所關了兩三天的緣故，必定是太憂煩了。從前伍子胥過昭關也是一夜鬢髮皆白，平安的混過了關卡。露倒不是灰了頭髮或添了皺紋，就是樣子兩樣了，黝黑得多，保不定是海灘上晒的。她看來不像中國人，倒像東南亞的烟熏褐色皮膚人種，年紀越大越是黧黑、枯瘦、面目猙獰。漢寧斯能欣然接受嗎？不，一旦她快樂起來，就會變回來。她母親變老不是自然的趨勢，布雷克維的寡情薄倖比緹娜的出賣還要傷得她重。

她的船下禮拜啟航。琵琶天天來。時常張夫人陪著露，但兩人該說的話似乎也說完了，各自澄清了那一陣子的立場，卻沒有多少諒解。張夫人心情鬱悶，倒不是傷心，也不想掩飾。該說的應酬話她還是會說，三言兩語的，圓墩墩的臉總是繃著。她對琵琶也是態度僵硬提防，千不該萬不該在露的女兒面前那麼說。琵琶可能一五一十告訴了露，指不定撂下了布雷克維的那一段沒說，也可能連這都說了。

最後一天下午，露立在大鏡子前別彫花玉胸針。她的妝是淡褐中透著玫瑰紅，五官細細描畫過，效果像是浴在殘酷的光下。她穿了黑套裝，方形淡綠玉鈕子，搭配胸針。琵琶以前很喜歡這胸針，現在卻嫌太華麗。而她母親對鏡自賞的樣子又使她震了一震，雖也是那麼的專注留心，卻多了那麼濃烈的悲劇性的愛，將整個人都傾注在鏡中人的眼中，而那雙眼在睫毛下沒有這麼大、這麼黑，這麼清澈過，也沒有這樣炯炯凜凜過，像是她想要全神凝聚著眼睛，不看見凋萎的下半幅部分不見的臉。

「你不用到碼頭了，張先生張夫人會送我。」她說。

琵琶送他們上了汽車。

「我會打電話給你，琵琶，一等我們找到住的地方。」張夫人從車窗往外喊，越過在座位上坐好的露。

露掉過臉來向著車窗，卻垂下眼睛。「好了，你走吧。」她暴躁的說。

汽車一偏，馳了出去。琵琶在車道上立了一會兒，並不開心，卻大大的鬆了口氣。

十二

琵琶醒來，天色仍是暗的。松濤一停，香港山上就有種異樣的寂寥。古人愛用松濤來形容風過松林，聽在琵琶耳裏卻像哭聲。伏枕聽來總讓她想起是異鄉中的異客。上海的樹沒這裏多。這裏的松樹每逢冬天就整夜的呼嘯，聽著頗似冰冷的島嶼被狂風巨浪包圍住。可是黎明一近，風聲止歇，汽車也不再環繞山路上山，會有一陣萬籟俱寂，在低於海平面的地方圈養的公雞報曉聲也侵擾不了。奢侈的死寂低低的細細的，像是在屋裏。

滿山的石屋建築，每棟屋子都卓然自立，遠眺大海。底盤過大的地基是為了抵擋濕氣。花園都闢在頂端，像亞述古廟塔。剛這麼想，她立刻昂起頭，甩掉這個討厭的字眼。她愛古代史，也愛去年上的中古史。布雷斯代先生也是，從他念旃陀羅笈多[2]的聲口就聽得出來，每個音都從舌尖上彈跳而出，有韻律有滋味。今年他同樣把日本幕府將軍德川家康的名字念得有滋有味，「家康」的日本發音與中國苦力負重時的吆喝「嗳耶呀蘇」差不多。可是近代史多彩多姿的片段並不多，只有日本和西方的第一次接觸。他若有所思的談到了馬卡托尼爵士出使清廷以及第一批西方商人在中國經商的艱難，只能由十八個洋行代理，通商口岸又限制在廣東外海的某個小島，不允許外國人一窺馬可波羅筆下的傳奇帝國。

「真可惜沒有時間可以深入。」他那時說，嘴上吊著一隻香烟，蹺蹺板似的一上一下。

沒時間。歷史科再兩個鐘頭就考試了。昨晚翻閱了寥寥無幾的筆記，貧乏得可憐，她早知道了，也是讓她延挨著不讀的一個原因。午夜左右她就放棄了，存著一種豁出去的想法：至少睡飽了，明天才有清醒的頭腦。她的頭塞得漲漲的。她就著桌上的枱燈穿衣裳。

「琵——琶——！」比比從對過的房間喊道。

「我起來了。你起來了沒有？」

悄然無聲。比比每天早上認真的喊她，自己的眼睛都還沒睜開，經常喊完了倒頭又睡。琵琶過去一看，她的頭掩在睡袋裏。比比的母親知道亞熱帶用不著睡袋，但還是由上海寄來了，因為她母親怕她睡夢中把被窩掀掉了，受涼。

「你還不起來？」琵琶推了她一把。

從睡袋裏探出來的褐色娃娃臉滿是愕然。比比的家鄉在印度與緬甸接壤附近。「什麼時候了？」

「六點半了。」

「我好累。」

她翻個身，反手搥著下背。她的曲線太深陡，仰睡腰就懸空，就犯腰疼。

「你幾點鐘睡的？」她問道。

「不到一點。」

「這麼早？看你一點也不担心的樣子。」

2・古印度孔雀王朝君王，西元前三二一至二九八年在位。

「我是担心。」

「今天考哪一科？」

「歷史。」

她從睡袋裏取出一盞燈來，還亮著的。

「咦，你在被窩裏看書？」

「不是，我拿它當熱水瓶。」她心虛的笑。「昨天晚上冷。」她把燈放回到床柱上，在燈下看著琵琶。「你是真的担心麼？」

「是啊，我差不多什麼都不知道。」

「你是真話還是不過這麼說？」

「喔，及格大概總及格。」她趕緊說。

比比知道她不是及格不及格的事。她知道布雷斯代先生送她八百塊獎學金。

「都怪我，我不應該拖著你往外跑，可是我覺得對你有好處。」

「跟你不相干。」琵琶微笑道。

比比還是良心不安。「我老是跟別人講你的功課好不是死讀書的緣故。我討厭人家叫你書呆子。」她在上海念過英國學校，用功的書呆子是很受憎厭的。

「我說了跟你不相干。我只是不想念。」

「是啊，你很少念書。」比比半低喃著，露出驚怕的微笑。

「我不喜歡近代史，跟報紙一樣沉悶。」

時代越近，場景越寬越混亂，故事性少了，迷人的細節也少了。史學家筆下的大人物似乎仍是活生生的，唯恐誹謗訴訟上身。當然這只是部分原因。還有就是她上歷史課變得很緊張。比比怎麼也不會懂，只會想她是愛上了布雷斯代先生。說不定是有那麼一點。每次看見他騎自行車上學，紅通通的臉，頸上圍著條舊的藍色中國絲巾，她心裏就一震。對她的微笑與點頭，他總是匆匆一揮手，在顯得過小的自行車上小心保持平衡。他有汽車，茹西說過，不過只給廚子開去市場買菜。他有棟美麗的白屋子，在距大學幾里外的荒郊，屋裏頭盡是中國古董。他和周教授去過一次廣東，參觀過一座著名的尼姑庵，庵裏的女尼其實也是高級妓女。茹西說是周教授在閒聊中告訴班上的男學生的。話直往琵琶的耳朵裏鑽，可是她不想往下聽。要緊的是他的八百塊以及附上的那封信，給了她有生以來第一次的自尊。第二年她果然如他預言的，拿到了獎學金。她在人類裏找著了定位，心中的絕望和緩了下來，她還做了別的事，寫小說，抓什麼讀什麼。可是布雷斯代先生會怎麼想，這麼一點小小的成功就把她慣壞了。

比比伸手去取枕頭邊的生物課本，琵琶去盥洗。走道兩邊的寢室裏都還沒有動靜。寶拉房裏的燈亮著，她讀了一整晚。隔間的半截門扣在牆上，看得見寶拉．胡坐在床上，披著大紅棉襖，俯身念著膝上一本大書，左手托著一個骷髏頭，彷彿足球員漫不經心的托著足球。綠罩枱燈照得她凹陷的臉頰與吊梢眼格外分明。她的房間裏有一整副骷髏，這裏一隻大腿骨，那裏一隻前臂骨。福馬林的味道使她總是開著房門。

宿舍一隅有鬧鐘響了起來，掃興的聲響蜿蜒穿透了寂靜。樓下修女沉重的鞋子走動了。有人銳聲喊「瑟雷斯丁嬤嬤」，她是負責雜務的中國修女。

琵琶回到自己房間，一眼就看見窗台上的燈，奶油色的玻璃燈泡微弱的亮著，襯著後面一片暗藍灰的大海。她縮了縮才上前去把燈熄了。燈是她母親買的。現在要如何面對母親？露和同時代的許多婦女一樣沒能進學堂，是個學校迷，把此地的章程研究了個透。聽說每個學生都得自備枱燈，她特為在上海買了一盞，寧可冒打碎的危險，裝進琵琶的箱子裏帶了來。

「匯率是一比三，」那時她說，「在香港買東西都先乘上三，就知道沒你以為的那麼便宜。」

比比和對過的同學正你來我往，一問一答，喊出問題的嗓門中氣十足，一輪到回答就細微得比老鼠，琵琶受不了這種虛弱可憐的聲音，像是哭啞了，又像是說多了敷衍的話，把嗓子說啞了，沒有希望，也不期待仁慈。她打開自己的筆記。垂死掙扎的重唱壓過了一切的聲響，門扉吱嘎的搖，砰砰響，嘩啦啦的沖水聲；女孩子互相叫喚下樓吃飯。琵琶驀的想起了《三國演義》裏的一句話：「飽餐戰飯。」她也需要體力，才能像去年一樣不停手的寫上三個鐘頭。可是這次能寫什麼？

她收拾外衣、鋼筆墨水瓶。布雷斯代先生由這兒也知道她是窮學生。躋身馬來洋鐵大王和橡膠大亨的繼承人之中，唯獨她沒有自來水筆，上課得帶著墨水瓶。

「你還沒起來？」她站到比比門口。

「我馬上就來。等我。」

「我還是先下去的好。」

「好吧。」比比說，受傷的神氣。「瑪格莉，快，再問我點什麼。」

「何為心內膜，試描述之。」

虛弱可憐的聲音又來了。「心內膜是種漿膜，位於心室，包住腱索……」

琵琶匆匆逃開。

修女們已在早晨彌撒。她下樓經過客室，客室敞著門，隔間後有修女的聖壇。每天早晨都是同樣的細聲吟誦，今天卻使她有些不舒服。誦經擴散的虛假的鎮靜平平的躺在她心底，像是心上那一小攤的酸水，隨時預備往上冒。她快步經過了廚房，修女們的早餐在裏頭等候她們取用，散發出熱可可的氣味。拉丁吟誦追著她不放，像是在乾淨的醫院病房念出的死前儀式，曲膝跪下的神甫的黑裙散在打蠟的地板上。

地下室食堂是車庫改建的，紅色地磚，方形大柱漆成乳黃色。今天食堂裏的女孩子特別多，食堂也擺設得特別漂亮。因為通常回家的女孩子也都在，為了期中考的第一個早晨。她們都是最入時的，進口淡粉紅薄呢長衫，上面印著降落傘、罌粟花、船錨的圖案。

「死囉！死囉！」她們用廣東話亂嚷，金紋塑膠緞帶綁著的長髮往後甩。

我們有個把砍頭弄成廟會的傳統，琵琶心裏想：犯人的頭髮拿漿糊糊住，塑成兩個角，底上紮兩朵紙花，一路大唱著上刑場，還討好圍觀的人群。她坐下來吃最後的一餐。

四周的人嘰嘰喳喳說著廣東話，她只聽懂「死囉，死囉。」香港的女孩子同時兼具世故與守舊兩種特質，因為她們來自墨守成規的家族，在中國的其他地區已是鳳毛麟角。大清例律在香港仍然通行，英國殖民政府並不干涉當地風俗。大清例律是可以承認妾的地位的。每個女孩子都有五六個母親，一個專制的父親，是頭角崢嶸的生意人，也是大英帝國的崇高的騎士。送她們來住讀是為免家中喧亂的生活攪擾了讀書所需的寧靜。她們個個活潑，深受家中三教九流的女人影響。調皮搗蛋，開口閉口都是男孩子，卻不約會，仍掙不脫家中的羈束。「香港天氣，香港女孩。」而香港的天氣尤其難測。

她們隔著餐桌問答歷史問題，身量小，嗓門奇大。布雷斯代先生說三個廣東女孩子在一起就比一班的北方學生還吵。琵琶又縮了縮。她看見布雷斯代先生說話，娃娃似的藍眼睛，紅紅的臉，嘴唇不分開的微笑，嘴巴向後縮，香烟上下抖動，中間有凹痕的下頦往上翹，接住烟灰。還有多久他就要改卷子，改到她的，在上面抖烟灰？她不讓自己往下想。從經驗知道最可怕的事情也是以最普通的姿態來臨。其實沒有什麼難以想像的，她會考得很糟，布雷斯代先生會在班上冷嘲熱諷，除非是太生氣了，可是決不會叫她去罵一頓。沒有什麼是難以想像的，整個是不堪想像。這一天終於來了，像座大山一樣矗立在她面前。沒有翻越的路，翻過去了也不見生命。

香港本地的女學生幾乎都修藝術，覺得是最簡單的功課，而馬來亞的女學生都學醫。不是為了當醫生，不犯著千里迢迢跑這一趟。醫科要念七年，即使滿了七年，學位仍在未定之數。高年級生在其他女孩子眼中都是中年人，她們自己也早以醫生自居，說話粗枝大葉的。平常日子餐桌上只聽她們大談大笑的，夾著很多術語，議論教授。

「Man，那個理查‧馮！知道他怎麼嗎？就為了氣艾勒斯頓。」馬來亞僑生把「Man」當口頭禪，總是掛在嘴上。

「Man，艾勒斯頓最壞。莫名其妙就吼。」

「理查・馮給臭罵了一頓，就為了遲到。你知道他怎麼樣？在大樓前丟了個penis。」

「花生？」

「No, man, penis.」

「喔，man！」

「從酒精罐裏拿了根性器官，丟在解剖院門口的瀝青道上。」

「會退學的，man。」

「誰說不是。」

「艾勒斯頓知道了？」

「誰曉得，校役把它掃了。」

但今天早晨她們卻默默吃飯，考場上的老兵了，知道戰鬥之前吃頓熱食是頂要緊的事，而且臉上也現出老兵明白運氣用完了的蕭瑟之情。

兩個馬來亞的新生急得兩手亂洒，像是要把手上的水甩乾。

「嗳呀，我沒經過這種陣仗。」安潔琳・吳說。「我們來這裏之前連考試都沒有。」

「對，不用考試。」維倫妮嘉・郭說。

「這次死定了。」

「你還好，有你哥哥教你。」

「他才沒那個工夫呢，他自己也要期末考。他昨晚打電話來問我念書了沒有。嗳喲，萬一不及格怎麼辦？我哥哥為了讓我上大學，差點就跟我爸鬧翻了。」安潔琳笑道，但是一雙杏眼轉來轉去，在蒼白的圓臉上顯得又小又兇。

「你担心什麼。有高年級生幫你。」

「哪裏！沒這回事。」

「我是死定了。」

「你還比我強。」

這兩個新生在吉隆坡就是競爭的對手，到了香港因為有點怕別的女孩，兩人走得很近。維倫妮嘉又黑又瘦，父親開了一家米行。她會到香港來學醫主要是為了安潔琳要來。

「在吉隆坡我們會在戲院裏遇到，」維倫妮嘉輕笑道，「安潔琳帶著她的女朋友，我帶著我的——我們不太在一起，是不是啊，安潔琳？」她問，真的覺得詫異。「我們遇見了就揮個手，喊兩聲，戲院很小，也只有這麼一家。要是我剛好穿洋裝，她就會跑回家換洋裝。我要是看到別的女孩穿長衫，就會跑回家換長衫。有時候我們看一次電影要跑回家三四趟。」

「馬來亞也穿長衫？」琵琶問道。

「不是天天穿。天天穿人家會以為你太隆重了，像要參加婚禮什麼的。」

「我們也有旗袍和馬來亞傳統服裝，」安潔琳說：「很好看，蕾絲邊，透明上衣，刺綉，還有金鈕子。」

「你們平常都穿什麼？」

「在家裏就穿中國式的襖袴。在這兒只有老媽子才穿。」維倫妮嘉喃喃說，最後一句話說得有點窘。

儘管服裝上變化多端，她們還是發現與香港女孩子一比，她們還是有點不修邊幅。兩人一塊上街，找裁縫做最流行的長衫。她們會講廣東話，彼此卻講福建話，她們的祖先是福建移民過去的。她們不時會拋出一句馬來話，兩人都大笑不止。維倫妮嘉甩著手絹，搖搖擺擺向前幾步，又倒退幾步，唱道：

「沙揚啊！沙揚啊！」

「沙揚啊是什麼意思？」琵琶問道。

「討厭耶！」安潔琳笑彎了腰，一手捂著嘴巴。

維倫妮嘉也笑著兩手按住膝蓋。「好討厭耶，那些馬來人。」

「什麼意思啊？」

「沙揚是愛人的意思。」安潔琳說。

「他們都是這麼跳舞的。」維倫妮嘉說。

「我爸跟一個馬來女人住。」安潔琳說。「人家說她在他身上下了符咒。」

「馬來人真的會下符咒？」琵琶急急問道。

「會，有些人會。說來也真怪，這個女人。人家說她一定是在我爸身上下了符咒，要不然他怎麼會那個樣子？他住在這個女人的家裏，自己家倒不回去，每次一回去，才踏進門，就大發脾氣。大家都說奇怪。」

琵琶倒能想出個原因，苦於不能告訴安潔琳。

「有次他回家，一看到我，就開始罵人——」

「罵什麼？」

「噯，他總能捏出錯處來。一句話說錯了，他就揪住我的頭髮，打我。」她說，似笑非笑的。聽她的語氣就知道那時她已經發育成熟了，她父親必然是看出了她有多漂亮，她因而多吃苦頭。「他打我，我媽抓起斧頭跑過來，要他拿去，把我們都宰了。他沒聽見，就是打我，我媽就抓著斧頭衝過去，他嚇跑了。我媽追著他繞著屋子跑，噯呀！」她說到末了一句輕輕呻吟了一聲，倒在床上，彷彿是笑累了。

「後來怎麼了？」琵琶問道。

「喔，我拿走了她手上的斧頭。噯呀，每次說記不記得你追著他繞著屋子跑？我們都笑死了。」

「他不是不跟那個女人住了。」維倫妮嘉道。

「他現在好了。有時候我們出去散步會看見那個女的，老是坐在門口嚼檳榔。馬來亞的屋子都離地好幾尺，有長長的椿子。我都教我弟弟妹妹別看她，也別吐她唾沫。」

「馬來人最壞了。」維倫妮嘉說。

「還有印度人。記不記得那個男孩子？」安潔琳咯咯笑道：「好討厭耶！」

「在修道院外面翻了推車的那個？」

「是啊，真是個呆子，巴望女孩子會看他。」

「大家都說他是為你來的。」

「胡說！是誰說的？」

「有人看見他跟著你的自行車。」

「沒這回事。幸好這話沒吹進嬤嬤耳朵裏。」她掉轉臉來跟琵琶說話。「我們學校的修女跟這裏的兩樣，這裏的嬤嬤對我們很客氣。」

「我們現在是大學生了。」維倫妮嘉道。

「我們學校裏連洗澡都有人釘著你。」

「還沒有浴缸，就一個水泥池子，每個人都進去，穿件醫院的袍子，綁在後面的，就穿著袍子洗澡。」安潔琳道，很難為情，漂亮的眼睛縮小，竟然泛出銹色。「有個嬤嬤站在池邊全程監督，好討厭耶。」她罵了聲。

琵琶體會得到那種憤怒，偷偷摸摸打肥皂清洗腿間私處，而嬤嬤衣著整齊，高高在上，鞋尖突出在池緣上。

安潔琳的表情又跟餐桌上一樣，兇兇的瞪著空處，撫摩胸口的金十字架。維倫妮嘉模仿香港女孩的呻吟：「死囉，死囉！」卻少了那份活潑，音量也不夠，不像她們那樣喊出來彷彿不是真心的。

寶拉．胡在塔瑪拉．洛賓諾維茨身旁坐了下來，兩人就像一雙秘書般齊整。塔瑪拉一身法蘭絨灰西裝，寶拉穿件呢子長衫，外罩呢外套。塔瑪拉是俄國人，哈爾濱來的，寶拉是上海人。她個子高，金色長髮像勻稱的小波浪。寶拉小尖臉，雖然一晚熬夜，卻不見憔悴。她大腿上擱了本書，一面吃飯一面看書。

「都下來了嗎？」她大剌剌的喊。「今天可不等人。」

「對，今天可不作興遲到。」塔瑪拉說。「八點二十分整開車。」

「是八點十五。」另一桌有人喊道。「我還得走到化學樓。」

「比比呢？」寶拉四下張望。「還沒起床嗎，琵琶？」

「她一會兒就下來。」琵琶說。

「還有誰？」寶拉說。「玉光呢？」

「比比又要遲了。」塔瑪拉說。

瑟雷斯丁嬤嬤一陣風似的飄進來，黑色袍子楊柳一樣，高擎著鍋子。看上去在二十到四十歲之間，戴著黑色細框圓眼鏡，大大的帽子像兩隻白色翅膀。

「什麼東西啊，嬤嬤？」有人問道，見她鄭重其事將鍋子放在桌子中央。

「花王送的。」花王是廣東人對園丁的叫法。

「裏頭是什麼？幹什麼用的？」幾個女孩拉高嗓門問，又銳聲嚷了起來，「酸豬腳！」鍋蓋一掀，香味四溢。「花王的太太生了？什麼時候？昨兒個晚上麼？」

「生男的還是女的？」某個高年級生戰戰兢兢的問道。食堂裏現放著這麼多醫生，唔，準醫生，她並沒有問是否叫了產婆。準是嬤嬤們怕吵了她們預備考試，不讓人張揚。

「男的。」瑟雷斯丁嬤嬤宣布道。

「花王可樂死了。」孤女瑪麗說，笑得咧著嘴。她在宿舍裏打雜。

「嘿，阿瑪麗，盤子呢？」瑟雷斯丁嬤嬤心情好就會在瑪麗的名字前加個「阿」字，表示親暱，其他時候只直喊瑪麗。

瑪麗跑出去端盤子。
「裏頭是什麼？」塔瑪拉站起來往鍋子裏看。
寶拉也好奇。「為什麼做豬腳？」
「還有蛋。」塔瑪拉報告說。
「是要給新媽媽補氣。」有個香港女孩說。
「那我們吃幹什麼？」
一陣咭咭呱呱。
「這是廣東風俗，要分送給親朋好友。」
「喔，就跟分送雪茄一樣。」
「我們只送紅蛋。」寶拉向琵琶說，又掉過臉去對陳蓮葉說話，她也是西北人。「是不是啊，蓮葉？」親密卻謹慎的聲氣。宿舍的女孩子只有少數人是從廣東以外的省份來的，廣東人的排外性並沒有讓她們更團結。寶拉同蓮葉與琵琶說話總是同本地女孩說話要更小心。比比不算，她是印度人。
甜甜酸酸的氣味薰染了食堂。瑟雷斯丁嬤嬤將濃稠的豬腳盛盤，有人抗議了。「我們就走了，嬤嬤。」
「嘗嘗嘛，別辜負了花王一片心。」瑟雷斯丁嬤嬤說。
「快點，玉光，要走了。」寶拉朝剛衝進食堂的女孩說：「喂，有沒有看見比比？」
「沒看見。」

「今天我們誰也不等。」

玉光遲疑了片刻，胖大的身形惶惶不安似的，但是半紅似白的月亮臉上卻沒有什麼動靜，戴的無框眼鏡像把她的臉壓扁了。放眼望去只有一個空位，就在蓮葉的斜對過，她走過去坐下，疾速盛了炒蛋吃起來。這兩人從來不同桌吃飯。內地來的只有她們兩個，一身藍布旗袍，與眾不同，國立學校的標幟，以嚴厲與愛國聞名。玉光的頭髮剪到耳朵中央，蓮葉紮了兩條辮子。兩人都不化妝。蓮葉唯一放縱的一次是去年春天買了件鮮藍呢大衣，紅白色條紋，天天都穿著上課，吃飯也不脫。

「穿著這件大衣就像維多利亞大學的學生，不穿這件大衣就不像維多利亞大學的學生。」她這麼說，帶著諷刺的微笑。

她的黃皮膚暗沉沉的，頭髮也是暗沉沉的，像是黏膩了黃河盆地的沙塵，五官雖然像彫像，卻因而失色不少。她是山西來的交換學生。也和大多數的西北人一樣，身上散發大蒜味，吃了兩年嬤嬤的法國菜，那味道還是不散。嬤嬤的法國菜顧慮多數人的避忌，並不擱蒜。琵琶覺得那是懷鄉的氣味，使她想起了端午節，小孩子會分到窩在爐灰裏烤的蒜瓣，又白又軟，趁日正當中的時候吃，這年夏天就百毒不侵。蓮葉的呼吸並沒有蒜味，是沾黏在她的髮上臉上房間裏。新大衣沒多久就受到了薰陶。也沒人多說什麼，她不太和別人來往。有次說到她在山西的家人，寶拉問道：

「你單身一個離家這麼遠，他們放心嗎？」

「我爸爸倒是高興我逃了出來。日本人佔了山西。有學生逃到了重慶，可是連重慶都躲不過戰禍，大學也一樣。不像這裏，我爸爸說在這裏我可以定下心來好好念書。」

她訂了份中國報紙，玉光也訂了她自己的報紙。下了學兩個人各自看著自己的報，在地下室等開飯，其他人寧可到客室等，靠近聖壇，輕聲細語，還有老舍監愛格妮絲嬤嬤徘徊盤旋。晚上這兩個關心政治的女孩子總會起爭執。車庫的門早關上了，瑟雷斯丁嬤嬤正在一隅燙衣服。蓮葉看著看著，上半身往餐桌一傾，拍著桌子，揚聲高呼：「打到湘潭了！」呵呵笑了兩聲。她總是留意戰況，喊出地名，這時臉上的表情比平時都豐富。琵琶卻沒辦法從她的表情分辨出國軍是進攻了還是撤退了。

瑟雷斯丁嬤嬤一面燙衣服一面跟比比絮叨，時時像鳥一樣點頭躬身，一下壓低了聲音，一下空出手來掩在嘴邊。琵琶聽得懂的廣東話只有「阿瑪麗」和「黑心」。黑心的不可能是瑪麗，因為瑟雷斯丁嬤嬤親熱的喊她「阿瑪麗」。琵琶與比比等著洗澡，瑟雷斯丁嬤嬤得先跟多明尼克嬤嬤拿鑰匙，開了鍋爐的鎖，用隨手帶的火柴點燃。多明尼克嬤嬤寧可要瑟雷斯丁一天跑上跑下二十趟，也不肯把鑰匙交給女孩子，怕把房子給炸了。

「嬤嬤，快點嘔！」比比對瑟雷斯丁嬤嬤說話有一種膩聲抱怨的話音，如泣如訴。「洗澡水呀，嬤嬤！」

「先讓我燙完這一件，阿比比，就快好了。」

比比拿茶壺套子戴在頭上，像哥薩克騎兵帽，椅子一歪倚著柱子，一根手指指著瑟雷斯丁嬤嬤，唱道：

「大胆的小賤人，且慢妄想聯姻。」

她在學校演出過吉爾柏作詞，瑟利文作曲的歌劇。

「瑟雷斯丁嬤嬤！」愛格妮絲嬤嬤在樓上喊。

「噯！」瑟雷斯丁嬤嬤應了聲。房裏要是還有別人，她會用法語嘟囔「是，嬤嬤。」可是不會用法語高聲喊。

「我就說快點嘿，嬤嬤，這下又要叫你到廚房了。」

「瑟雷斯丁嬤嬤！」

「噯，噯！來啦來啦！」她用廣東話叫喊著答道。

「先燒洗澡水啊，嬤嬤。」比比跟在後頭喊。

「好，好。」

「她說瑪麗什麼？」琵琶問道。

「說她夫家待她有多壞。瑪麗剛結婚的時候，過得多快樂。她公婆第一次來看瑪麗，還帶著兒子，瑟雷斯丁嬤嬤好興奮。那麼好的人，婆婆好喜歡瑪麗，送她金鐲子金戒指，他們兒子好文靜，已經有份很好的差事了。可是嫁過去之後就打她，收回了她的金鐲子金戒指，住在小舢舨上，連飯都不讓她吃飽。」

「她打算離婚麼？」

「窮苦人家哪會離婚。她現在回來這裏，不回去了。」

「她夫家就算了？」

「他們怕修道院。」

「瑪麗像只有十二歲，應該不止吧。」

「她倒是漂亮，就是像山芋。孤兒院的女孩子都像那樣，都是山芋吃太多了。」

比比下樓了。寶拉進來，坐下來讀信。本地女孩茹西進來找洋裝，看見還沒燙好，就咳聲嘆氣的，自己動手燙了起來。琵琶跟蓮葉坐在同一桌，事情來得太快，一時反應不及。蓮葉看完了報，把報紙摺好，順手抓了另一張報紙，漫瞧一眼，忽然抓著就撕，喃喃道：

「漢奸報。這是漢奸報。」

玉光站了起來，隔著桌子把手伸過來，藍布褂雖然寬大沉重，看得出胸部鼓蓬蓬的。

「是我的報，你敢撕！還給我。」

蓮葉頭也不抬，將報紙撕成了四半，對摺，使勁再撕。憤怒使她風沙撲面似的黃皮膚變暗，兩道眉毛往上一挑，豎成兩條直線。

「漢奸報。怎麼會有人看這種勞什子。怎麼會有人寫這種胡說八道，一點心肝也沒有。」

「不准誣蔑和平運動。」玉光大喝了一聲，出奇的隆隆響，一下子變成專橫的聲氣，很像國語。「人人都有權有自己的看法。你這麼愛重慶，幹嘛不過去？幹嘛躲在英國人腳底下？」

「什麼和平運動？都是漢奸，日本人的走狗。」

「你懂什麼，不准你胡說八道。」

她殺氣騰騰的伸過手來，也不知是要抓回她的報紙，還是想打人，幸而這時寶拉和茹西勸住了她。

「算了，玉光，算了。好了，蓮葉，嬤嬤會聽見的。」

玉光帶著剩下的報紙悻悻然出去了。《南華日報》，琵琶之前注意過，卻不知道是汪偽政府的報紙。

「是怎麼回事？」茹西怯怯的說，並不真想知道，唯恐又引發爭執。

蓮葉不作聲。高貴的陶偶母牛眼睛似乎比平時都像長在臉的兩側，像是朝別人望過去，而不是直視。她不想向這些英國殖民地的人宣揚愛國精神。上海來的也沒什麼兩樣。她曾想分報紙給琵琶看，琵琶卻誇口似的笑道：

「我不看報，看報只看電影廣告。」

蓮葉當時也是笑笑就算了。

爭吵過後不久就有傳言說玉光是汪精衛的姪女。沒有人知道汪精衛是何許人物，也就沒挑起什麼軒然大波。反倒還得解釋他是親日派的大人物，目前是南京政府的頭腦。宿舍的女孩子不覺得什麼，香港某爵士的姪子才更重要。

有天晚上茹西在寶拉房裏，比比和琵琶正巧也過去。琵琶沒見過四散著骨骼標本的房間，寶拉坐在床上，兩腳藏在紅襖裏，膝上擱本書，枕頭邊有個頭骨，藍緞棉被上攤著一根大腿骨。

「是她親戚。」茹西悄悄說著。「她是汪精衛的姪女。」

「嗯。」寶拉哼了聲，表示聽見了，笑容依舊，臉上卻出現謹慎的平靜。她父親是上海的律師，上海孤島被日軍包圍了，她總小心翼翼不牽扯上政治。

「你們也在吧？」茹西別過臉來問比比和琵琶。

「在哪？」比比問。

「那天啊。玉光同蓮葉吵架，從那天起就不說話了。」茹西道。

「原來瑟雷斯丁嬷嬷說的是這回事。我壓根就不知道。」比比傲慢的說，笑了兩聲，撇下不提了。

「誰也不知道。就連親眼看見都不知道是怎麼回事。」茹西道。

「嗯，嗯。」寶拉仍舊是微笑，由鼻子裏出聲，看看這個又看看那個。

「再一想，」茹西說，「玉光真像男孩子，可是很多事都不說。她就沒說過家裏人是不是在香港。」

「她在這裏只有親戚，她說的。」寶拉低聲道。

「那她家裏人呢？」

「不知道。」

沉默了片刻，茹西拿比比的男朋友P. T.開玩笑，潘和寶拉跟著起鬨。

「玉光的事不是很奇怪嗎？」事後琵琶向比比說。她知道的不比香港女孩多，只隱隱綽綽覺得汪精衛是大人物，投靠到日本人那邊了。

「我對這些事沒興趣。」比比說，神情莫測。上海的印度人也都曉得明哲保身，不涉政治。

時間一久，琵琶把玉光和蓮葉的事都忘了。尤其是今天，騰不出工夫來留意兩個死敵同桌的暗潮洶湧。她從花王的滷鍋裏拿了個蛋。死囚綁赴刑場之前總是放懷大吃，就像這樣吧？麥片，炒蛋，吐司，咖啡，囫圇吞進胃裏那異樣的空洞。現在又加上酸甜的蛋。橫豎也沒兩樣。

「嗳，琵琶，」茹西活潑的說：「我什麼都不知道。」

「我也一樣。」

「啊，你是不用担心的。」

「不，真的，我連筆記都不全。」

「你根本用不著筆記。」

說是這麼說，茹西還是上上下下看了她一眼，顯然半信半疑，也為了她的淪落覺得窘。琵琶忽然後悔這麼說，用不著那麼引人注目。

「死囉！死囉！」茹西掉過臉又同另一個在座位上跳腳的女孩說話。「講點一八四八給我聽，我什麼也不知道。」

食堂面對大海，車庫門敞開著。十二月的天氣涼爽。外頭的瀝青小道路邊一溜鐵闌干。坡斜的花園看不見，跟著山腳下的城市一同掉出了視線之外。琵琶坐的地方只看見海與天，鴨蛋殼一樣的暗淡的藍綠色。九龍圈著地平線，像在雲裏霧裏。左邊一串駝峯樣的島嶼漂浮在海面上，彷彿空濛中一行烏龜。別的島嶼使別的地平線更往外退。天上飛機排成V字形，飛得低低的，扁扁的，太黑太重，清一色的蛋殼似的天空有點托不住。嗡嗡聲從海灣傳來，相當明晰。有些女孩飯吃了一半抬起頭來。

「怎麼回事？」茹西問道。剛才重重的砰了一聲，又一聲，不很響亮，可是每次都讓心臟跟著一跳，像電梯猛然頓住。

「是演習。」有個高年級生說。又聽見幾聲砰砰響，她問道：「報上說要演習嗎？」

塔瑪拉吃吃笑道：「大考來了，誰有工夫看報。除非是蓮葉跟玉光她們兩個。」

蓮葉和玉光都沒言語，都不願兩人的名字並列。

比比跑了進來，運動上衣甩在肩上，沒空坐下，就弄起了三明治。

「看看你，比比，老是最慢的一個。」塔瑪拉道。

「我們馬上就走了，比比。今天決不能遲到。」寶拉道。

「好，好，有沒有乾淨杯子？」

起初沒有人注意到多明尼克嬤嬤進來了。她就站在門口，兩手交疊，擱在胃上，等食堂裏的談話聲變小。她是宿舍真正的負責人，可她是葡萄牙人，又是澳門來的，所以只坐第三把交椅，上頭還有法國的愛格妮絲嬤嬤與英國的克萊拉嬤嬤。漿過的白帽大大的帽翅往後捲，翻著一雙大黑眼睛，彷彿老荷蘭清潔婦。一張大臉與往常一樣嚴厲中帶著嘲弄，抵緊了白領口，擠出雙下巴來。

「大學堂打電話來。」她說。雖然很有威儀，說話的聲音卻低，像是怕太粗俗。她的英語並不很流利，卻只帶一點點口音。「香港被攻擊了。」她低著頭，平靜的往下說。「今天不考試了。」

末後一句話說得尤其低，大家楞了一下子。

「攻擊？被誰攻擊？」幾個女孩子喊了出來，頓時七嘴八舌，群情譁然。「我們也開戰了嗎？嬤嬤！打仗了？嬤嬤，他們還說了什麼？那些是日本飛機嗎？」

「零星的戰鬥開始了。」多明尼克嬤嬤冷冷的隨便的說，眼睛在濃眉下往上看。她背後又有一頂荷蘭帽，瑟雷斯丁嬤嬤瞪大了戴著眼鏡的眼睛，就像玻璃盤上剩了一顆醃大豆。琵琶是最慢一個了解狀況的。女孩子叫嚷的聲浪刷洗過她一遍、兩遍、三遍、四遍，像海浪拍打岩石。難道她獲救了？方才飛機隆隆飛過，聽見訇訇的聲音，她心裏突然閃過了一絲錯亂的希望。但是即便是瘋狂中她並不想到炸彈或戰爭。只希望是某處汽車油箱爆炸，某種的意外，可是她不希望布雷斯代先生受傷，橫豎考卷早也印好了。即便是在做白日夢的電光石火的那一秒，仍是知道是痴人說夢。可是竟成真了，致命的一天正穩穩當當、興高采烈推著她往毀滅送，突然給擋下了。當然是打仗才辦得到。她經歷過兩次滬戰，不要到戶外去也就是了。

本地的女孩子都跑上樓去打電話回家。

「打不通的，全香港的人都在打電話。」多明尼克嬤嬤說。誰也不聽見。

「嬤嬤，打到哪裏了？炸彈炸了哪裏？」其他女孩吵吵鬧鬧的問。「九龍沒事吧？新界呢？嬤嬤，嬤嬤！」

「不曉得，大學堂就只這麼說。愛格妮絲嬤嬤在想辦法打電話到修道院去。」

「嗳呀，剛才那是日本飛機了？」安潔琳大哭了起來。

「什麼飛機？你見著飛機了？」比比問道，拿著三明治跑出去看。

「回來。」多明尼克嬤嬤說。「誰都不許出去，比比。」她從門口喊。

「好。」蓮葉半是自言自語，掛著異樣的微笑。「打到香港來了。英國人怕死了把他們跟日本人的關係弄擰了，這下子也吃到苦頭了。」

琵琶一聲不吭，恰才轉身聽多明尼克嬤嬤說話，還是保持著同一個姿勢，側身黏著椅背，生怕動一下就會洩露了心底的狂喜。

茹西又下樓來了。

「打通了麼？」一個高年級生問道。

「我打了好幾次都佔線。」

「別急，現在人人都在打電話。」

「你住在九龍？」

另一個替她回答：「他們家在新界有避暑小屋。茹西，你家裏不是還在那裏過週末嗎？」

茹西哭了起來。其他人也驚懼的沉默了下來。新界是在九龍半島與大陸接壤的地方。

「放心好了，說不定他們也正忙著打電話給你呢。全香港的人都在打電話，man。」

「玉光已經在收拾行李了。」茹西說。「有車要來接她。」

蓮葉冷笑。「嬤嬤還沒說完，我就看見她站起來上樓去了。就這麼急！人家早知道了。蛇鑽的窟窿蛇知道。什麼和平運動！就是這麼回事。」

滿屋子都沒注意到玉光上樓去了，只有蓮葉，方才吃飯始終連正眼都不看她一眼。這時她一提，琵琶才想起看見玉光站了起來，月亮臉上一臉機警，彷彿有人提著她的名字叫她。

「有什麼用？還不是困在這裏，跟大家一樣。」蓮葉說。「炸彈可不長眼，照樣掉在漢奸頭上。」

粉紅色大理石面的長條餐桌從頭至尾都沒有人作聲。半晌，這一幕像極了最後的晚餐，荷蘭宗教畫，庫房似的食堂裏明亮溫馨，紅地磚明亮潔淨。遠處是一抹海與天，一絲不苟的熬煉了出來，烘托著港裏動也不動的船隻。

多明尼克嬤嬤正在喊那些跑出去看的女孩子。比比伏在鐵闌干上，還吃著急就章的三明治，低著頭，再倒仰起臉來，咬掉下面露出來的炒蛋。維倫妮嘉指指點點，告訴她剛才錯過的轟炸。花王站在一段距離外，兩隻手肘都支著闌干。

多明尼克嬤嬤見沒人搭理，喝斷一聲「維倫妮嘉！」她對安潔琳與維倫妮嘉比誰都兇，知道她們兩個在家鄉念的也是修道院辦的學校，見了修女就像老鼠見了貓。「維倫妮嘉，馬上進來。」又放低聲音，微一側頭。「來這兒。」像是留了塊糖單給她一個人。

維倫妮嘉怯怯的過去，乳褐色臉上小嘴微張，似笑非笑。

「比比。塔瑪拉。」多明尼克嬤嬤拍巴掌。

誰也不搭理。

「花王。」她朝瘦削結實的矮小男人喊。「把門都關上。每個人都進來！」她又拍了一次手掌，背轉身去。

花王把車庫門都關閉，上了閂。女孩子們慢吞吞穿過花王的房子，回到屋裏。

「全都待在食堂裏，這裏就像防空洞，全屋子最安全的地方。家在香港這邊的，可以回家。像這種時候總是跟自己的家人親戚在一塊的好。聽明白了，不是要趕你們，可是我們得先照顧好在這裏住讀的學生。」

比比一面進來一面抱怨。「嬤嬤，轟炸已經完了。」

「還在炸。等到空襲警報解除了才准出去。」
「空襲警報沒放，怎麼解除？反倒把人都弄糊塗了。」
「是啊，怎麼沒聽見空襲警報？除非是炸壞了。」塔瑪拉道。「笑話了，一天到晚的演習，真的轟炸來了，連響也不響一聲。」
「多明尼克嬤嬤！」愛格妮絲嬤嬤銳聲喊道。
多明尼克嬤嬤急匆匆出去。樓梯上有用法語商談的聲音。多明尼克嬤嬤一出去，瑟雷斯丁嬤嬤就撞了進來，黑裙窸窸窣窣，念珠叮叮響。
「阿比比，阿比比，她說什麼？真的打仗了？日本在打香港？」
一個高年級生說：「死囉，死囉，嬤嬤，日本人來了。」
「別嚇她。」另一個說。
「嬤嬤，咖啡沒有了！」比比膩聲抱怨著。「嬤嬤，你給拿一壺來。」
「誰叫你起得那麼晚了？那，這張桌子還有一點。」
「冰冷的，嬤嬤！」
「噯呀，好，好，我去拿。花王說看到一個彈炸落下來。」她俯身就比比，一手罩著嘴，話聲還是那麼響。她很崇拜花王。「他在外面修剪灌木枝，看見炸彈掉下來，轟的一聲，還在猜是哪兒。他說可能是石塘咀。我就說死囉，瑪麗的婆家不就住在那兒嗎？那些黑心的人，不會這麼快就有報應了吧？」
她聽見多明尼克嬤嬤進來，趕緊噤聲，裝著在清理桌面。

「嘿，我還沒吃完呢。」比比把一盤冷燕麥往面前拖，又伸手去拿奶油罐。

「大學堂又打電話來了。」多明尼克嬤嬤說。「克里利教授要醫科學生都預備好，三年級以上的，戰時醫院同急救站需要幫手。」

「可憐的醫科學生。」高年級生怨天怨地的。「總是比別人累。」

抱怨歸抱怨，立刻就又拿起了架子，又是一副醫生的模樣。多明尼克修女離開後，大家議論紛紛。海峽殖民地的口音每句的尾音都往上揚，聽起來就很有侵略性。本地的女孩都走了。

「打不了多久的。日本鬼子這次可要吃苦頭了。Man，英國人都在這裏，還有那麼多戰艦。」

「還有加拿大人，蘇格蘭高地人。」

「新加坡也就在附近。喝，新加坡！有那麼多戰艦，東方的堡壘。」

「我們是有準備的，沒想到日本人真敢來。我們不怕他們。志願兵天天操練，教授們也都受軍訓去了，難道是鬧著玩的？」

「不用幾天就打完了。英國人得速戰速決，戰事拖下去糧食就會出問題。那可就糟了。香港是海島，糧食都是從大陸來的。萬一給封鎖了，這麼些人吃什麼？」

「噯，香港的存糧沒問題的，政府倉庫裏全是罐頭牛肉跟煉乳呢。」

她們說的也不無道理，琵琶想，戰爭幾天內就會結束，大學會復課，繼續考試。不是嗎？她也說不準了。最不可思議的事情剛剛都發生了。她的質疑的力量用罄了。她沉溺在至福狂喜中，也不介意眾口同聲臆測這樣的快樂轉瞬即逝。給喜悅加上額外的條款，限定住它，都只讓它更真實。車庫的門都關閉著，地下室只靠門上的毛玻璃透進來的光照明。聲浪嗡嗡的鳴著，舒適愜意，像是下雨天無處可去，閒講打發時間。她可以聽上一整天。她挪到比比旁邊的位子，安坐下來傾聽。

「要是在上海，起碼我還同一家人在一起。」寶拉咬著牙道。「上海是孤島，隨時都會沉沒，香港感覺上好安全。」

「是啊，最壞的就在這兒了，一個人困在這裏。」塔瑪拉說。剛才一直很安靜。哈爾濱的俄國人都學會了與日本人相安無事。

維倫妮嘉說：「我沒經歷過打仗。」

「誰又經歷過？」一個高年級生道。

「比比，三七年你不是在上海嗎？」寶拉說。「你不也是，琵琶？」

比比不作聲，琵琶不得不說話。「我們住的地區沒事。」

「我們那兒也是。」寶拉喃喃說，彷彿理所當然。閘北與虹口是上海比較貧苦的地區。琵琶倒覺得比比有些異樣，那麼心不在焉，那麼陰鬱，幾乎像是誰得罪了她，自管低頭吃燕麥，像動物進食。

「好像只有蓮葉見過最多的戰爭。」一個高年級生道。

片刻的寂靜。大家都有點怕招出蓮葉的話來，倒不是因為她平時話太多，大家聽怕了。蓮葉只淡淡笑笑。「是啊，我走到哪兒它就跟到哪兒。誰叫我要逃走來著。」

「戰爭是什麼樣子？」那個高年級生聊天似的問道，心裏還惴惴然，並不急於先睹為快。

「嗯，很苦，就是挨餓，老是在逃難。」

其他人不安的看著麵包上剝下來的細長的皮，像膝關節，摺成九十度。每隻麵包盤邊總有不止一條褐色的皮蜷著爬著。門上毛玻璃透進來的微弱光線一照，餐桌上一片狼藉。

「噯，但願戰爭很快就結束了。」一個高年級生道。

「不會打太久的。」

她們又回頭去分析時局了。

瑟雷斯丁嬤嬤端了壺熱咖啡回來給比比，非常的生氣。

「怪我沒把白包頭收進來，貼在板子上晾乾的。她說又大又白的，飛機看得見。多明尼克嬤嬤扯著嗓門要大家待在屋裏，我要怎麼出去收？」

「誰怪你來？」比比說，一邊倒咖啡。

「老的那個。真討厭耶！噯呀，怪我。」

瑟雷斯丁嬤嬤抱怨著，比比正眼都沒瞧她一眼，說廣東話的女孩子多了，嬤嬤偏偏來找她。

「那個瑪麗也壞。懶死了。就不能叫她做點什麼，一出錯倒會怪我。什麼都得我自己來。」

「嬤嬤，黃油沒有了！」比比膩聲埋怨著。

「玉光就這麼走了。我一點也不知道，行李都收拾好走了。我給她又洗衣服又燙衣服的，就那麼一聲不吭走了。」

琵琶就靠懂得的一點廣東話猜測嬤嬤的抱怨。從前她跟比比說幫她洗衣服，一件三分錢，想攢點錢買結婚禮物送瑪麗。修女們是不准有私房錢的。而這一次是為了要送禮給花王的孩子。決不能讓多明尼克嬤嬤知道。她也要比比同寶拉、塔瑪拉、瑪格莉、茹西、玉光問一聲，還特為交代不能聲張。玉光走之前必定是忘了把賬結清。

瑟雷斯丁嬤嬤又替比比拿了碟黃油來。

「我要上去睡覺了。」比比吃完了同琵琶說。

「不是要待在這裏嗎？」

「沒有空襲了。你要待在這？我要上去了。」

「我跟你一道上去。」

琵琶在樓梯上問道：「你有什麼感覺？」

「不知道。」比比詫異的說。「你呢？」

「我非常快樂，不考試了。」她又匆匆補上：「我知道很自私，可是還是忍不住。」

「對。那很壞。」

「我知道，可是我忍不住。」

「是啊，你就是那樣子。」比比說，迴避不看她。

樓上很安靜。本地的女孩子大多回去了，有些還在樓下打電話。

「現在要做什麼？我是要睡覺了。」

「別笑，可是我要念歷史，怕過兩天仗就打完了。」

比比哈哈笑。「你這人真是本性難移。到我房裏來念。」

「好。」

「坐椅子，衣服丟到床上。」

比比脫下了洋裝。胸罩與底袴像白漆抹在金褐色木頭上。就這麼鑽進了沒整理的被窩。

「我真該把書桌拾掇拾掇了。」她說。「空間夠嗎？」

「很夠了。」

「我好累。吃中飯再叫我。」

「好。」

乳黃色的板壁佔了隔出來的小房間兩面，另兩面是沒有窗帘的窗子，一眼望去盡是高高的海面，像平平的青藍鑲板。床頭上的釘子掛著一頂大斗笠，是比比和琵琶在九龍一個鄉村集市上合買的，漆成亮粉紅色和綠色。縫在斗笠上的一圈藍棉紗也畫了圖案。琵琶讓比比掛在她房間牆上。她自己的房間空洞洞的。比比還挑了粉紅冠毛的蘆葦，插在一隅的廢紙簍裏，旁邊豎著她捲起來的祈禱毯。她的古蘭經擱在窗台上，躺在床上觸手可及。古蘭經的藍色天鵝絨面子蒙了一層灰，但比比有時確實會坐在床上讀經，嘴裏艱辛的念著阿拉伯文。

更多女孩上來了。維倫妮嘉與安潔琳在走道的衣櫃收拾東西。維倫妮嘉懊惱的翻著一疊緞袍絲袍。

「這些都還沒穿過呢。」讓到一邊給塔瑪拉走，她問道：「塔瑪拉，打仗的時候該穿什麼？」

塔瑪拉銳聲大笑。「維倫妮嘉想知道打仗的時候穿什麼。」

維倫妮嘉有點發怒。「人家不知道才問啊。我又沒打過仗。」

筆記記得全的話，用功個一兩天，琵琶想，還是趕得上。第二次機會再不能搞砸了。要是她預備得充分，戰爭絕對會持續下去，也用不著考試了。要確認某件事不會發生，只有一個法子，就是有以待之，如此一來命運總會擺你一道，讓你白忙一場。她專心不了，得要大聲念出來。她迫切的念念有辭，像在念咒祈求戰事拖下去。她複習過了國會改革，殖民擴張，總覺得難，就彷彿墨水已褪為黃色，意義深奧難明。不，筆記很清楚，只是她總有異樣的感覺，似乎是隔著一層玻璃看保存在盒子裏的文件，與其說眼睛吃力，不如說是不知哪裏作癢。

下午三點整，放了解除空襲警報，無的放矢似的。

十三

轟炸時不能洗澡。琵琶沒聽過多明尼克嬤嬤何時這麼生氣過，站在樓梯口大聲吆喝：

「比比！把水關掉。熱水鍋爐關掉，聽見了沒有？熱水鍋爐關掉，馬上下來。比比！」

她只管喊，卻不肯冒險上樓一步。四處都在丟炸彈，樓上一扇窗破了。

琵琶在比比房裏念書，念的不是歷史筆記，她放棄了。儘管並不是坐擁圖書館借來的小說，她也舒舒服服的窩著等戰爭結束。她經歷過的兩次滬戰都約摸持續一個月。沒有人再說什麼過兩天仗就打完了。女孩子聚集在長條餐桌邊，寶拉同一個高年級生半低聲說：

「聽說九龍淪陷了。」

「真的？」

另一個高年級生也輕喊了聲。但兩張驚嚇的臉一面對面，立刻默契十足，沉默為上，唯恐打擊了士氣。沒有人再往下說，也不再提起。琵琶就還以為戰火仍限於九龍那邊。炮彈和炸彈的聲音很難分辨。她並不知道總督府所在的山陵被來自海岸的炮彈攻擊，摧毀了山頂上的總督府。聽起來只覺得炸彈落點變近了。一連幾天都是陽光普照的好天氣。順著山勢向大海傾斜的香港城像張褪色的毯子，被狠狠的打擊。每一聲砰都讓你感覺到它往後縮，以免大棒子落下的力量過大，而且每一擊都被柔軟的料子包住，壓低了聲響。說不定敵人是近在眼前了。

鎖上的浴室門後熱水照樣的流，水流細的氣人，開大了水溫又不夠。稀薄的噴流由鍋爐爐嘴沖進浴缸裏，轟轟響，比比似乎鐵了心要裝滿一缸水。花的時間太長，琵琶也緊張了起來。樓下多明尼克嬤嬤改而抓瑟雷斯丁嬤嬤出氣。

「你怎麼把鑰匙給了她？把整棟屋子都炸了……她問你要。她問你要你就非給不可？你是修女，不是傭人。」

琵琶努力設想炸彈碎片落在點火的鍋爐上會不會引起爆炸。化學最讓她頭痛，還是物理問題？她想到老媽子的警告：打雷千萬別洗澡。她弟弟可以洗，她或是老媽子可不行。雷神從窗子望進來，看見是女體會覺得大不敬，就會打雷。不知道有中國血統的多明尼克嬤嬤心裏是不是有這一層顧忌。

比比這會兒潑著水大唱瑟利文作的〈我的好姑娘〉。水仍在流。又一扇窗破了，嘩啦啦落得老遠。

琵琶自問該不該下樓？地下室惡濁的空氣與嘰嘰喳喳的講話聲倒不打緊，就是太暗了沒法看書。命中注定會被炸彈炸死，躲哪兒去都會被炸死，樓上樓下沒兩樣。有人還許躲進了避難所反倒死在裏面。這也像老媽子們說的話，可是要同老媽子們的想法兩樣還真是不容易。她跟比比互相鼓舞彼此的有勇無謀。比比老是想上來睡覺，她則像駱駝儲水一樣儲存睡眠，也可以長時間不睡覺。

在樓上琵琶可以看書，不怕看壞了眼睛，可要是一塊玻璃碎片飛進了眼睛，她會瞎掉。不應該離窗口坐著，可是房間這麼小，又都是窗。像個玻璃泡泡，高懸在海上。炸彈忙著在空間和時間上戳破一個個洞來。風從另一片海洋另一座山頭吹來，毫無阻礙，拂過她的髮。墜落的窗玻璃叮叮噹噹，像是寶塔簷角上的風鈴。她覺得傻，這麼興奮。至少她背對著窗子，不怕碎片了，這種時候還担心眼睛好像傻氣了。古人不是說：「皮之不存，毛將焉附？」

比比由浴室踩著水出來，穿著綉了黃龍的黑和服，眼睛瞪著圓圓的，輕聲跟她講話，像舞台上的耳語，噓溜溜射出去，連後排都聽得清清楚楚：

「你聽見她喊嗎？」

「聽見了，她真的很生氣。」

她笑彎了腰，沒發出聲音，有點良心不安。「喊成那樣！」

「浴室窗子破了？」

「沒有。」

「我怕玻璃會掉進浴缸裏。」

「我就讓她喊，我唱我的。」

「瑟雷斯丁嬤嬤可挨了頓好罵。」

「她一定嚇死了。」

「她是鄉下人麼？」

「不知道廣東哪裏。」

「那她是農家孩子？」

「不曉得，他們家一定過的不壞。要進修道院得付一大筆錢的。」

「像嫁妝。」

「噯，她們算是嫁給耶穌了。」

「只不過她們見不著新郎，得跟妯娌住一起。」

「她快樂。」比比說。

琵琶見過瑟雷斯丁嬤嬤收集的聖像畫片，她還同瑪麗交換，同中國香烟盒裏的彩色畫片很像，琵琶小時候男傭人常給她。有次瑟雷斯丁嬤嬤還拿她為小型聖母像做的衣服給比比看。她這樣的快樂琵琶橫是受不了。

「她不用担心。」比比說。「她知道會有人照應。」

琵琶倒覺得是保額很高的保險。香港很少有戰事，這一次還是空前絕後。

「電影院照樣開門，你知道麼？」比比問道。

「真的？還有人看電影？」

「我就要去。我瘋了。」她冷笑著，穿上絲襪。

「你要去看電影？」琵琶驚詫的說。

「有個男孩子找我去。」

「轟炸還去？」

「噯，轟炸馬上就停了。」

「你要怎麼去？」

「不曉得，他要來接我。」

「什麼片子？」

「不知道。不管是什麼都不要緊，說不定要過好一陣子才能再看電影呢。」

一想到這裏，兩人都沉默了。比比忽然很焦慮，道：「你要不要去？」

「不，不。」琵琶忙笑道。「我只是在想聖誕節時候的那些大片，再也看不到了。」

「噯，說不定將來有一天會看到。」

「看到也兩樣了。老片子就是讓你感覺不一樣。」

「我們也會有老的一天。」

「對。」琵琶說，並不信。

「我的頭髮可以吧？」

「後面再梳一下。不是，左邊一點。不是，是這裏。」

比比又梳又扯。長長的黑髮漲了起來，更蓬鬆，更龐大，不成形狀，像濃濃的烟，到最後她和琵琶兩人笑不可支。

「就像瓶子放出來的精靈，死也不肯再回去。」

「越梳越毛躁。」琵琶道。

「頭髮剛燙的緣故。」

「我剛燙了頭髮，說不定還是好事。」

「我倒後悔沒燙。」

「我得幫你的頭髮想想辦法。等我告訴多明尼克嬤嬤要去看電影，準把她氣得跳腳。」

「不能瞞著她麼？」

「我得告訴她會晚點回來吃飯。我該穿什麼？」

「那件無袖的綠外套。」

比比一手握著嘴，又一次彎腰，做出笑倒了的樣子。綠外套是她自己拿塊萊姆綠呢做的，只夠前後兩片，腰上縫了兩隻皮手套，乍看像兩隻小黑手從後頭繞過來扣著她的腰。

「不，穿了也沒人看見，我連大衣都不脫。」

「穿嘿。」琵琶很苦惱的說，感覺戰爭的壓力坐住了衣裳，永不見天日，末了只會變成滑稽的過時的華服。

「不，不，不行。」

「橫豎沒人看見，不要緊的。」

比比還是選了雙色毛衣與皮面鑲邊大衣。轟炸停止了。

「比比！有人來找你。」愛格妮絲嬤嬤在穿堂口喊，聲音抖嗦嗦的。

照規矩，開門迓客，喚人叫名的是多明尼克嬤嬤。她準是氣還沒消。比比忙忙下樓。琵琶聽見她喊，語音少不了那如泣如訴的黏膩：

「多明尼克嬤嬤？多明尼克嬤嬤！嬤嬤，幫我留著晚飯好嗎？」彷彿想用甜言蜜語來哄熄修女的怒氣。

晚餐淒淒涼涼的，長桌中央只也點了一根蠟燭。長長的柱子在地下室投下長長的影子，陰森森的像墓穴，卻多了香港每逢雨季家家戶戶關門閉窗，幾個月下來揮之不去的濃烈的霉味。

「噯呀，湯裏有蟲！」安潔琳喊道。

「現在是打仗，不能太挑剔。」一個高年級生說。

「也用不著吃蟲啊。」塔瑪拉說。「起碼還可以先吃老鼠。」

「哪裏？我怎麼沒看見蟲。」同一個高年級生在生菜湯裏翻來翻去。

「真有呢。」另一人說，硬著頭皮望進湯裏。

「嘿，瑪麗！」寶拉朝配膳室喊，半嘻笑半恐怖。「嗳呀，瑪麗，生菜是不是忘了洗了？裏頭有蟲。」

孤女瑪麗立在門口，楚楚可憐的樣子。「洗了，可是裏頭太暗了，我又不敢靠近窗子。」

「不要緊，橫豎煮熟了。」剛才第一個說話的高年級生道。

「我們還有三餐可以吃，已經是好的了。」蓮葉道。

「我問多明尼克嬷嬷是不是打算搬回修道院。」寶拉道。「她說喔，不！修道院現在也是亂麻一樣。」

塔瑪拉笑道：「她們不想帶我們過去。」

寶拉也笑，又打圓場：「修道院一定是擠不下了。一打仗大家都逃進教堂裏尋保護。」

「日本人懂得尊敬基督教嗎？他們不是佛教徒嗎？」塔瑪拉問道。

「說不定修道院反而更危險，誰知道呢。」寶拉道。

「這裏危險是因為屋子裏人太少了。」一個高年級生道。「又都是女孩子，只有花王是男人。」

「嗳呀，別說了，我都嚇死了。」安潔琳半笑不笑的說道，搖著手，像是手上有水想甩乾。

「是啊，車佬也不住在這裏。」寶拉道。

「嬤嬤跟我說她每天都得搭車子出去買麵包。」塔瑪拉咯咯笑道。

「咦，麵包現在就難買了嗎？」一個高年級生道。

「不是，她是因為到連卡佛去買的才難買，那兒的客人太多了。得新鮮才好吃。」

「誰去買的，多明尼克嬤嬤？」

「還有克萊拉嬤嬤。她們兩個總是一塊。」

「再加上車佬，每天都有三個人冒著生命危險。」寶拉道。

那何不吃米呢？琵琶想。一打仗中國主婦第一件要做的事就是囤米囤煤；平常就算用煤氣，一打仗煤氣就可能接不上。她只知道這麼多。逃難也是她的家族史的一章。沈家也不能免俗，在滿清傾覆之際逃反到上海。此後就在天津與上海兩個通商港口間漂泊，躲避軍閥混戰。軍閥割據結束了，日本人又來攻打上海，幸喜兩次都沒波及租界。

兩個修女到城區購物，像巡警一樣，總是一對對的，互為奧援，到龍蛇雜處的貧民窟巡邏。修女們似乎因打仗而特別興奮。轟炸的頭一天，她們煮了豐盛的晚餐，彷彿是在慶祝：嫩煎腰子，蘭姆酒蛋糕，還有她們拿柚子皮做的糖果，甜甜酸酸的。開戰的驚慌一退，修女們也不嫌麻煩，炸罐頭肉，炸山芋泥丸子。琵琶覺得現在都該節衣縮食了，自己卻胃口極好，連自己也厭憎。都是因為鎮日閒坐，只等開飯。實際上，人人吃得都比平常多。琵琶沒有發表意見的習慣，否則她就會大聲疾呼糧食該配給了。單是她一個人節制未見得有什麼兩樣，吃了一片修女們捨生忘死買來的麵包，她忍住了沒再拿第二片。不過麵包的味道委實是香。

蓮葉拿了第三片，看誰胆敢說什麼似的神氣，還把麵包籃朝琵琶面前推。「吃，把它吃完。能吃的時候趕緊吃。這種時候哪兒還能吃得到這樣的好東西？咳呀！」她嘆氣，朝飯菜攤開手掌。「打仗哪能吃這些。咳呀！」

晚飯桌上罕見蓮葉開口，總是傴僂著身體，瞪著前面，表情淒涼，陶偶母牛眼分隔得很開，像長在臉的兩側。她整天待在地下室，酸溜溜的聽著情不合意不投的談話。這時她的頭垂得更低，似乎是後悔打破了沉默。她吃下最後一塊麵包，喝了口煉乳調咖啡，把麵包沖下肚，打了個嗝。手肘支在餐桌上，忽然兩手捧住了臉。

「你們這些人不知道打仗是怎麼回事。」她哭道。「你們這些人什麼也不懂。」

沒有人接這個碴，全都慚愧的吃著不合時宜的美食。

晚飯剛吃完，比比回來了，做了什麼虧心事似的。

「你上哪兒去了？」塔瑪拉大聲喊道。「不是真去看電影了吧？」她笑道。

「瘋了！」寶拉喃喃道。餐桌上頻頻傳來竊笑聲。

「你跟誰去的？」塔瑪拉問道。

「一個男孩子。」

「誰？是潘嗎？」

琵琶知道潘，因為塔瑪拉同寶拉總是拿他來取笑比比。比比說悄悄話也總是一個男孩子這樣，一個男孩子那樣。琵琶倒沒想過比比這麼說可能是想讓聽的人覺得她認識的男孩子有一大群。可是比比仍然是宿舍最得人緣的女孩。香港女孩子不跟男孩子出去。塔瑪拉有時會同其他的俄國留學生出去。寶拉有葉先生，蓮葉有童先生。修女們認為寶拉等於是和同班同學訂婚了，所以每次給她等門，午夜前回來也不會埋怨。蓮葉有個世交固定會來看她；多明尼克嬤嬤叫他是「蓮葉的童先生」，她總要申辯。

「他是有太太的，嬤嬤。」她笑道。

然而唯其在這個時候，她的笑才不帶諷刺的意味。

「是潘嗎？」寶拉問道。比比只管追問廚房知道不知道她回來了。

「是潘嘍？瘋了！」

沒有人再提這話，也沒人打聽城裏的情況。挑這時間去看電影似乎只是傻氣的惡作劇，而不是愚蠢的妄動。寶拉也沒取笑比比讓潘送回來，摸黑走山道。寶拉的揶揄比比總以「別傻了」一語帶過。有次寶拉說比比和潘在戀愛，琵琶問她：

「你在同潘談戀愛？」

「別傻了。他那麼孩子氣，自以為喜歡我。」

琵琶見過潘，細長的個子，很害羞，劉海覆著額頭，一張甜甜的老鼠臉。是馬來人。

「為什麼男孩子老是想牽手？」比比悻悻然同琵琶說。「究竟能得什麼好處？親吻我懂，幹嘛牽手！」

「總是肢體接觸啊。」

「那握手還不是一樣？我們不是都握手麼？」

「是你愛的人就兩樣了。」

比比轉過了頭。臉上浮出苦澀，竟讓她的臉多出了近似狡詐的神色。「寶拉說沒有愛情這樣東西，不過習慣了一個男人就是了。」末了一句話說得有些激動。

琵琶尋思了一會兒，不禁氣餒。「我不信。」

「我是不知道。」比比說。「你也不知道。」

又一次比比氣吼吼的說：「有的男孩子跟女朋友出去過之後要去找妓女，你聽見過沒有這樣的事？」

琵琶是寧死也不肯大驚小怪的，只笑笑：「這也可能。」

可是有次撞見寶拉和葉先生親吻，她震驚極了。她放學回宿舍，他們兩個坐在台階底，襯著後面像古老要塞的高聳入雲的石砌地基顯得很渺小，很有剪影的樣子。大塊的石頭灰得不均勻，寶拉窄小的臉微有些發紅，幾乎有陽剛氣，扎扎實實的血肉。一見有人來，她立時抽身，啞啞笑了聲，男的兩條胳膊也縮開了。琵琶朝他們微笑，視而不見，等看不見他們了，半跑半走上了台階。她沒見過別人親吻，只看過電影上的大特寫，月白的巨臉，還是洋人，沒有中國人，因為中國電影不會有吻戲。而這張片子卻是那麼小、那麼明晰、那麼真實，還是中國人担綱演出的，比任何的春宮圖都要震撼。

「電影好看麼？」她在餐桌上問比比，把聲音捺低了。

比比也是半耳語半說話：「你不喜歡。神秘兮兮的。嘖，叫什麼來著？記不得了。倒是電影院裏滿坑滿谷的人，有的站在後面，有的貼著牆根。外頭有轟炸，笑聲聽起來也兩樣。出來大廳黑魆魆的，票房點著藍燈，是有一種奇怪的感覺。」

塔瑪拉上去了，又下樓來，情緒很激動。

「男孩子報名參軍去了。院長辦公室擠滿了人，院長卻不在，男生不肯走，硬要書記把他們的名字記下。可憐的老書記，得整晚加班了：林楊章、張揚玉、余林璋——」她大叫大嚷的。

「他們真是要參軍？」一個高年級生驚呼道。

「他們要參加志願軍，還要去跟校長請願，想讓自己的教授當領隊，還要保證一定送他們上前線。」

「教授當領隊！」方纔說話的高年級生笑道。「誰要去跟艾勒斯頓？什麼時候突然這麼喜歡教授了？」

「誰告訴你的？」

「寶拉的葉先生來了。他想參軍，寶拉不准。」

「還有誰？」

「全校的男生，都在那兒。」

「院長的辦公室？」

「擠得水洩不通呢。」

「噯呀，我哥哥可別去。還是打個電話給他。」安潔琳匆匆出去了。

「不曉得Y. K.去了沒。」那個高年級生自管猜測著。「古伯塔·辛呢？」

大家都想問葉先生還有誰去了。

「別煩人家了。」塔瑪拉說。「人家摸黑走這麼大老遠又不是來看你們的。」

「你自己還不是攪了人家說話。」

「這可不是瘋了？」琵琶低聲跟比比說，嚇呆了。「他們這是為什麼？」

「男孩子就是那樣。」比比道。

兩人從食堂出來，正遇見寶拉和葉先生在過道上講話，可是沉默的時候多。他們並肩立在昏暗的燈泡光下，背靠著牆，互不相看。寶拉朝比比與琵琶微笑。葉先生也笑笑，卻垂著眼睛。他是馬來人，矮小白淨，繃著臉。

多明尼克嬤嬤半個身子俯在闌干上往下望。

「怎麼不到客廳來坐？上來上來。寶拉，請葉先生到客廳來坐。」

寶拉抬頭報以微笑，抱著胳膊。「他就走了，嬤嬤。」

「到客廳坐，裏頭沒人。有客廳嘿，偏沒人要進去。蓮葉和童先生在那裏。」多明尼克嬤嬤朝過道盡頭勾了勾下巴。門開著。

外頭伸手不見五指，能聽見喃喃的說話聲，還有一隻腳動來動去，嘎喳嘎喳的響。為了不失禮統，蓮葉與客人就站在門口說話。樹籬攔住了他們的聲音，往裏傳，沙啞而且近。琵琶見過童先生一次，覺得是個戴眼鏡的樸實的一個人。夜裏壓低了聲音的北方口音卻激起了一波無法抵擋的暖意與思鄉之情，頓時她覺得自己身陷戰火，可卻孤雁飄零，舉目無親。

後來在浴室說完話，比比跟她說：「蓮葉說童先生要她搬去跟他一塊住，怕宿舍不安全。」

這裏太偏僻了，路上只有幾棟屋子，又都住的是有錢人。謠傳說有強盜出沒，而強盜一定會先搶這裏。蓮葉說她爸爸托童先生照顧她，可是她拿不定主意。怕人閒話。」

「不犯著怕人閒話，她自己當然把持得住。」琵琶說，登時想起那些通俗小說，時代背景設在軍閥割據的年代，女主角無奈同男人逃難或是男主角被迫同女人逃難，兩人都儘可能謹守禮節，只有在小地方才透露出情意。琵琶倒覺得能夠同時既貞節又溫柔，而且既勇敢又體貼，沒有人應該放棄這種機會。

「他的父母也在這裏，可是他太太不在。他在這裏做事，先把父母接出來了。」

「既然他父母也在，那就沒關係了。」

「誰知道。這裏可是中國。」

「童先生倒是老實相。」

「你覺得蓮葉愛他嗎？」

「說不定。」

「她在這裏太孤立了，才會愛上他。」

「人不親土親，他們那裏尤其重視同鄉。」

「他們兩個都太——呃——」比比隱隱做了個手勢，皺起了臉。

「太典型。」琵琶幫她說完。

「太像民初的人。」

「是啊，還綁辮子，穿藍布旗袍，像我媽那時候的女學生。」

隔天每一個醫科高年級學生都派去醫院幫忙，寶拉和葉先生也是，兩人的爭議無形中也解決了。再一天，連低年級的學生也動員了。維倫妮嘉與安潔琳都是醫科新生，比比與塔瑪拉三年級。每個急救站都是二男一女一組。所有學生都必須向總部報到，帶著舖蓋捲，等待分發。維倫妮嘉與安潔琳板著臉收拾行李，維倫妮嘉帶了一件新旗袍，赤銅色織錦緞，綠色壽字圖案，薄薄鋪了層蠶絲，有皮子那麼暖和，但輕軟得多。

「你不會要帶那件吧？」安潔琳銳聲道。

「說不定會很冷。」

「可惜了。噯，塔瑪拉，她想帶這件到郊外急救站去。」

「噯，誰也說不準哪兩個男生跟你們同組。你想跟誰一組啊？」

「你少多嘴，塔瑪拉。」維倫妮嘉喊道。

「哈，我知道。」安潔琳說。「我知道誰。維倫妮嘉，要不要我說出來？」

「你敢。少多嘴。」

許多急救站靠近前線，有的在海岸的前哨基地。日本人要來就會從那兒來，琵琶心裏想。把維倫妮嘉與安潔琳這樣的女孩子派到那些地方，這不是等於拴在樹上作虎餌的羊？比比還能照顧自己，可是有時候硬如石頭也會和青草一樣被輾碎。比比不會沒想到輪暴這種事，只是誰也不提起。

安潔琳的哥哥在最後一分鐘來把她弄走了，假稱她病了。誰也不知道安潔琳被他帶到哪兒去。他自己就是醫科高年級生，正在瑪麗皇后醫院的急診手術室幫忙。比比難道不能如法炮製？琵琶知道把危險往家裏讓，尤其是教女孩子去迎狼，是違背戰爭法規的。她自己很幸運，大學沒徵召她，不犯著像心裏的打算一樣，同些人躲進城裏住，或是租個亭子間一個人過日子。一個人過是決不成的，銀行戶頭裏只有十塊多，又只會幾句廣東話。比比的錢比較多，她父親在這裏也有朋友。她橫豎也只是這麼想想，念頭並不清楚的成形過，因為還沒跟比比商量過。比比並不忠於英國政府，雖然嘴上沒說。她很以素未謀面的印度為榮，她說印度的建築最美，裏面是最光潔最可愛的大理石，最璀璨的珠寶，最美麗的女人。她女童軍似的參了戰，從前就當過女童軍。可是但凡在中國長大的女孩就免不了要受到中國人對貞操觀的影響。

比比收拾了幾件內衣袴、一隻牙刷、一隻梳子，捲在毯子裏。琵琶幫著把她其餘的東西收進行李箱，好存放到倉庫裏。那頂斗笠卻沒處擱。

「擱到我的行李箱裏。」琵琶道。

「噯，再見了。多保重。」比比快步出去，神色堅定。

比比走後，琵琶待在自己房裏，看著她這邊的海。進進出出都不肯朝比比收拾一空的房間瞧上一眼。沙龍一樣的半截門正對著她的門，門後被拘禁在窗裏的寂靜與陽光整日在房內盈湧，點點灰塵飄飄揚揚。

十四

宿舍裏只剩下她和蓮葉。兩人一獨處，彼此間的距離比以往還明顯。方圓幾里內唯有她們兩個講北方方言，可是兩人一齊吃飯卻一言不發。蓮葉掂量過琵琶，一個沒有七情六欲的書呆子。開戰了都沒能驚動她。琵琶起初倒高興，覺得有機會深入認識蓮葉，末了才明白同蓮葉說話必然會觸怒她。蓮葉是極內地來的，中國最古老也是最貧窮的省份，神秘的西北，中國文明的源頭，如今卻化為荒漠。琵琶是全然陌生，也不明白怎會有記者說它神秘，委婉表示那片共產黨佔領的土地是國中之國。她倒是見過報上提起共產黨在江西與福建的據點，報上只以「紅疹，微恙」形容。她並不知道國民黨的圍剿逼使共產黨長征，退向西北，而剿匪仍在持續當中。大學裏也沒有人提起延安。其實共產黨這名字她自小是聽慣了的。小說裏，解決情敵最快速的方法就是向軍閥密告某人是共產黨徒。小時候夏天晚上她聽過老媽子在後院談講：

「又在殺共產黨了。廚子今天上舊城，看到兩個人頭裝在鳥籠裏，掛在電線杆上。」

上了年紀的老媽子嘴裏嘖嘖響。

「這些共產黨究竟是誰啊？聽說只要一抓著，馬上就砍了頭了。」

「噯，共產就是共產啊。」

其他人仍是不大懂得。窮人也許覺得分配財富不是壞事，可是他們是有道德的人。三千年的古老禁忌浮上了心頭，閉鎖了這種念頭。

一個年青的老媽子打破了沉默。「聽說還不止共產，還共一個老婆呢。」人人吃吃笑。這一點倒不難理解。在清教徒式的中國，這種做法不啻世界末日。

「從前長毛作亂，」琵琶的老阿媽說，「長毛看見誰都殺，可是就連他們都還沒想到要共一個老婆。」

「你見過長毛？」琵琶問道。太平天國的人不綁辮子，而是披散著頭髮，所以叫長毛。

「沒有，沒趕上那時候，可是到現在我們都還會嚇孩子『長毛來了』，孩子一聽都不哭了。」

長毛的人數似乎比共產黨還多。琵琶就沒見過一個同共產黨有半點淵源的人。可是這三個字只要一提起，就會吹來一股鬼氣森森的冷風。說某人是共產黨等於「扣他一頂紅帽子」，是掉腦袋的事。現在日本人佔了山西，共產黨在鄉野地區很活躍，行蹤飄忽，徵稅收糧，擾得蓮葉的父親這個地主不得安寧。但是她談到家鄉的戰事時，絕口不提共產黨，是禁忌。

琵琶知道宿舍不會單為了她們兩個開放。多明尼克嬤嬤沒說什麼。她們收了食宿費到一月中旬，還有一個月的時間。修道院已經湧進了滿坑滿谷的難民。琵琶不是教友，雖然說宗教信仰並不是重要考量。修女們的聖徒會保護一切信仰的人。多明尼克嬤嬤就喜歡說這個故事，朵瑞斯瓦米先生這位印度生意人請她到他新落成的屋子去吃茶。「好漂亮的屋子，噯，我真喜歡。」她說。「我就問他要，只是開玩笑。誰知他真點頭了。他說好，嬤嬤，房子是你的了。」修道院把房子整修成療養院，可是多明尼克嬤嬤提到房子還是開心的稱它「我在藍塘道上的房子」。

她在穿堂向琵琶勾了勾頭，要她過去。

「聽說他們在召集空防員。藝術系跟工程系的學生都可以報名。」

「空防員要做什麼？」

「他們會告訴你。只是個名目，幫那些無家可歸的學生。當了空防員就可以領口糧，還可以幫你找地方住。」她把聲音低了低，略有些難為情。

「真的？」琵琶半信半疑，眼前浮現了一層層的臥鋪，在地下大統鋪裏，英國根本沒有。海報上的漂亮空防員都住在自己家裏，要不就是地鐵站裏。

「真的。他們會照應空防員。」多明尼克嬤嬤的聲氣倒是輕快，卻拿兩隻大黑眼睛釘住她，低著頭，擠出了雙下巴。

琵琶不願意變成別人的負担，多少慶幸還有這麼一條出路。

「你去嗎？」午餐時她問蓮葉。所有報名的學生都在大學大門口集合，行軍到跑馬地總部去登記。

「去。」蓮葉頓了頓方道，揚起眉毛，淡淡一笑。

「我們一塊去。」

她又遲疑了一下，便笑開來，黃土臉上露出白牙。「好。」

琵琶很知道打仗該穿什麼。孔教幾千年來都在教訓女子戰時該如何舉止。煮荷葉水，拿水洗臉，就會面如土色，再抹上煤灰。把袴子縫死，沒了開口，寧死不脫。琵琶覺得沒有開口的袴子不衛生。況且敵人尚未進城。另一個原因是她不會縫紉。最要緊的是要貌不驚人。她套上了一件又一件的洋裝、夏天的棉衫，毛衣，棉襖，最後罩上了姑姑的泥褐色舊絲錦袿子，整個鼓蓬蓬的。她長長的直髮細如蛛絲，扁平的像塊水簾子，不用加意糟蹋就夠難看了。

她去敲蓮葉的門。裏頭沒人。她沿著過道喊蓮葉，整個樓面靜悄悄的，她沒再喊。沒想到蓮葉竟然這麼討厭她，寧可一個人先走。

到了大學門口她也不在人群裏找蓮葉。舉目望去不見有女孩子，也不見有班上的男生。她班上淨是馬來亞華僑，一身白色細帆布長袴與西裝，齊齊整整，念藝術顯然是著眼於容易過關。有一個結婚了才出來念書。有次他上黑板，茹西低聲說：

「梅合平結婚了。」

梅合平板著臉，假裝沒聽見。課堂裏嘰嘰喳喳的議論了起來。除了那一次之外，這些男生總是很成熟的樣子。而他們今天缺席，不過是中國人對公家機構典型的不信任。

比較起來，現在四周的臉孔都是孩子氣、沒自信。全是些老弱殘兵，既不夠熱血激昂去參軍，又不夠機變百出能到親友處避難。一行人走下長長的斜坡路到城裏，很少聽見交談聲。琵琶倒是緊張，他們佔住了馬路中央，又是這麼浩浩蕩蕩的一大群，萬一有飛機出現，是再清楚不過的靶子，雖然有空襲警報也總是遲一步才發放。

過往行人都猛回頭再看一眼這群穿著運動衣的垂頭喪氣的男孩子。有一次他們不得不讓到路邊，給一隊戴貝雷帽、著卡其短袴的中國軍人通過。他們是誰？香港的軍隊向來是雜牌軍，卻見不到中國部隊。看他們戴貝雷帽，琵琶還以為是安南人。這些軍人黝黑矮小，可是安南人更黑更矮。她倒不想到過中國士兵在香港有多麼的異樣。難道是中國志願軍？她總覺得志願軍更應像是三教九流都有的大雜燴。這些矮小的人精神昂揚，揮動著胳膊腿腳，整齊劃一，同唱詩班的女生一樣，而且高矮也極為一致。他們若是正規軍的話，這一向都蟄伏在哪裏？難道真要為英國而戰？大學男生隊裏也有人迷惑的嘀咕。「是警察。」有人說。有人說不是。

雪廠街的政府倉庫前有苦力在給卡車上貨。一個馬來男生同另一個說話，特有的海峽殖民地英語總給每個句子綴上個問號：

「看那麼多箱子，裏頭不知還有多少，堆到天花板上嘍。Man，他們收藏得很豐富。英國志願軍吃得到罐頭牛肉、罐頭火腿蛋，還有罐頭布丁。喝茶還有煉乳。中國志願軍只有苦力粥，等到上戰場，中國人倒在最前線。你知道是什麼緣故？他們可不想梭光了英國部隊。Man，那些傢伙這下子可後悔參軍了吧。他們說連一個罐頭都不看見，那幹嘛不告訴他們不幹了？不幹了。」

從城裏大隊又順著電車道走向快活谷[3]。琵琶始終覺得快活谷之名取自快活谷墓園，詭異了些。墓園再漂亮，中國人也寧可避而不談。碧綠的山上嵌滿了白色的墓碑，從大道一路伸展到晴空裏。墓園門口掛了一副半通不通的對聯，內地人譏之為香港華僑風：

「此日吾軀歸故土，

他朝君體亦相同。」

幸災樂禍的口吻倒是琵琶生平僅見。果真沒錯，空襲警報響了，像大天使加百列吹響號角，大隊人馬惶惶作鳥獸散。她跟著一群人躲進了對過的防禦工事，混凝土亭堆疊了沙袋。混凝土掩體半遮住了前方，她隱隱然覺得熟悉，猛然恍悟，就像是白幡，只不過是白茫茫一片，沒寫上字。躲進這裏來似戲劇性的，使她想起了京戲中旦角躲進路旁長亭避雨，頓覺有必要守禮，如戲中人一樣背轉過身去。一個學生同衛兵談了幾句。年青的衛兵臂上別著志願軍的臂章，倚著堡壘，望著外面，眼中精芒綻放，琵琶覺得是驚怖恐懼與身肩重責大任的光芒。戰爭尚未流血，還沒有毀了他的熱忱。香港沒打過仗，連割讓了香港的鴉片戰爭也沒波及過。炸彈落在附近。一個學生問他可能炸了哪裏。衛兵不知道。

過後半晌都沒有聲音，鴉雀無聲。衛兵頹然坐倒在沙袋上。琵琶也坐在一個粗糙的褐色苧麻袋上，很像米袋，可是比較涼、比較重，時間越長越覺得涼覺得重。輕軟冷冽的重量從她身上一點一滴拉開，開頭還新鮮，漸漸潛入了大地深處，這是百無聊賴的戰爭中唯一的真實，並不比在報上看到的描述震撼。

好容易解除警報。到了民防總部就像學校註冊，人人寫下姓名、科系、班級、宿舍名，分到一頂鋼盔。

有的男生說：「坐電車回去吧。」大隊人馬一哄而散。

琵琶登上雙層電車。電車搖搖擺擺，不改平日的悠然，鈴聲叮鈴鈴，連拱式老商店街的樓上洋台與車齊高，仍舊晾著衣服，仍舊擺著無處不可見的藍磁棕櫚和橡膠樹盆栽。電車徐徐而行，琵琶也吊著一顆心。果不其然，堪堪過了兩條街，空襲警報又嗚嗚的響了起來。電車停下。人人倉皇下車。她和一男一女躲進小巷裏一戶人家的門洞裏。更多的人飛奔而來，擠得他

3・香港地名，英文原名是Happy Valley，中文名為「跑馬地」，墳場的正式名稱則為「跑馬地墳場」。

們貼著老式的銅環黑疊門上。她越過層層的肩頭望出去。冬天久未經水的頭髮與身體發出頭皮屑的氣味，還有日日夜夜穿了幾個月不換的衣服外頭的布料和內裏的棉胎散發出微微的濕冷的味道。不知道有的人興奮得說笑著什麼？感覺這麼的近，卻完全聽不懂，委實是異樣。空蕩蕩的大街上只有電車文風不動，襯著日落的太陽顯得很大。電車是個屋子骨架，漆著綠色，像條漂亮的蟲，電車裏是閃亮亮的銹紅色，像西瓜子。電車上層沐浴在陽光下，壁上頂上的每一片板條都清清楚楚。一排排空座椅使人想起暑假的教室。陽光過處，紅色窗台絲緞一般亮澤。我倒願意住在裏面，她想。像軍營，夏天很熱，可是還不錯。飛機出現之前的那一刻像是某個漫長的浪費了的下午，有一種深深的平和。

飛機蠅蠅的在頂上盤旋，繞了一圈又繞回來，像牙醫的螺旋電器。等著看牙的時候最好是看著窗外的一點，所以她繼續看著電車。萬一城裏炸毀了，她要住在電車上。孜孜的聲音直挫進腦袋和牙根裏。轟的一聲爆炸。

「摸地[4]！摸地！」有個一臉愛吵架的黑眉青年用廣東話大聲喊著大家趴下，襯衫領子不扣。隨便一群廣東人裏約摸就能看見這麼一個人。

每個人都辛苦的挪出位子來蹲下。

「矮一點！矮一點！」發號施令的青年又喊道。

琵琶縮頭閉眼，想把整個人都縮進鋼盔裏。金屬的嗡嗡聲鑽得她牙根也酸。驀然間，鑽子一個打滑，脫了軌，擦上了磁器和神經，吱吱的刺耳。飛機發狂似的從高空斜斜俯衝而下，摩擦一條生銹的軌道。

轟隆一聲！緊接著七嘴八舌，喋喋不休，可能是說好險，總帶著笑意。她和香港人是那麼陌生，現在卻要同生共死。

「摸地！摸地！」

轟隆！

「摸地！摸地！」

轟天震地一聲響，整個的世界黑了下來。闃黑的真空中人體不再擠挨著她。她害怕去感覺，唯恐發現她不存在了。要是睜開眼，會發現眼睛早已睜開，只是盲了。痛苦會爆裂，洒她一身，因為斷了手腳。讓它睡，別驚擾了它。她等候著，綿綿無盡的黑暗空間一一走過。末了，她徐徐從鋼盔下抬頭看，檢查全身，找回每一處肢體。其他人也騷動了起來。對街傳來喧嚷。

「落在另一邊上。就在對過。」兩句話口耳相傳。「好大的一個洞，就在對過。」

兩人抬著一個男人過來，一個架著他的腋窩，一個抬他的腿。

「受傷了。」躲在門洞裏的人說。「有人受了傷了，傷了腿。」

「應該送他進屋裏。」剛才喊著要人摸地的急公好義的青年道。

眾人紛紛讓道給他去那戶銅環疊門的人家拍門。

「開門，」他喊，「開門。有人受了傷在這裏。」

傷者送過來了，似乎不慣這樣的注目。年青的臉歉然笑著。琵琶未免驚異，這樣子的時候

4・廣東話是「踎低！踎低！」琵琶不懂，以為是「摸地」。

他還不脫中國人的禮貌。她沒看見他的腿，也許是她看得不夠仔細。

「開門啊！」好幾個人幫著拍門叫門。

「嗐，怎麼不開門啊？」急公好義的青年惱火的說。「這些人。真沒人心。喂，開門啊，有人受傷了。」

「他們怕打劫。」有個人說。

好容易門才開了一條縫。先是跟一個拖著辮子的老媽子一番口舌，再換老媽子同不見人影的主人請示，聽起來也像是吵嘴，末了老媽子趿著木屐讓開了，讓兩個人抬著傷者進了小院。琵琶瞧見一排架上擱了許多的藍磁盆的棕櫚和橡膠樹，但只夠看一眼，門又關上了。

轟炸換了地方。琵琶搭同一班電車回家。在斜坡路上走著，她猛的想到都差點炸死了，也沒有誰可告訴。比比走了。非僅是香港，而是在這個世界上，有誰在乎？有幸不死的話，她倒願告訴她的老阿媽。她回鄉下之後就沒了消息，琵琶也沒寫信，覺得虧負了她，沒能幫上她的忙。將來她會告訴珊瑚姑姑，不過姑姑就算知道她差點炸死了，也不會當樁事。比比倒是會想念她的，可是比比反正永遠是快樂的，她死了也一樣。

她在門口告訴了多明尼克嬤嬤。「回來路上一個炸彈就掉在對街。」

「嘖嘖。」多明尼克嬤嬤道，緊蹙的眉下兩眼往上抬。「嗳，什麼時候發口糧啊？」

「不知道。還不曉得什麼時候開始工作呢。」

「蓮葉走了。」

「喔？她走了？」

「是啊，童先生來把她接走了。」

我們可真不愧是外地人，琵琶心裏想。我、寶拉、蓮葉，儘自不同卻都是大陸來的，沒有一個想牽連進戰爭裏。蓮葉就連走也走得拐彎抹角。我喊她的時候她還在。說要去註冊，可能已經打電話給童先生要他來接了。寶拉加入志願軍是為了學籍。就只有我一個笨蛋是非自願的志願軍。

她到大學圖書館報到，本地民防總部由化學教授林先生主持。是個瘦小活潑的廣東人，在空蕩寬敞的閱覽室一隅設了張小課桌，一根指頭啄著打字機。

「你是沈小姐。」他以英語說，一面參閱備忘錄。「好，你會不會打字？」

「不會，可是我寫字很快，筆記記得很好。」她急切的自薦著。

他搖搖頭。「嘖，可惜。我要個秘書，他們跟我推薦你，因為只有你是女孩子，室內工作比較安全，總比在外頭在炸毀的房屋裏戳戳搗搗救人要強。其實我最需要的是打字員。」

他伸手按住電話，卻沒拿起來。兩根指頭在桌上敲。

「真是為難。」他半對自己半對琵琶咕噥道。

她心平氣和等著，決心不介意他那種使人難堪的苦惱。

「你完全不會打字？用一根手指也不行？」

「不行，而且打得很慢。我寧可寫字。」

他沒言語，低頭又回去打字。打完了一張紙之後，交給她一本練習簿、一隻鉛筆、一隻鬧鐘。

「每頁都做上欄位，記下每次轟炸、空襲警報、解除警報的時間。」

她不懂為什麼。難道日本人這麼笨，明天還是這時候來，按時報到？

等著敵機來襲，她在圖書館架上瀏覽。運氣真好，分派到這裏，像孩子進了糕餅店。圖書館靠宿舍也近。俗話說大難不死必有後福。她找到一本十七世紀的中國小說，心裏一跳，她一直都想再讀一遍。這本小說不算有名，當初丟在父親的房子裏，此後別處見不著。商務印書館發行了一套四冊的新版本，她自己掏錢買了一套。很大方的把一、二冊給了弟弟，自己留下三、四冊。她始終良心不安，沒能為弟弟多做點事，喜歡記得少數對他好的幾次。她其實也不介意從中間看。在眾多小院裏摸索，逐漸辨認出隱隱綽綽的臉孔。有時她對某個人物形成了一個看法，看了前兩冊才發覺是錯的，她只覺欣喜，能重新認識這個人物。再自始至終以新的喜悅體驗一次。這時見到這本書有如他鄉遇故知。一開始她就站在架前讀，讀著讀著胆子大了，帶到桌邊來讀，練習簿與鉛筆擱在右手邊，枕戈待旦。她一口氣讀完了第一冊，頭也不抬。小說內容已經半生不熟，正好溫故知新。

空襲警報響了，又吼又喘。

「你可以下樓去。」林先生道。「先把時間記下。」

「我要留在這裏。」她道。

「好吧，其實用不著，大家都下去了。我在這兒是要接電話。」

她留下了，卻忘了把時間記下。

晌午，有個靦腆嬌小的戴眼鏡的女人為林先生送午飯，裝在網袋裏，盤子罩著，後面跟著一個老媽子，捧著一個小鋁鍋。

「這是內人。」他說。「沈小姐是來幫忙的。」

林太太向她點頭，清出課桌上一塊地方。老媽子佈好匙箸，幫他添飯。

「你吃過了？」他問他太太道。

「吃過了。」

「你不用跑這一趟。」他壓低了聲音，微鎖著眉頭，眼睛看著地下，拿起了筷子。

她含怒看了他一眼。他不作聲了。林太太讓他一個人吃飯，過來找琵琶閒談，先講廣東話，又換成流利的國語。等林先生吃完了飯，她幫著老媽子收拾。

五點零五分，他告訴琵琶可以下班了。她走著斜坡路到宿舍，小徑在松樹、杜鵑、木槿叢間迂迴，路上坑洞極多。炮彈飛過來，尖溜溜一聲長叫：「吱呦呃呃呃呃……」偶爾嘶嘶叫著落在左右兩邊的瀝青道上。可是她只知倉皇趕路，一個炮彈也不看見。她在充斥著聲響的世界裏攀爬。別的都不存在，唯有聲響，排開聲響穿過去就和排開雜樹叢穿過去一樣難。她只看見筆直的前方，亂蓬蓬的黃草，小徑在這裏接上了馬路。一踏上平坦的路面，呼吸就輕鬆了。馬路上並沒有飛來飛去的流彈網。第二天早上仍是一樣，在「吱呦呃呃……」中她一路奔下山，抓緊了瑟雷斯丁嬤嬤做的三明治午餐。下午回去情形依舊。真像是某個熱帶國家的土著職員，必須穿過蟠結錯雜的叢林方能到達上班的地方。差事倒是愉快，就是上班途中不太順利。

有一天林太太與老媽子合而為一。琵琶又看了一眼。沒錯，是林太太穿著老媽子的衣服。

「阿金呢？」林先生問道。

情。

「在家裏看家。」

「噯呀，怎麼不讓她來？我要你別來了。受傷了可怎麼好，就你一個人。」她一言不發，擺好了飯菜。又在琵琶身旁坐下來，解釋為什麼這身打扮，顯然也有些難為情。

「現在大家都跟老媽子借衣服穿。」她低聲道。

「是怕日本人來？」琵琶也低了低聲音，心中閃過恐怖與認知，古老的戰爭故事都活了過來。

「還不止。日本人還沒來，趁火打劫的倒先亂起來了。黑衫。」每說一句就微點下頭，她撮起來的小嘴似乎限制住，一會兒上一會兒下。「黑衫」是廣東話，指的是地痞流氓。琵琶本來以為廣東人都愛穿黑的，原來竟是地痞流氓的標幟。

「真的？你覺得很快就會有人洗劫了？」

「誰知道？商店全都關了，就怕打劫。連米都買不到了。」

「這麼快？」

林太太掉過了臉。她打擊了民防總部的士氣。她好似總會落入這類的談話陷阱。覺得有解釋的必要又勾引出另一個解釋的必要。

「不知道怎麼回事，坐在家裏等，家裏又沒有男人，實在怕人。林先生就是傻。」她淡淡笑道，透著妻子的貶抑。「他其實不犯著接這個位子的。」

「是大學堂要求他接的嗎？」

「現在當然是需要壯丁，可是我們又不是英國公民。中文系裏就沒有人做戰爭工作。偏是他，」她下巴一抬，朝林先生動了動，做出冷笑的神氣，「日本人一定要打，在哪裏打都一樣。」

「好了。」林先生對著太太皺眉，火速吃完了飯。「可以回去了。待在家裏，別又出來了。」

「什麼時候發口糧？」多明尼克嬤嬤問琵琶。

「快了。」

「院長要我們關閉宿舍，儘快回修道院去。」

「聽說要給志願工煮大鍋飯，還許要籌備一陣子。」

「我跟你說。」多明尼克嬤嬤把嗓子放低了，又帶著神秘的神氣，像藏了什麼好東西單給你一個人。「到循道會去，就在山腳下，上班方便得多。」

「是嗎？」

「我不能跑去白住啊。」修女的意思難道是免費的？

「可以，就跟他們說你是大學生，家不在這兒。安潔琳也在那兒。」

「是啊。到循道會去找穆爾黑德小姐，她會收容你的。」去了就成了受施捨的案主，琵琶心裏想。等他們要我走，我還能上哪兒去？

「我們的行李呢？」

「暫時先存放在這兒。花王會留下來看房子。」

「我先到循道會問問。」

穆爾黑德小姐很乾脆，說可以住，卻不供三餐。琵琶再三保證大學會提供三餐，當天就搬了進去，只帶了僅存的幾片餅乾。頭兩天安潔琳對她很不自然，畢竟她從宿舍搬出來的理由是生了病。琵琶一個人住一間房，安潔琳與一個尤小姐同住，有人照應。尤小姐五十來歲，是個瘦小的教員，帶著職業基督徒的親切。她是廈門人，與安潔琳是同鄉，安潔琳是福建移民。

「要不是尤小姐，我都嚇死了。」安潔琳同琵琶說。「她對我真好。像這種時候，有個人什麼都知道，你也安心得多。尤小姐——見過世面。」她喃喃說完，忙忙別過了臉。

琵琶一聽就明白了，尤小姐又跟她說了更多的凌辱強暴的事，嚇壞了她。可是尤小姐儘管淡淡的，顯然下定了決心要保護安潔琳，不讓她受日本人的折磨。琵琶搬進去的頭一天就到她們房間去打探消息。尤小姐坐著織什麼，只偶爾說句話看一眼，對安潔琳顯然有慈母的感情。看見琵琶進門，她只閃了閃笑臉，便冷冷的。琵琶也沒敢多坐便狼狽離開。她很快就明瞭在這棟老舊的屋子裏人人都保持距離。她始終弄不清誰住在這裏，住了多少人。多半是教會的全體人員或難民，當然沒有男人。中國的宿舍不像這裏安靜。沒有人使用廚房，總是清鍋冷灶的。現在限制用水，每天供水幾個鐘頭，細流一樣，可是沒有人為用水爭吵。人人都關在房間裏。唯恐有了交情，貼隔壁出了事，像炸傷了、挨餓、急病，要袖手不管會不好意思。基督徒講博愛，讓他們多了幾層顧慮。穆爾黑德小姐從不上樓來，琵琶在走道上碰見過她幾次。她身量高，鼠灰色頭髮，神情望之儼然，使人不敢親近。說句「早安，穆爾黑德小姐」琵琶便低斂眼睛，匆匆走過，露出淡淡的笑容，以示尊重她這個主人。和善慈祥的同時又要劃下界線，真是奇窘。琵琶恨不得能跟她說不犯著。她不是教友還能住在這裏，已經是十分厚待她了。

循道會的浴室是一個幽暗的小房間，只裝有一隻水龍頭和灰色水門汀落地淺缸。有天下午琵琶剛回來，拿漱盂接水來洗襪子，為了省水。安潔琳闖了進來。

「嘿，你聽說了沒有，布雷斯代先生死了。他不是教過你？」

「布雷斯代先生？死了？」琵琶驚聲喊道。

「是啊，打死了。」

「打仗打死的？」

「不是，他正走路回學校，站哨的衛兵問他口令，他沒作聲，衛兵就開槍了。」

琵琶知道真是這樣，還是忍不住抗辯。「怎麼會呢？他怎麼會沒聽見？」

「一定是在想事情。」

兩人目瞪口呆看著彼此。

琵琶自言自語道：「不管有沒有上帝，不管你是誰，停止考試就行了，不用把老師也殺掉。」

安潔琳走後，她繼續洗襪子，然後抽噎起來，但是就像這自來水龍頭，震撼抽搐半天才迸出幾點痛淚。布雷斯代先生走回學校的時候心裏在想什麼？戰爭嗎？他倒許不像她一樣討厭近代史，可是歷史卻潮湧上來，包圍住他，切斷了退路，他的書、古董、男廚子、孤立在濤濤的海灣的白屋子，都夠不著了。死還不行，還得讓他死得像笨蛋？起碼讓他死在戰場上。即使他不信這些，他究竟是英國人。

現在他不會知道她的功課落後了。真不知道嗎？他的臉孔立時浮現心頭。他在課堂上提問，跳過她，讓別的同學有機會作答，一個個點名，末了放棄了，認命的說：「沈小姐？」但琵琶也同別人一樣笑著搖頭。他磁器般的藍眼睛跳入了懊惱的神氣，厲聲喊下一個名字。他知道。即便是現在，她半閃拒這個想法，冰冷狹長的像條魚的影子，他也知道。她大聲質問自己：他知不知道有什麼相干？她總算知道了什麼是死亡，所有的關係都歸零了、虛無了。兩個人才能發生關係。現在只剩她這一邊迷了路，落了單。

她回房去，將襪子掛在椅背上。天色就要黑下來了。沒有電燈，每天都結束得很緩慢、很不吉利。日本人像養成了習慣，每到這個時辰就開始轟炸。又來了。她坐在半黑暗中，耳朵不聽。

砰！聲音很響，並不是最響的一次，像是捂住了。她突然在椅子上動了，嚇得一顆心跳到了嗓子眼。什麼冰涼涼的東西碰在她後腰上，是一隻濕襪子。有什麼騷動，屋裏某處微微的喧嚷。她站到樓梯口去。安潔琳在底下同老媽子說話。

「安潔琳，怎麼了？」

「我們被擊中了。」

「擊中了哪兒？」

「說是屋檐削掉了一個角。」

幾個女人下樓來，競相說著她們房間那邊的情形，七嘴八舌詢問老媽子。

「還是樓下安全點。」尤小姐道。

琵琶跟著大家躲到漆黑的客室裏。默默圍繞油布面餐桌而坐，舉行降靈會似的。琵琶一個人又出去，坐在樓梯上。

門鈴響了。

「邊個？誰啊？」老媽子貼著門喊，開了一條縫，看了一會兒，轉頭高喊：「吳小姐，你哥哥來了。」

安潔琳從客室出來。她哥哥就站在門邊。兩人長得很像，他比較結實，年近三十。

「快跟我來，這裏危險。」他說。

「上哪兒去？」

「到我那裏。」

「要過夜嗎？」

「看情況再說。」

「他們不准的。」

「不要緊，走就是了。什麼也別帶。」

「琵琶，要不要一塊去？」

安潔琳的哥哥朝琵琶點頭。「一塊來吧。」

琵琶只遲疑了一秒鐘。能走算運氣好。

「不用帶什麼，外頭不冷。」他說。

「不遠，就在附近。」安潔琳說。

「那裏是男生宿舍最矮的地方。」他說。

三人齊步走，山坡路兩旁的草木鬱鬱森森的。大樹上下遍綴著車輪大小的硃紅色聖誕紅，扁平的艷紅很不真實，瞪著灰灰的黃昏。馬路開始往上斜坡。偏在這時候，炮彈來了，悠然劃著長長的弧，吱喲呃呃呃一聲長叫。錐耳朵的高音像放大了的蚊蠅嗡嗡聲，是鋼鐵鍊的假嗓，打算唱個通宵，還在最想不到的地方陡然降幾階，猝然停止。安潔琳的哥哥一手拉住兩個女孩的手，跑了起來。琵琶想要笑道：「快轉回去吧。」只是現在連轉頭說話都顧不上。可是她臉上的笑意卻定在那兒了，要保持笑臉太吃力，抹掉笑容更吃力。三人在顛簸的舊瀝青路上疾奔。真像是頂著風爬山，身上卻不著片縷，赤裸裸、軟嫩嫩的，要在隱形飛蟲的交叉密網中殺出條生路，網子厚得像密密層層的枝椏鞭打著身體。我是怎麼跑上來的？琵琶也納罕。

小徑爬升，兩邊的山坡也陡的往下掉。山上的天色倒像白晝，她越發覺得暴露，又冷，又喘不過氣來。然後手上一扯，她往下就倒。三人險些帶累著彼此跌下山，安潔琳蹲在地上同哥哥講福建話。別省份的人都管福建方言叫「鳥語」。她那連珠炮似的嘰嘰喳喳更讓此時此刻添了不真實性。琵琶木木的立在一旁，聽見安潔琳掉過頭來喊：

「幫我把他拉上來。」

他的身體很沉，又呻吟的厲害，實在不知道該怎麼抓他而不弄痛他。琵琶努力扶他站起來，卻像是做了場夢，意識倒極敏銳，知道自己的身體像是朝四面八方擴展開去，捕捉每一個彈片，軟綿綿的等待著。她極力伸展去攔下炮彈，是微光中軟軟的扇貝牆，有些地方稀薄成一張肉網，一場霧，每一個金屬飛過就招展波動。現在換她們兩個女生攙扶著他，將他夾在中間走。她的身體一邊緊挨著他，享受著安全感，暖意像麻藥一樣彌漫開來。身體的其他部都清醒著，等待著穿孔刺傷，被澆上一盆冰水，像在打針前先用酒精擦過。

三個人趔趔趄趄的前進。小徑轉彎，地勢平了，穿過草坪，兩邊長滿灌木叢。炮彈仍是追著他們，「吱喲呃呃呃……」琵琶釘著地下看，怕在漸濃的夜色中絆倒，又得再費勁把安潔琳的哥哥扶起來。好容易走到了紅磚大門前，一步一頓上了台階，到了迴廊上。

「有人在嗎？」琵琶高聲喊道。

屋裏黑魆魆的。她騰不出手來開紗門，於是又喊：

「這兒有人受了傷！」

話聲甫落，安潔琳哭了起來，又和哥哥講福建話。一個學生出來了，接著出來了更多人，把她哥哥扶了進去，在餐桌上鋪了床毯子，讓他躺下。打了許多通電話才找到一輛車，將他送到瑪麗皇后醫院去。一個鐘頭之後汽車才來。安潔琳陪著他。琵琶自個回家，那時轟炸也結束了。

當晚安潔琳沒回來，也是在意料之中，開戰後就很難叫得到車，公共汽車也擠不上。第二天早上琵琶回到自己的空襲裏，她應該記下時間，與古代的欽天監官員記載地震一樣，而在大理石面的圖書館中文區，方圓幾里幾乎是一樣的漂亮荒僻，卻不太可能像老北京的皇家天文台。她坐在林先生斜對面，讀她的十七世紀小說，希望能在死前讀完。砰！震天的一聲響，像是擊中了房子。地板都震動，有碎玻璃落地聲。礙於禮貌，她盡責的抬頭看。林先生文風不動，凝神細聽屋頂平台上的守衛傳來的微弱吵嚷。其他男生正朝上吆喝。

他站了起來，琵琶也盡責的跟著他出去到樓梯口上。

「怎麼回事？」他朝著在穿堂亂轉的男生喊道。

「不知道。」有一個說。「我從外頭往上喊，看不出上頭怎麼了。」

林先生拾級登上往屋頂的樓梯，走了一半。

「出了什麼事？」他朝上喊道。「有沒有人受傷？」

海峽殖民地的英語口音斷斷續續吼了起來。

「好。」林先生也喊回去，咧齒而笑。「大家都沒事吧？防空炮呢？……就這樣？好。」

這還是她頭一次聽說屋頂有防空炮，難怪炸彈和炮彈越落越近。又來了，啪噠噠噠，先前她還不知道那是什麼聲音，原來是防空炮，可惜沒用處，只像布篷被風吹的亂響。她滿腔的惱怒，氣得想哭。防空炮什麼也打不著，只招蒼蠅似的招來飛機。像在夢裏，她戴上一頂帽子，卻變成了馬蜂窩。香港的人都得冒生命危險，可是這也太不公平了。真像你福大命大，逃過了一次兩次，正覺得自己有神功護體，下一瞬一個不留神就讓老天爺收走了。還死在最不適合死亡的地方，飄送著書香的陽光燦爛的大屋子，使她想起了北方的家與上海的家。那些年的陽光包裹住她，免於傷害。

「時間記下來了嗎？」林先生在回房間的時候問。

「噯呀，我忘了。」琵琶心虛的說。

他伸手去拿鉛筆和練習簿。「你一定得記得。每次聽見空襲警報，就得把時間記下來。上一次是什麼時候響的？半個鐘頭前嗎？」他看著時鐘，鐘停了。她忘了上發條。

林先生不作聲，半晌方道：「你要不要出去工作？」

「你的意思是當常備的空防員？」

「是啊。」眉下的眼睛往上抬，表情快活。
「我可以試試。」她滿懷希望的說，想著終於能逃開防空炮了。
「你這地區熟不熟？」
「不熟。」
「要是迷路了可以找人問路。」
「我不會講廣東話。」
換工作的事他也就不提了。
砰！聲音像擂動大鐵桶，與宿舍頭幾天的轟炸聲兩樣。砰！砰！重重的左右兩拳，刻意痛打柔軟的大地，又像是沒人注意給惹惱了，狠狠揀著要害下手，砰的一聲！地板都震動，她卻不動。死亡，不再存在，究竟是什麼？就個人的自我來看，委實很難想像。子曰：「未知生，焉知死？」失去生命，她失去的是什麼？也許是活下去的機會吧。可是活下去的機會不等於生命。生命沒有近似的東西。小時候她想要無窮無盡一次次投胎，過各種各樣的生活。變作叫化子也不要緊，變作豬逃難一刀也無所謂，總也有時候是美貌闊氣的。是她懂得了生趣，上癮了？還是僅僅是盲目的貪婪？她真正活過嗎？太多的事情總是不請自來，沒有她特別稱心的，也不是她自尋來的。尚未長大成人的人多半就是這麼不幸？太多事情，卻又一無所有。
林先生停手不啄打字機了，轉過臉來翻開練習簿。
「幾點解除的警報？」他看看手錶，大聲判斷，潦草記下：「現在是四點十一。過了五分鐘，應該是四點零六。」

十五

她在循道會拿舊的畫報雜誌當毯子蓋。雜誌冰涼又光滑，只要不滑下地，還是可以保暖。每天早晨她從法式落地窗出去，到洋台上做運動。圍城中的香港在黎明的晨霧中灰濛濛的、扁平平的。幾隻公雞報曉，啼聲稀薄，像給什麼悶住了，倒像微弱的咪咪叫。從這裏看城中比在山上看要近得多，也骯髒得多，破敗得多，像一片斷井頹垣堆出的大海，朦朦朧朧甦醒過來，卻還在裝死。滿目瘡痍的感覺，使她縮回了自己，求取保護，覺得自己是貞潔良善的，因為把自己照顧得很好。深深的彎腰，觸碰腳趾十次。

有天傍晚她聽見比比喊她的名字。她跑到樓梯口，難以相信，看見比比拿著隻蠟燭上來了，穿著起縐的灰色制服。

「你看我多好，走了這麼遠的路來看你。」

「噯，你真不該來的。你怎麼知道我在這裏？」

「我打電話到修道院問的。」

「你分配到哪裏？」

「城中，中環街市過去。」

「你一路走過來的？」

「現在沒有公共汽車了。」

「噯，你真的不用跑這麼一趟。」

「我來看看你好不好。」

「我當然不會有事。」

「吃過飯了麼？」

「我今天一整天還沒吃東西呢。」

「什麼，你不是有口糧？」

「還沒發，總是『快了，快了。』」

「又是官樣文章。教會這裏不給你們吃的麼？」

「不給，我一搬進來他們就挑明了不管飯。」

「早知道我就把晚飯帶一份來。」

「你既然來了，索性同我說哪裏買得到餅乾花生什麼的。」

「商店全關了。」

「我知道，你當然知道哪些地方還買得到東西吧？我這裏有兩塊錢。」

「錢留著。」比比立刻說，做生意的本能生了義憤。「貴死了。」

「可是明天還是不會發口糧。」

「你真的很餓？」

「倒也還好。」她倉促加上一句：「其實一點也不餓。就像早上沒吃，中午也不餓。」

「斷食其實對生理系統是有好處的，我們在齋月也都斷食。」

「我不怕，沒聽說有人餓死。要餓死至少也得幾個月不吃。」

「你要是真能再忍兩天的話，」比比略頓了頓方道，「就再等一等，因為我確實知道你們就要發口糧了。」

兩人在房裏坐著聊天，把蠟燭吹熄了。

「我得在這裏過夜。」

「太好了。」

「睡這兒行嗎？」

「沒有毯子。你不介意吧？」

「我去找找。我剛在樓下跟莉拉講話，那個印度女孩。你知道她也是大學學生？」

「知道，我還納罕她怎麼不用去報到呢。」

「她在交換台那裏。我沒看見安潔琳。她哥哥的事真可怕。」

「那天我也在。」

「我知道，莉拉跟我說了。看見傷口了嗎？」

「沒有，幸好我不用看。」

「你說的也對。」

「真希望仗快點打完。」

「你寧可讓日本人進來？」

「怎樣都好，只要快點結束。」

「日本人來了你還是會送命的。」

「說不定，可是再拖下去，遲早也是丟命的。」

「我懂你的意思。」比比喃喃道，不讓她再往下說。「我在急救站也看多了。中環街市被轟炸了。我跟自己說：這下子你知道人命是什麼了吧。我這樣說不定有點變態，好像人命就是這樣。」

「你看見了什麼？」琵琶小心翼翼的問道。

她嘴裏像含著什麼，模模糊糊一語帶過。「恐怖的事情。斷手斷腿，骨頭戳出來，腸子淌出來——」

「別說了，我不想聽。」

「好吧。」比比乾脆的說，燃亮了蠟燭。「莉拉的房間往哪走？」

「不知道。到後面看看。」

「莉拉！」她揚聲喊道。

她找到了莉拉，莉拉知道有個空房間，裏頭可能有被褥。比比拿了條灰色軍毯回來，進房時吹熄了蠟燭。

「我要睡了，天一亮我就得走。」

「最近我也睡得早。燈火管制也沒辦法熬夜。」

兩人蓋一張毯子，都有點難為情，不敢靠得太近。粗糙的毯子，光禿的床墊，琵琶的腿碰到比比的大腿，很涼很堅實。她習慣了自己的腿長，比比的腿感覺有點異樣。也許是餓的緣故，她聯想到田雞腿，小時候在天津常吃紅燒田雞腿，老媽子幫著用筷子把肉拆開，老說吃田雞腿罪過，跟吃人腿一樣。儘管她很喜歡比比，這時也難免有點反感。比比也並不同性戀愛，即使兩人身體接觸引她反感，她也跟琵琶一樣掩飾得很好，沒有往回縮。兩人都沒說話。空氣中有股禁制，末了琵琶聽見比比的呼吸均勻，知道她睡著了。毯子的溫暖與人體的熱氣也讓她迷迷糊糊睡了。

東方才現魚肚白，比比就走了。辦公室裏沒有人聽說發口糧的事，琵琶回去後又找莉拉問消息。住在循道會的人變得比較熟，至少在安潔琳的哥哥死後話變得多了起來。震驚於噩耗，又氣憤竟有人不顧她們的死活，自顧自逃走，結果報應來得又快又毒，攪亂了教會裏這一池死水，掀開了話匣子。莉拉就是循道會的基督徒，從印度來香港念書就住在自己的教會裏。矮矮胖胖的，紮著辮子，褐色的臉孔輪廓分明，斧鑿的一樣，穿著印花棉洋裝。開戰之後她就學著當電話總機。負責戰爭工作的教授使大學的線路忙得不得了。醫學系的教授素來就以粗魯而聞名。

「要他們等，什麼難聽的話都出籠了。」莉拉說。「我聽都沒聽過。」

「既然是教授在負責戰爭工作，為什麼不想法子餵飽學生？」琵琶問道。

「誰知道？要是總機插嘴問什麼時候發口糧，你想他們會怎麼說？」

琵琶能諒解英國人要儘可能省儉，說不準這一仗要打多久。何況她也不看見有人挨餓。大家似乎都有辦法能弄到吃的，也許不多，一筒餅乾卻不難。她自己什麼也沒有，也得秘而不宣，不然說出來倒像乞食似的。

開戰後她就沒和張氏夫婦聯絡，不想麻煩人家。他們幫她母親已經出了大力，可別讓人家以為又給她訛上了。他們住在銅鑼灣的公寓。那天晚上她打電話去，還許能從他們那裏打聽到何處能買到糧食。

電話是他們的廣東老媽子接的。

「先生和太太不在，去了淺水灣了。」

「淺水灣飯店？」

「對。我是留下來看家的。」

淺水灣的麻煩還不夠多嗎？為什麼他們會覺得淺水灣安全？孤懸在海岸線上，倒許還是敵軍登陸的第一個地方，飯店裏擠滿了有錢的觀光客也讓劫匪覬覦。當然這都是她的假設。張先生一定是聽了外國朋友的建議。說不定飯店就像北京城的外國公使館一樣是庇護所。

她到走道去裝開水，很高興五斗櫃上的熱水瓶是滿的。她裝了兩杯半，小心別喝乾了，等穆爾黑德小姐要開水，急促間沒水可喝，惹惱了她，指不定就不供應開水了。她到廚房把杯子洗乾淨才放回去。晚餐時間到了，食物卻沒著落。清鍋冷灶的。教會的老媽子坐在中央的燈泡下，傴僂著念她的小字聖經。燈光昏暗的房間像無人使用，散發出仔細擦拭過的氣味。琵琶想：一旦沒了食物，看我們是多麼的井然有序、多麼的纖塵不染、多麼的高風亮節。

她上樓去，喝的熱水讓她暖烘烘的，肚子也填滿了，她並不怎麼担心。心底總有個感覺，口糧這件事要說有誰可以信任的話，信任英國人準沒錯。

「英國人做這種事最拿手。」她母親有一次說過，當時她問到英國念書，萬一遇上了打仗怎麼辦。

第三天她枵腹從公，覺得頭輕飄飄的，身體空落落的，有點累，像是熱水澡泡太久。瀝青路陡降又陡升。有段斜坡是土石路面，她半溜半擦下去，然後又爬上石階，在樹林裏穿梭，倒像走在杭州的山上。今天往事變近了，因為現在越來越薄。好了，別虛浮浮的穿來繞去了，她命令自己。珊瑚姑姑有次略帶厭惡的說：「沒有人真的喝醉。只是演戲，借酒蓋臉。」她這是經驗談，她自己就會喝酒，但只限筵宴。琵琶自覺也在表演暈眩虛弱，是因為該有這樣的感覺了。其實她還好，只有晚上胃微微抽搐，但一會兒就過去了。必定是領略了挨餓的滋味讓她太得意的緣故，得意也就把饑餓感給壓住了。她沒挨過餓嗎？有的，只不過是胃口不好。她笑著想起住天津那時吃午飯，是聽著軋棉磨坊的午餐鐘開飯的。「老虎吼了。」老媽子都這麼說。

「怎麼吼得那麼響？」她納罕的問道。

「是一隻很大的老虎。」她們說。

「有多大？跟房子那麼大？」

「還大。」

漫長嘹亮的吼聲過後不久，她的老阿媽就上樓來，端著托盤，將椅子扶正。她和弟弟把椅子倒扣過來，假裝是汽車，駕著上戰場，是吉普車的先驅。今天早晨童年不時浮上心頭。讓她的得意自滿有恃無恐的是她母親的說法，餓兩頓對身體很有好處，不吃比多吃要強，而且醫生也說中國人米吃太多把胃撐大了。

「林先生，今天會發口糧嗎？」她在辦公室問道。

「不知道，沒聽說要發口糧。」他道。

她將四冊小說都看完了，當初還怕沒命能讀完，現在卻找不到架上還有什麼有趣的書。心裏那空空的茫然擺脫不了，就連空襲也不行。

晌午她等著總部派來的信差，可能是一麻袋的麵包，她不知道口糧會是什麼。一杯米也行，可以在循道會的廚房煮。

有個學生伸進頭來。

「有口糧嗎，林先生？」

「我一點也不知道。」

「大家都在問。」

「真要送來了，決不會少了你的。」

林太太進來了，朝琵琶點頭，網袋裏提著鍋，飯碗倒扣在鍋蓋上。她在林先生面前放下筷子，裝了一碗炒飯。炒飯裏有蛋，暗紅色的小點可能是臘腸或火腿。琵琶在書上讀過餓肚子的人看見食物，喉嚨眼裏就會伸出隻手來。她自己檢查了一下，沒有小手。沒錯，此時此刻來上一碗炒飯勝過山珍海味，加上了蛋與火腿或臘腸的炒飯更好。她知道讓林先生林太太，或是穆爾黑德小姐知道這是她第三天空著肚子了，他們一定會分她一點吃的。等她真的餓昏了，她會開口問他們要，可是還不到時候。她把兩眼黏住一本枯燥的書，不動聲色。可是林先生清楚她的窘境。他一頭吃，脾氣很壞的樣子，無疑在提醒自己，她這個人不負責任而且一無是處。

林太太伺候過先生之後坐了下來，悶悶的。平常她會跟琵琶談講幾句，為了沖淡尷尬的空氣，琵琶只好先開口：

「林太太，你聽說了什麼消息沒有？」

「沒有。」她說，莫名的慌張起來。「沒有，你呢？」

「沒有，你好像有心事，我以為——」

「噯，那是當然了。什麼也買不到，什麼都沒了。牛奶也不送了。」她望著空中。又陷入了說與不說的窘迫中，不解釋清楚又顯得自己傻氣。「林先生每天都得喝杯奶，可以通便。」

「噯呀，那沒有了可不糟了。」

「真不知道該怎麼辦。」她喃喃說道，憐憫的看著丈夫，看著他吃飯。

「再吃一碗？」她小聲道，站起來給他添飯。

他惱火的搖頭，回身工作去了。林太太有點不好意思，洩露了他的秘密，面無表情收拾東西走了。

回到教會琵琶在樓梯上遇見莉拉。

「聽說要投降了。」莉拉告訴她，聲音又低又慌。

切除一切悲慘的手術刀終於落下了。琵琶還以為英國人是寧死不降的，日本人想拿下香港少不得一場血戰。難怪問林太太有沒有消息，她那麼緊張。她當然不能說，會打擊民心。

「所以今天才沒來轟炸？」

「喔，仗還在打。可是已經有投降的傳言了。我也不知道。」她又有所保留。

「我們輸了嗎？」

「沒有，聽說日本人登陸了兩個地方，被我們打退了。我也不知道。」她忿忿的說，撇下不提了。

琵琶剛以為結束了，忽然又明白投降協議也會拖上好兩天，日本人佔領後又會亂上一陣子。可是既然要投降了，英國人自然不會再採取什麼措施，像是餵飽民防工作人員。這麼一來，口糧是但聞樓梯響，不見人下來。她該怎麼辦？

她上床睡覺，惶恐得麻痺了。明天她會去張羅糧食，以免以後太虛弱動不了。下山去，到小店去找，看能不能從門上窺孔說動他們開門，看兩元三十分能買到什麼。下山路上，她看見有人家挖空了房屋的石砌地基，拿舊車庫改裝成店鋪。對過沒有商家，大石牆上只見一個大洞，背山面海，易守難攻，倒像預見了有這麼一天，提早防備著會有人來搶店裏那些走味的餅乾。她會說的廣東話不多，說服不了他們，他們也不信任外鄉人，可是她還是得試試。萬一她不在辦公室裏頭，卻發了口糧呢？晚點再去吧？天一黑要店家開門就更困難了。

早晨有人敲她的房門。

「穆小姐請你下去。」有人在門外喊。是教會的老媽子，總管穆爾黑德小姐叫穆小姐。琵琶打開了門。

「有什麼事？」

老媽子已經去敲別的房門了。

「每個人都要下去。」她說。

日本人趁夜進來了？還許穆爾黑德小姐要親口宣佈投降的事，要她們預備好，聚集起來，唱詩祈禱，等待日本人來佔領？穆爾黑德小姐倒不像是這麼戲劇性的一個人。要掃地出門了，琵琶想。前天老房子一角給炸掉了，房子搖搖欲墜。命運使出了最後一擊，倒也不是始料未及的事。她穿好衣服下樓去。

已經有人先到了。琵琶跟著他們進到客室，再飄進相連的房間，其他人都在裏頭等。餐桌擺好了，眾人繞著桌子，臉上帶著賓客不願入座的神氣。琵琶落在後頭，舉棋不定。莉拉走上來。

「來，請你吃聖誕早餐。」她說。黝黑的希羅彫像臉孔上挖苦似的笑。她兩手插在大學運動外套口袋裏，外套敞著，底下是棉洋裝，露出了主婦一樣的嬌小身材。

「咦，今天是聖誕節？」

「你不知道嗎？今天是聖誕節的正日啊。」

「都聖誕節了！我都忘了。」她記的只是挨餓的日數。

「來吧。我們請了每一個人。」莉拉說。

穆爾黑德小姐一件開什米爾羊毛開襟衫，一九二〇年代的款式，還很新，忙著最後的擺盤。沒有什麼聖誕節的裝飾，可是刀具、星形餅乾、一盤盤的麥片粥、果醬、糖、煉乳，也讓人看花了眼。高處加了鐵條的窗子斜射進一抹銀色陽光，照著餐桌的深綠色油布。賓客都拋下了矜持，找了張椅子立在後面，難為情的微笑著。琵琶搭訕著找話問莉拉，才開口就發現必須要耳語：

「今天是聖誕節？那昨天不就是聖誕夜了！」

穆爾黑德小姐挺直了腰，微笑看著大家。

「我們覺得應當請大家一道來吃聖誕早餐，今天是救世主誕生的日子。我們希望今天大家都能快快樂樂的。」

她的聲口很清楚，只限今天，下不為例。今天沒有過去也沒有未來。可是在這場力量的展現之後，叫她怎麼再回去清鍋冷灶，忍饑挨餓？

人人都坐下來。

「我們來祈禱。」

琵琶低頭釘著膝蓋看，聽穆爾黑德小姐大聲祈禱。綠色油布上的陽光，桌上的食物餐具，在她眼睛上方浮動，像是波浪倒映在船艙玻璃上。別一次吃太多，會把胃撐破，這話她以前聽說過。祈禱結束後，她攪動著麥片粥，遞出杯子去接茶。彆扭的空氣倒有助於克己復禮。大盤子傳到她面前，她只取了片餅乾，放在自己的盤子邊，等一下帶走。安潔琳坐在她對面，還是那樣眼睛鎖定了什麼，看起來又小又兇。眼圈漸漸紅了，淚光盈盈。失去了親人的第一個聖誕節，一定很淒涼。她不知該怎麼安慰安潔琳。她哥哥死後，她從醫院回來，她們便很少說話。有時她倒像是怪琵琶不好。琵琶反正覺得遠著她比較好，只會讓她觸景傷情。尤小姐坐在安潔琳旁邊，幫她的茶裏加上牛奶和糖，照應得很殷勤，什麼也沒缺了她的。

餐後人人都站起來感謝穆爾黑德小姐，祝她聖誕快樂。琵琶去上班。林先生還沒來。她在書架間瀏覽。她拿來記錄轟炸時間的鬧鐘又停了，她也不知道在書架間消磨了多久。林先生怎麼這麼遲？就算是聖誕節，上班遲到也不像他的作風。

這時她才恍然，根本連一個人都沒來。她走出去，往下看著樓梯。門廳幾扇門倒是敞開著，人影卻沒有一個。屋子靜得很不自然。她登上樓梯到屋頂去，停下來側耳傾聽。上頭不像有人的樣子。她拿不定主意是不是要上去。屋頂上有防空炮，這些天來坐在她頭頂上，吸引飛機來轟炸，弄得她心神不寧。剩餘幾階她一鼓作氣跑了上去。偌大的屋頂，鋪著混凝土板，就只有她和防空炮立在陽光裏。

她下樓去，屋子的寂靜越來越濃烈。我們投降了，而今天只有我一個人，她心裏想。日本人隨時都可能進來，發現我和防空炮。她繞了一圈樓下的門廳，每個房間都看了看有沒有人在裏面。也可能什麼事都沒有。不能因為老闆遲到，她就怠忽職守。

她快樂的回家了。戰爭結束了，卻沒人可告訴。聖誕快樂。

下午安潔琳站到她房門口。

「香港投降了，琵琶。我們都要搬到士丹利堂了。」

「真的？女孩子也可以搬進去？」

「對，大家都可以。」

「士丹利堂——比康寧漢堂還高呢。」琵琶衝口而出，立刻就後悔。安潔琳的眼圈又紅了。

「是啊，他們打算把康寧漢堂改成戰時醫院，我們都要當護士。」

「什麼時候搬？」

「隨時都可以。」

「現在也可以？」
「當然。」

十六

琵琶選了二樓一長排房間裏的一間，她與比比同住。傍晚，學生吃到了第一餐。儲存的大米黃豆幾天前搬進了康寧漢堂，等著命令下來就可以烹煮。日本人接收了所有的庫存，戰時醫院的新主管莫醫生得到許可，動用手上的存糧來解學生的燃眉之急。莫醫生在大學教解剖學。英國教職員都被拘禁了，中國醫生接手。他找了些男女學生來幫忙，馬來亞的同鄉，不忘老規矩，有機會就多照應自己人。男生興高采烈，為大排長龍的學生打飯菜。

「日本人進來了沒有？」隊伍裏有人問道。

「還真慢。」在翻倒椅子堆成的障礙後面遞盤子的男生說。

「放心吧，man，」另一個蹲在椅子上，猴子似的，杓子伸入搪磁大桶裏舀黃豆，「日本鬼子是在演戲，假裝優待學生。」

「等著瞧。等日本兵進來就知道了。」莉拉站在排頭說。

「你們女孩子怕什麼？我們這裏有這麼多男子漢保護你們呢。」拿杓子的男生道。隊伍裏傳出吃吃竊笑，莉拉紅了臉，囁嚅著說：「是啊，靠你們。」

琵琶早晨回女生宿舍去拿她的東西。女生宿舍更在山上，更可以大胆假設日本人還沒打到這裏。她轉上熟悉的馬路，歸鄉的感覺五味雜陳。聖誕紅仍盛開著，鮮紅碩大，小貨輪一樣，每根輻條都完整無缺，保護得天衣無縫，彷彿這幾個星期都擱在客廳裏。馬路一側高上去的石砌地基一點炮火的痕跡都不留下。一路上每棟屋子的欄杆上擺的藍磁盆依舊一路向上綿延。馬路另一邊的海洋仍是遙遠又碧藍。一路上不遇見人，也是稀鬆平常的事。卻還是有點異樣，叫人有些惴慄，末了她才尋出了端倪，是環山道上不見汽車來往。顯得更沉默，地方更褊小，更封閉。連鳥都不唱了。

爬上漫長的石階，她看見食堂的門閂著。繞到花王住的側門，也是鎖上的。從小小的鐵條窗往裏看，模模糊糊的一片。花王也不可能還留在這。她還是步上台階到前門去，確認一下。

使她驚愕的是前門竟然只是虛掩著，一推就開，吱吱嘎嘎的。拍著翅膀飛出一群鴿子來。她閃身避開，一頭霧水，黑灰雜色的翅膀搧著她的臉，帶起一陣風，夾帶著發霉的鳥糞味。鴿子飛走後，她進屋去，以為天花板定是炸塌了。門廳仍不改舊貌，寂靜無聲。然後看見了樓梯。彎曲的樓梯滾下了五顏六色的綾羅綢緞，兩層樓高的圓頂窗彩色玻璃沒有完全震碎，陽光洒下來，顯得分外亮麗。緞子、雪紡綢、麂皮、織錦、游泳衣、刺綉的龍，翻翻滾滾，洪流似的，看得她喘不過氣來。她上去看個仔細，束手無策，像水管爆裂了。洗劫的盜匪來過了。

她匆匆到地下室去。她的東西還在不在？她撚亮了庫房的燈，地板上衣衫狼藉，箱籠都是打開的。她蹚過去，找行李架子。她的破舊的行李箱還在，珊瑚姑姑的旅行籤還在上頭，歐洲各國的印戳還在。似乎沒人碰過。她尋找比比的箱子。扯到地板上，所幸鎖沒撬開。她打開自己的行李箱，拿出大半的東西，拿大浴巾包起來。再推回架子底層，注意到地上有什麼，她以為是剛才掉出來的。撿了起來。是安潔琳的照片，圓圓的臉頰，一雙吊梢眼。照片上斜題了一行鉛筆字，落筆很重，卻小心避開那張矜持的笑臉：妹妹，我愛你。是來打劫的人寫的。乍一看她就想笑，洗劫還能洗劫得這麼好整以暇，還有工夫停下來欣賞一張漂亮的臉孔，在照片上寫情意綿綿的話。可是眼見安潔琳的哥哥為她而死，這話就像是他親口說的。

獨自在荒涼的地下室，只有幽幽的一盞燈泡，她忍不住覺得寒凜凜的，彷彿屋子裏有腳步聲。在底下是聽不見樓上動靜的。也許是風吹前門，也不知是鴿子撞著窗子，是她自己疑心生暗鬼吧。可是她還是頭皮發麻，嚇得把照片掉在地上，趕緊又彎下腰來找，小心擱到不會踩中的地方，以免得罪了安潔琳的哥哥。這屋子裏真沒藏著打劫的人？有人可能食髓知味，再回來多偷點什麼。日本人也可能上山來了。萬一讓日本人撞上了，還當她是搶匪，當場槍斃呢。

她熄了燈，拎著自己的包袱，走到樓梯口，停下來諦聽，沒聽見動靜。悄然無聲走上水門汀階梯，在門廳邊張望。門廳一個人也沒有。她趕緊朝前門走。最後扭頭一望，心臟猛的往上一撞，險些將她撞昏了過去。在那條綾羅綢緞的洪流裏躺著一個人，方才她竟沒看見，蜷在樓梯上，低著頭，滿頭的黑色鬈髮往上梳攏。驚恐之下，心裏的冰山激增暴撞，琵琶手腳冰冷，看著傴僂的錦緞身形朝上一級，伸手拿什麼。然後它轉過來，跟她打了個照面。

「死囉！嚇我好一跳。」女孩子喊出來，一手飛向心口，又伸向欄杆，抓得死緊。「我不知道你在這裏。」

「我也不知道。」

是維倫妮嘉・郭。

「嚇得我差點就跌下樓去了。」她說。

「我剛進來的時候沒看見你。」

「我才剛來。你看看我的東西。」維倫妮嘉拿出一件印花絲長衫，又抓了件粉紅襯裙。「這件也像我的。」

「你什麼時候回來的？」

「今天早晨。我幸虧穿這件到傷兵站了，」她低頭看著舖了層薄棉胎的錦緞旗袍，「不然也沒了。哈，你都沒看見，我穿著這件衣服劈柴，跪著起爐子，給男生煮飯。他們笑死了，老是拿我打趣。」她開心的說。

維倫妮嘉前一向總有點迷惘不滿，老黏著安潔琳，卻也處處比不上她。現在她的臉上卻是純粹的喜悅，看得琵琶半是愕然半是自愧不如。聰明的女人才能從戰爭中得到如此的快樂。

「看見比比沒有？傷兵站的人都回來了嗎？」

「不知道。」維倫妮嘉道。「我分到後面第三個房間。」

「喔，我就在貼隔壁。」

「我急忙趕過來，就怕丟了東西。看我找到什麼。」她溯游而上，忙忙的掏著。

「樓上找過沒有？」

「每個櫃子都空了，一樣東西也沒留下。這是安潔琳的，我來幫她拿回去。」

「地下室還有，我陪你下去。」

到了地下室，維倫妮嘉找著了她的鞋子與更多衣服，掗進了一隻被撬開的行李箱裏。

「還是別待太久的好。」琵琶道。

「對，還是走吧。下次我找男生陪我來。」

出了屋子，她才注意到琵琶的東西只拿條浴巾裹住。

「嘿，想不想洗熱水澡？」

「當然想，可是到哪弄熱水？」

「到一個教授家裏。有男生到那兒洗澡。」

琵琶糊塗了。「屋子沒人嗎？」

「英國人都關進集中營了。」

「那水龍頭還有熱水？」

「是啊。」

「你去不去？」

「我沒有浴巾。」

「用我的，是乾淨的。」

「那你呢？」

「我等你洗完再洗，不要緊。」

維倫妮嘉仍是笑嘻嘻的看著她，拿捏不定，很心動又不好意思。「你去不去？」

「不知道。我是需要洗個澡。」

「好，我們走。」

回去的路上她們先拐到教職員房舍，房舍在山上，掩在杜鵑花叢後，籬笆斑駁，紅銹顏色，屋前有小草坪。是謝克佛教授家。他是琵琶的英語導師，琵琶每週來上一次課。教授蓄著黑色八字鬍，抽烟槍，鼓勵他們四個學生說話。她很喜歡他，有一天寶拉說：「謝克佛跟他太太酒喝得很兇，沒有人不知道。」她委實震驚。有時他來上課，面色比平時還紅潤，烏黑的眉毛鬍子與低低覆著額頭的黑髮一襯托，血紅的一張臉，琵琶確曾聽見同學竊笑。她在教授家看見過謝克佛太太，是個富泰的女人，金髮變淡了，穿了件舊的印花棉洋裝。在樓梯上遇見學生，她會搭拉著眼皮，淡淡一笑，側身快步通過，自我解嘲似的。琵琶一直覺得她藍色的大眼睛有種異樣的眼神，始終沒聯想到醉酒，珊瑚姑姑說的純粹的做作。她讀毛姆小說會聯想到謝克佛夫婦。他們會把喝酒歸咎於香港的氣候，誰叫它太近完美了。也不定是苦悶，小小的屋子裏有兩三個傭人，做太太的無事可做。夫婦倆彼此生厭了麼？不認識年青的他們，很難說他們是在哪些地方失望。教授是系主任，在香港已經升得碰了頂了，再高也升不上去了。他們有個女兒在英國就學。可是如今夫婦倆都關進了集中營，脫出了毛姆的小說與她的視野。集中營這個字眼極少說出口，說出口也總是細細的嗓子，很容易迴避。與德國的集中營兩樣。德國人對付猶太人的那一套日本人不會搬來對付英國人。英國人會生活困厄，營養不良，卻不會有生命危險吧？

教授家沒鎖門。她和維倫妮嘉進去，覺得是不速之客，闖進了溫馨的小門廳。這是戰爭，空空蕩蕩的屋子。她們又是鬼鬼祟祟又是吃吃竊笑，爬上了打磨得很光亮的樓梯。樓上有水流聲，還有人說馬來英語。琵琶很高興聽見水流很強，她受夠了戰時那滴滴答答的細流了。浴室就在二樓樓梯口邊，門是打開的，她瞅見幾個男生在等浴缸接滿水。

「死囉！」維倫妮嘉喊了起來。「你們都還沒洗？那我們得等多久？」

他們跟維倫妮嘉開玩笑，琵琶走到隔壁房間。同男生在浴室說話不太成體統，他們的語氣變了，可見他們也知道，卻又覺得歡喜。她發現又來到了上課的那個房間，滿地都是白紙，疊了有幾吋厚，像是所有的抽屜與檔案櫃都在盛怒中給倒了出來。這裏也給洗劫過。倒是四牆上的書架仍排滿了看來昂貴的書籍，顯然沒人動過。齊整的書架對照著零亂的地板，出奇的煩亂擾人，不像是人類的手造成的，反倒像是颱風掃過。她楞楞的四下環顧。搶匪都是些什麼人？傭人與親戚？黑衫？偶爾來山上拾柴火的鄉下婦人，大頂斗笠出現在霧裏，像古畫中的山峯？大學這一區見不到窮苦人。最近的雜貨店與大雜院都在遙遠的山下。

洗澡水還沒放好。維倫妮嘉尖細的嗓子清楚傳過來。

「好討厭耶！」她咒罵著。「有這麼多偷窺的傢伙，我才不洗呢。不必，還是你先請吧。男士優先。」

琵琶沒聽見男孩子說什麼，馬來腔太重了，後半句又被鬨笑聲吞沒了。

「查理，你跟他們一樣壞，」維倫妮嘉嗔道，「還虧我們兩個打仗的時候同甘共苦呢。」眼看還有得等，琵琶將包袱放到桌上，解開了浴巾，把東西改摁進枕頭套裏。腳下一動，地板上的紙海就沙沙響。房間裏兩種截然不同的階層存在使她悵惘。腳下的混亂無序嘲弄著上層的夢幻的和平，一排排的書，紅色黑色、布面皮面書背上的燙金字，竟使上層的靜止更深沉更甜蜜。她記得有堂課謝克佛教授講到家徽：

「吉爾伯．王先生，讓你選擇的話，你會選什麼家徽？」最後一句飽含譏誚，班上沒有人沒聽懂。想到吉爾伯．王無端成了英國貴族，都笑了起來。

「獅子。」吉爾伯笑道。

鬨堂大笑。就連講台上的謝克佛都很難沉著一張臉。

「哪一種獅子？睡獅還是張牙舞爪的獅子？」末一句引了法文。

他解釋了方才說的法國字，更是鬨堂大笑。琵琶只覺得沒聽過這麼好笑的笑話，因為對象是吉爾伯・王。吉爾伯是班上的極用功的學生，孜孜不倦，成績比她還好，暑假就把下學年的教科書都讀完了。教《李爾王》的講師布朗利先生湊巧看見吉爾伯的書，勃然大怒，書上密密麻麻寫著他查字典抄下的單字解釋，有些被他扭曲了原意。

比比曾忿忿的問過琵琶：「你跟這個吉爾伯・王真的是朋友？」

「誰說的。」琵琶很詫異的說。「怎麼了？」

「有人說你在跟他戀愛，他們覺得是大笑話。」

該琵琶悻悻然了。「我們根本連朋友都算不上。有時候上圖書館遇見他，會過來說幾句話。還以為能從我這兒偷點什麼招呢。」

「是別的男孩子就兩樣了。這個吉爾伯・王是他們說的書呆子。」比比輕聲說最後三個字，她覺得是最下等的。

中國人不會在盾牌彫上睡獅。中國曾被誚為睡獅，這誣蔑壓在每個人胸口上。吉爾伯沒有第二個選擇，圓臉漲紅，低著頭，鋼邊眼鏡向下，囁嚅著說：「張牙舞爪的獅子。」

又更鬨堂大笑。琵琶笑得斜枕在桌子上，笑出眼淚來。

在這個房間裏有一次上課，謝克佛教授問她最喜歡哪一個作家。

「赫胥黎。」她說。

他點了點頭，頓了一頓方道：「典型的大學生品味。」

她很想問成人喜歡誰。找出答案的機會來了。她走向書架，拉出第一本她愛的書，奧斯卡•王爾德的《莎樂美》。她沒見過由奧伯瑞•畢爾斯萊執筆的插畫本，匆匆翻閱，找圖片看。插畫融合了小時候所知道的西方童話與現實，使她愛不釋手。我要帶回上海，走到哪帶到哪，管保它平平安安的。我只帶走圖片，省空間。只帶走圖片，比較不像偷竊。她的意圖應該很明顯：能從戰火中搶救多少文明就算多少。她先停下來細聽。浴室水流聲歇了。有人在洗澡。維倫妮嘉跟他們在樓梯口說話，比較靠近了，卻看不見房間裏。她心腸一硬，把圖片一張張撕了下來。一隻眼睛留意著敞開的門，草草將圖片摀進枕頭套裏，平平的壓在最上層。

她把書放回書架。突然的意興闌珊，不願再看別的書了。還得等多久？她這會兒就需要進浴室。可是即使洗澡的人出來了，她也不想問其他男孩子讓她先進去。又該背著她鬨笑了。正好給他們醒脾打牙。

白等這些時。她只得掩上了書房門，沒關實了，像是有陣風吹的。在門後蹲下來，一層層紙頁上沙沙的一陣雨聲。做賊的偷完了東西往往還會撒一泡尿。眼下她與中國世世代代的小賊似乎連了宗。她促促的站起來，整理衣服，把門開了一半。外頭還是那些人在說說笑笑。不等了。滿佈白紙的地板變得壓迫，像侵犯了井然有序的上層書架。房間裏的回憶空了。她走了出去。

「維倫妮嘉，浴巾給你。我先走了。」

她拎著鼓漲的枕頭套回士丹利堂。剛整理東西，揩乾淨，抽屜重新排序騰出地方來儲放圖片，有個女孩子在樓梯上高聲喊：

「沈琵琶？樓下有人找你。」

會是誰？不會是張氏夫婦，才停戰不敢出來這麼遠。是女孩子就會畢直上樓來。一定是男孩子。誰呢？不會是有人看見她在教授的書房裏偷了東西吧？維倫妮嘉不是說什麼偷窺的傢伙？

她強自鎮定，匆匆下樓。門廊上不見人影。會客室也不知在哪。大禮堂在後面，平時似乎也當交誼廳。裏頭也沒人。她又到食堂找。吉爾伯．王起身相迎，空洞洞的房間顯得他很渺小。廣大的食堂裏長椅多半扣在圓形的餐桌上，四腳朝天。

「喔……嗨。」她含笑招呼。他來幹嘛？還沒競爭完？

吉爾伯穿著唯一一套西裝，十分齊整，穿得久了，椒鹽色布料也泛黃了。

「好嗎？」他說。他是馬來亞華僑，得說英語。

「想著過來看看你怎麼樣。」寒暄後他解釋道。

「你想得真周到。請坐啊。」

「真是意想不到，竟然會打仗。」他笑道。

「是啊，太意外了。」

她沒問他住哪裏，他也許不願意談起班上的男生怎麼能韜光養晦，待時而出的。她倒欽佩他們的識時務，可不想讓他們知道。

「好在你沒受傷。」他說。

「我們運氣不壞。」

「是啊。」略頓了頓，他又開口，忽然咧嘴而笑，露出曖昧的神氣，她一時還不明白是怎麼回事。「大學辦公室在燒文件。」

「什麼文件？」

「所有的文件都燒了，連學生的記錄、成績——全都燒了。」他作了個手勢，又打住。

「為什麼？」

「銷毀文件，日本兵還沒開來。」

「喔。」她有點摸不著頭腦，學生的記錄竟是軍事機密？

「他們打算什麼也不留下。」說罷，笑得像個貓。

「來得及嗎？」

「來得及，日本兵還沒開來。註冊組組長在外面生了好大的火。」

他伸手一指，琵琶轉過身去從法式落地窗往外看，彷彿從這裏可以看見沖天的火焰。立時又轉過身來，知道剛才像是在掩飾臉上的表情。

「真的？」

「千真萬確。」他一本正經的說。「許多男生在看，你要不要也去看？」

「不了，不犯著。」她笑道。心裏像缺了一塊，付之流水了。

「好大的火啊。不去看看？許多人在看。」

「不要了。」

「我陪你去。」

她有點心動。行政大樓外的大火也許值得一觀。

「我不去。」

「怎麼不去呢？」他仍留心觀察她可有痛苦的表情。

「不想去攪糊。」

他更笑得齜牙咧嘴，心有戚戚似的。既是噩耗送到了，兩人也更輕鬆隨和了。

「你打算怎麼辦？留下來？」聽上去他倒是真的關心。

「我想回上海。」

他點頭。回家最安全，也是女孩子該選的路。

「你呢？有什麼計畫？」她熱心的說道，表示毫不介意一世功名盡付流水。

他遲疑了片刻，看著地下，囁嚅道：「目前我跟認識的人住在一塊，幫他的店記賬。是親戚。」

「很好啊。那你晚一點會回家麼？」

他又頓了頓，方囁嚅道：「沒有船回馬來亞。」

「也是。」她不曉得是什麼緣故讓她咬定了這個話題不放，還略拉高了嗓門。「可是末了還是要回去吧？」

他臉上掛著寧可撇下不談的神氣。琵琶方才憬然，開戰之後似乎人人都有秘密，政治上的，經濟上的，愛情上的，人事上的，物資上的，都害怕讓人知道。

「嗳，沒錯。」末了他道。

她也做出有把握的神氣，心裏卻覺得荒謬。她自己急著回家，未見得別人也急著回家。他必定是跟她一樣阮囊羞澀，也可能無家可歸。說不定回去也是在小城裏找份差事，奉養母親與祖母。什麼樣的動機讓他在學校力爭上游？無論是什麼，或許她反而慶幸讓戰爭粉碎了，就像她自己渴望的牛津獎學金也幻滅了。她自己不是為了計畫或圓夢，純粹是指望。她瞧不起年青人的夢，想法和有年紀的人更貼近，他們活過，無論活得好壞。她總覺得和弟弟等人比較親，他們一心一意只想長大成人，結婚，擁有什麼。她不能說她也只想要這些，可是從沒嘲笑過他們，不像她會嘲笑抱著更崇高夢想的年青人。

吉爾伯的頭髮拿水梳過也總是後腦勺的頭髮會豎起來，跟她弟弟一樣。默然坐了一會之後，他起身告辭。兩人微笑著點頭道別，互祝幸運。陡然間悲從中來，她的喉嚨像給扼住了。

十七

「我正在打掃院子，突然這個日本人進來了。」比比說。「我把頭髮剪短了，像男孩子，還借了男生的襯衫袴子穿。這個日本人釘著我看，朝我過來了。我嚇得把掃帚一丟，轉身就往樓上跑，他也跟了上來。」

她說話的嗓子很小，單薄悲哀，又像是大考那天早上與同班生一問一答，互相口試，回答問題。琵琶覺得慘不忍聞。

「我跑上了頂樓，有扇窗開著，我站到窗台上，朝他喊：再過來我就跳了。他站了一會，就下樓走了。」

「你說的什麼話？」琵琶問道。「他懂嗎？」

「英語吧，也可能是廣東話，我忘了，反正無所謂。他看見我半個身子都掛在窗子外了。」

「你真的會跳？」琵琶駭然囁嚅道。

「不知道。」單薄悲哀的嗓子答道。又像阿拉伯人挑高一道眉，老狐狸的樣子。「橫豎他信了。」

「太刺激了，倒像《撒克遜劫後英雄傳》裏的蕾貝嘉。」琵琶惴惴然道。第一次碰上，就這麼浪漫的看待日本兵，似乎不應該。

「一會就過去了。」

「他長得什麼樣？多大年紀？」

「不知道。年紀不大。日本人都像一個模子打出來的。」

單薄衰弱的嗓子又像是回到了窗邊那時。琵琶可以問個沒完沒了，這可是件大事，但她卻打住了。說個不停只會降低這事的感覺，剝除戲劇及奇妙的元素——現代戰爭中多數的士兵都不曾同敵人面對面，遑論還要在意志之戰中擊退他。

這時日本兵已經進佔了，女孩子走路都提心吊胆，眼觀鼻鼻觀心，生恐刺激了他們。他們倒也不看女孩子。總是三三兩兩巡邏，宿舍大禮堂上有架鋼琴，他們會輪流用一根指頭彈奏。樣子就像矮胖紅潤的學童。

「他們奉命要注意軍紀。」有個女孩子說。

另一個說：「他們開進城中的時候軍紀已經好了。」

軍紀好壞還分區，琵琶倒覺得好笑。她沒問比比看見不看見那個追她上樓的日本兵，反正他們長得都一樣。

「銀行開了。」比比說。「要不要提錢？我要下山去。」

兩人徒步下山。上次一夥人浩浩蕩蕩開到民防總部之後，這還是琵琶第一次到城裏。聖馬太學校矗立在眼前，物是人非的滄桑之感不禁油然而生。學校正面是混凝土的小希臘神廟，一直是地標，公共汽車到大學前的最後一站。

「看！」她驚呼道。

往廊柱的白淨石階上有一堆一堆的屎。

「看見了。」比比微側過頭去。

「日本兵拉的？」

「大概吧。現有到處都一樣。」

比比太英國式了，笑不出來。琵琶卻噗嗤一聲笑了。中國古老的笑話有一半都脫不了排泄物。她不得不笑，雖然黃褐色的小丘在石階上那麼觸目，似乎是最後的淒涼，文明的結束。廊柱陰影中鋪石的地面也散落著稻草屑。還有馬糞，倒是公眾場合常見的。

「像是在這裏養馬。現在打仗原來還用馬。」

「有幾匹，不多。」比比說。

下山的路半途上有鐵絲網路障，還有兩個哨兵。

「我們得鞠躬嗎？」琵琶低聲道。

「就跟在上海的外白渡橋一樣。」

「我沒走過外白渡橋。」

「那你是走運。」

她們走向路障。琵琶小心不去看鞠躬的比比，自己也行了個中國人的禮，不過是點個頭。日本兵石頭一樣回瞪她們。女人向男人行禮卻被視為無物，整個是奇恥大辱，可是比比西化得更徹底，若不是和比比一起，她的感覺不會這麼強烈。

她們通過了，有個日本兵卻含糊的吼了一聲，像是刻意加重的一聲「哼」。她們停下腳步，回頭望。他大吼大叫著問話。可能是問她們是誰。比比精明，遲疑不答，琵琶用英語回話，聽見說日本人在學校裏都學英文。

「我們是大學生。」

使用前征服者的語言會不會觸怒他？

「哼？」非常響亮，而且含有疑意。

改用國語還是廣東話？想起來了，日本人也是寫漢字的。她做了個寫字的手勢。他將鉛筆與便條紙給她。她寫了大學生三個字。日本兵點點頭，放她們過去了。日本皇軍是熱愛文化的。

城中的商業區似乎沒有改變，就是車輛都不見了。許多人行色匆匆，倒像是天氣太冷，必須快步走取暖。她忘了香港沒有那麼冷。有個人穿著棉呢唐衫長袴，伸長手腳躺在人行道上，循規守法的神氣，彷彿在這裏午睡名正言順。

「別看。」比比說。

「死了嗎？」琵琶愕然道。

「噯。」

她沒看。只留意到齊整的黑布鞋白襪子併攏朝天。不到兩步之外，有個人傴僂著在小風爐上炸小黃餅，是種糯米麵糰，硬得像石頭，不是平常店家販售的吃食。蹲坐在爐前的人全神貫注，看樣子戰前也許是銀號裏的職員，刻印章的師傅還是賣鞋的夥計。誰會買這種不消化的油炸餅？可是仗打了十八天，大家似乎連飯都忘了怎麼吃了。就連琵琶都饞涎欲滴，雖然她知道不是好東西，可是黑黑的油鍋裏那黃澄澄、熱嘶嘶的餅看著卻又新鮮又刺激，又那麼緊鄰著死亡，像晚餐的最後一次召請。

人行道上有更多身體阻路，總是衣著樸素，仰天躺著，手腳併攏。匆忙經過的人群俐落的閃過，正眼也不看一眼。她忽然有個希奇古怪的想法，槓房來收過屍，卻沒把屍體運走。

匯豐銀行是新建的大廈，琵琶見過它起造的鷹架，可是頭一次聽說還是在艾倫比先生的英文課上。他是牛津或劍橋的畢業生，到遠東來實習。頭髮稍長，攏在耳後，把莎士比亞讀得像老派的演員，孔雀展屏似的走著，一會又彎腰低頭，對著前排的漂亮女生喃喃念著台詞，念著念著又拔高了嗓子，喊了起來，一拳猛然砸在她課桌上。班上學生都吃吃竊笑。

「啊，金錢的神廟！」有次他激動的說，眼睛瞪得老大，輕聲說：「你們沒看見嗎？新的匯豐銀行？」

銀行的外觀琵琶倒覺得還好，像根長長的白管子。一對中國石獅彷彿放大了的北京狗。進到裏面就不一樣了，比她去過的地方都乾淨優雅，清一色的大理石，燈光像蒸餾出來的，人人都壓低聲音。可是今天一進門她卻震了震。空氣太難聞，幾百人在這裏睡過覺，而且關著門堵著窗。大理石地板污穢潮濕，也是一堆一堆的屎。兩人順著行員的牢籠移動，終於找到一個柵欄後有人的。滿臉疲憊的混血行員揮手要她們到隔壁窗口排隊。

比比只能提領部分的存款，琵琶把十一塊一毛九全提了出來。

「留一塊，不然你存摺沒有了。」比比道。

琵琶但覺好笑，已經都世界末日了。

「不要緊，」她說，「我反正要回上海了。」

「怎麼走？船都中斷了。」

「佔領區的人不是照樣來來去去？」

「反正走不了。」

「你不是也想走？」

「我是想走，就是不曉得什麼時候才走得成。」

「我連買船票的錢都沒有。」

「我借給你。」

「我也在想還是得問你借。」

出了銀行，琵琶道：「去看看張先生他們，我想問問他們上海的情況。」

「喔，你的親戚啊。你不說他們在淺水灣？」

「可能回來了。」

「那就走吧，累不累？」

「不累，你呢？」

「我也不累。」

「我還不想回去。」

「是城裏的關係。」比比說。「還是老樣子，是不是？」

「是啊。我可以走一天。」

「我們兩個是瘋子。」

兩人信步走到海邊。有輛紅色黃包車出來做生意，綠色的帆布頂收了起來。一個農夫正過馬路，扁担挑著兩簍子蔬菜。在天星碼頭站崗的日本兵上前去盤查，一言不發就摑了老農夫好幾個嘴巴子。農夫也不吭聲，說了反正也不懂，只是陪著笑臉。針織帽，藍棉襖，腰上繫著繩子，袖子又窄又長。古式的衣服與卑下的態度使他顯老，其實他到底多大年紀看不出來。冷風呼呼的吹，陽光照耀著海面，堤岸照得花白，一剎那間所有東西都明晰可見，矮胖的年青日本兵的胳膊機械式動作，另一隻手抓著支在地上的來福槍，農夫陪著笑臉，蘋果樣的腮頰兩邊一樣紅，眼神水一樣，和和氣氣的，笑容也一樣的溫和。

「走吧。」比比說。

琵琶這才發覺自己愣磕磕的站著。耳光像是摑在她臉上，冬天的寒氣裏疼得更厲害。兩人朝前走。她很氣憤，卻無話可說。她們朝德輔道走，從那兒順著電車道到銅鑼灣的張家。

「開著。」比比看見經過的一家百貨公司開著，很是驚訝。「進去吧？」

「噯。」

入口豎立了一塊看板，貼了相片，還有手寫的日文廣告。琵琶看懂漢字的頭條。

「說的是新加坡。」

「新加坡怎麼樣了？」

「也淪陷了。」

「我也聽說了。」

看也不看一眼相片就走過去了。消息並不意外，只是麻木。難怪新加坡沒有援軍過來，香港會兵敗如山倒。

百貨公司是奉命營業的，維持一個正常的假象。幽暗的櫃枱半空的。店員這裏一個那裏一個，潛伏在暗處，沒有一個是女孩子。顧客只有琵琶與比比。兩人繞了一圈，腳步聲嗒嗒響。另一頭有藝術展，倒是新鮮。百貨公司從來沒有畫展，這次展的是日本的古印刷。琵琶沒見過，立時就被那種殘酷的美吸引住，同畢爾斯萊的插畫很像。她倒像是第一次看見了真正的古老東方，在近處看，每個細節都描畫得一往情深，毫不避忌。一個女人搔頭，兩個女人撐開蚊帳，駝背的工人傴僂在鷹架上，眼裏幾乎閃動著貪婪的光芒，想把一樁困難的工作做得妥當。誇張的風格出於愛與時間，線條膨脹自它自身的重量。同那種有天賦的孩子玩鐘，把零件拆解開，再組合起來的扭曲畫風兩樣。

「了不起。」

「是啊，真漂亮。」

兩人不得不壓低聲音，店裏死一樣的靜，也死一樣的冷。一兩個男人穿著黑大衣拖著腳走過一排排的圖片，愁容滿面，距離很遠。準是日本人。中國人不會想看日本的繪畫。這幾個日本人也是展出人，而不是觀眾。

到了街上之後，琵琶才衝口說：「我真喜歡。比中國畫美多了。」

「中國畫更美，變化更多。」比比說。

「嗳，我知道日本畫是跟我們學的，可是我們沒有像這樣的畫。」

「他們的比較侷限。」

「我們有意境，可是他們發展得更好。」

「有許多方面中國的藝術更精湛。」

「人物上可不行。我們受不了人，除非是點景人物。」

「你只是不愛大自然。」

「我知道這麼喜歡他們的東西很壞。」她不需說出剛才受辱的老農夫來。

「喜歡他們的藝術並沒有錯，我只是覺得中國藝術更博大精深。」

琵琶回顧那些臨摹再臨摹的文人山水畫。

「你從哪裏看出的優點？介紹中國藝術的外國書嗎？」

「不是，我親眼看過。」比比隨意的作了個手勢。「你們家裏沒有嗎？」

「我什麼也沒看過。」

張氏夫婦回公寓了。是一棟老樓房，分層出租。張氏夫婦只用二手家具裝潢，不想久留的意思。

「我們還正納罕你怎麼樣了呢。」張夫人道。

「我打了電話，你們在淺水灣。」

「噯呀，別提了。」她一隻手擺了擺，反感似的。「還說有外國人在那兒，安全的多——」

「中立國的公民。」張先生打岔道。

「我們想日本人來了也得要顧個面子。結果呢？英國兵就在敞廳裏架起了大炮往外打，日本人也架起了大炮往裏打。那時候想回家來也來不及了，馬路都封鎖了。大家都到樓下來，守在食堂裏，還算是最安全的地方。炮子兒朝這邊射來，我們就逃到那邊牆根，朝那邊射來，就逃到這邊。人人都貼著牆根站，像等著槍斃，我只不敢挑明了說。嗳呀。」她笑著嘆氣。

他們的廣東老媽子送上茶來，長辮子拖在臀上。張先生問起大學堂的情況。

「嗳，你朋友會說中國話啊，」張夫人鴿子一樣咕咕道，彎腰同琵琶咬耳朵：「好可愛的人。」

「我們兩個都想回上海去。現在有船嗎？」

「沒有，我們也想回去。」

「等有船了還要麻煩告訴我們一聲。」

「放心好了，現在也只有等了。你沒事吧？有大學堂照應吧？」

「上海有沒有信來？」張先生問道。

「沒有，郵件還通嗎？」琵琶道。

「淪陷區還是可以同重慶、上海這些地方通信。」張夫人道。

「歐戰也同這裏一樣嗎？」

「不一樣，只有中國是這樣。」張先生譏誚的笑道。「我們的郵局像是彼此心照不宣。」

「那我就寫信給姑姑。」琵琶道。

「對了，說不定寄得到。」張夫人道。「上海一定担心死我們了。」

張夫人讓兩個女孩帶了腐竹回去。

晚上寶拉．胡到她們的房間裏來，一身的淺綠緞子開衩旗袍，搭了件玻璃紗披風。

「這樣打扮行嗎？」她問道，心裏不踏實。

「很漂亮。」比比道。琵琶注意到她的聲音又變得單薄悲哀。「你就是這身衣服去參加康寧漢堂的舞會？」她彎下腰，看得更仔細。

「是啊。你看披風能不能當面紗？」

「試試看就知道了。」

「絲帶不夠。」

「寶拉要結婚了。」比比同琵琶說。

「真的？跟葉先生？」

「還會有誰！」

「恭喜恭喜！」

寶拉微笑，含羞不語的樣子，搭拉著眼皮，腮頰微微泛紅，卻又用她那種一板一眼的聲口囁嚅道：「我們想索性就結婚了吧。」

「絲帶太短，可以用髮夾。」

「不戴面紗算了。」

「註冊結婚嗎？這樣好麼？」

「只有衣服說不定倒更好。」

「可是你總想樣子特別點吧。」

「反正顏色也不對，應該是白色的。」

「在這種時候不犯著那麼講究。」

「我還是不要面紗了。」

「這樣吧，只遮到眼上。」

「搭上中國式禮服不奇怪麼？」

「我倒覺得很俏皮。」

寶拉走後，比比同琵琶說：「我實在不懂為什麼偏在這時候結婚。」

「你也不會懂。註冊處開了嗎？」

「再過幾天一定開。」

「他們要住在哪裏？」

「宿舍會撥一間房給他們，她就搬進來，不開派對什麼的。」

琵琶覺得他們也是四周的淒涼的一部分。

「她說以後可以再補行婚禮。可是那就不一樣了。」

「他們的父母不反對？」

「真不知道她爸爸會怎麼說。去年夏天我見過她家裏人。她爸爸是很厲害的律師，心機很重。所以寶拉也一樣。」她厭惡的輕聲道。

「他們知道葉先生麼？」

「喔，他們倒是很高興的。」
「是啊，海外華僑，又有錢。」
「可是他的橡膠園呢？新加坡陷落了，誰也不知道馬來亞怎麼了。」
「那她就是真的愛他。」
「她自己說沒有愛情這東西。」
「她還是願意嫁。」
「她是笨蛋。」比比不滿的說。
「她可能覺得現在時局不平靜，單身的女孩子沒有結了婚的安全。」
「最壞的時候都過了。她不是平平安安從傷兵站回來了嘜。」
「葉先生也同她在傷兵站？」
「是、是啊，怎麼？」
「會不會是他們又不知道日本人來了會是什麼情況，所以保險起見——」
「你是說她把自己給了他？」比比興奮的道。「你真這麼想？」
「她橫豎是要嫁給他。」
比比瞪著她，噗嗤一聲笑了起來。「難怪她這麼急著結婚，省得他又改變主意。」
「你不說她是笨蛋。」
「還沒那麼笨。」
「至少她是聰明多了。」

「真聰明就不會淪落到今天這步田地了。」

寶拉結婚那天兩個人值夜班。事前請比比幫他們打飯回來。要是新郎新娘排隊等著打飯，免不了招惹一堆的玩笑胡鬧。夫妻兩個會在房間裏進餐。他們在城裏買了黃豆拌飯，可以在醫院廚房加熱。兩人進來，比比與琵琶正忙著在護士的房間裏捲繃帶，做棉花球。

「你們的晚飯拿來了。快坐下吧。」比比道。

問過了去註冊的事，她就無話可說了，只有傻笑。新婚夫妻坐下來，葉先生仍穿著大衣。兩人的神情若有所待，垂眼看著地下，強抑著微笑，彷彿等待著判決，也不知是等律師宣讀遺囑前公佈什麼可喜的信息。寶拉換了一件灰呢旗袍、開襟羊毛衣。桌上枱燈照著她的臉，剝了皮似的紅潤，哭了幾個鐘頭的緣故，哀愁與快樂由裏向外，透了出來。

他們起身要走，比比端來兩隻蓋住的盤子。

「別忘了糧票。」她將長木條還給了他們。長木條沒上油漆，打了號碼，每個人都靠這個領飯食。

他們走後琵琶與比比都不言語。琵琶知道比比也同她一樣，突然覺得孤獨。方纔那一丁點的溫暖與喜悅讓殘破的倉庫更寒冷更冷清。

「香港竟然有這麼冷。」琵琶說。

「聽說是一八六〇年之後最冷的一個冬天。」比比說。

「我的指頭生了凍瘡了。」

「真希望有杯熱咖啡。」

「我去把牛奶熱一熱吧？」

「等他們都睡了再說。」

她不願病人看見。病人也同護士一樣，一天兩頓黃豆拌飯。病人都是窮苦人，在戰爭中受了傷，在這裏免費治療。值夜班的護士才額外分配一份牛奶和兩片麵包，沒有黃油。要到廚房去熱牛奶得走過長長一排病床。兩人都不願做，總是琵琶自告奮勇，覺得自己的心腸比較硬。

她直等到午夜過後，病人多半還是醒著，要不一聞到飯菜香就立刻清醒。病房前一向是飯堂，行軍床都抵著木柱，圖騰似的，沒有枕頭，黑漆漆的眼睛個個瞪得老大。她厚著臉皮走在病床間的通道上，木筏一樣的房間燈光昏然。牛奶瓶捧在懷裏，一邊一個，像光著兩隻大乳房，晃來晃去，猥褻淫蕩。目光若是有毒，那麼些眼睛釘著看，牛奶一定也中毒了。

避風港一樣的廚房裏有爐灶，竟然還有煤氣。煤氣免費，日日夜夜都開著，省火柴。可是她得先把便宜的黃銅鍋刷洗一遍，說是鍋其實更像長柄杓，鍋緣還割手。水龍頭流出的水冷冰冰的，很難把油膩刷掉，反而兩手凍得像紅蘿蔔。誰還這麼勤快，做紅燒肉來就黃豆拌飯吃？學生還是醫院的雜工？明天要煮醫療器材又得把鍋子刷洗一遍。

牛奶一冒泡，她就拿離了爐火，一手夾著兩個空瓶，儘量不碰得叮叮響，擎著鍋子走過一長排的病床。這一刻最窘，缺了鍋蓋，熱牛奶的香氣由黃銅鍋裏飄散出去，色香熱，幾種感官合力在冰冷滯窒的空氣中耘出一條路。骯髒的軍毯，沒有床單的病床，每根柱子都有個頭釘著看。

回到護理站她將牛奶倒進玻璃杯，搭著麵包吃。病人似乎坐臥不寧。咳嗽的，呢喃的，床舖吱嘎響。儘管憒憹，沒有一個喊護士。生蝕爛症的病人是最沒有骨氣的，過不了多久就哀聲叫喚了起來：

「姑娘啊！姑娘啊！」

「我去。」琵琶道。

她走向那張氣味最甜膩的病床。傷口生疽了。單薄的逗趣的臉在一蓬黑髮下扭出一抹笑，彷彿癢絲絲抓撈不著。

「姑娘啊！姑娘啊！」他還在大聲唱誦，悠長的，有腔有調，半閉著眼，任自己給搔癢。

她立在他床前。「要什麼？」

他一會不言語，像是嚇著了，仍閉著眼。還許沒想到會來的這麼快。可是琵琶心裏有愧，覺得他是嚇著了，而她自己的聲音草率殘忍，在床房裏迴響。

「屎兵。」他道。

她走向門口，喊了聲：「屎兵！」轉身便走，醫院雜工這才拿著龜裂的搪磁便盆進來。規矩是護士不做這些事。她們是女大學生，而這些是窮人。「誰知道，保不定誰是劫匪呢。」有個女孩子說過。香港的窮人尤其可憐，有句俗話說：「笑貧不笑娼。」

上海戰地醫院就不一樣，女學生照料傷兵。琵琶也願意香港有這樣的精神，古道熱腸的大波濤橫掃過來，連她也捲進去，使她開開心心的端便盆清便盆。實在說她不知道該怎麼舉止。一定有辦法能既親切又高雅，同時觀察社會階層百態，可惜她做不到。

「他要什麼？」比比問道。

「屎乒。」

「他不是真要，雜工在埋怨了。」比比道。「他痛。」

過不幾分鐘，他又唱了：

「姑娘啊！姑娘啊！」

輕聲的，認命的，帶著嘆息，沒有期望，只是用甜美的次中音不屈不撓的呼喚著一個女人。

兩個女孩自管自坐著。末了比比立起身來，出去了。琵琶聽見她問：「要什麼？」

十八

琵琶倒寧願值夜班，讀書或繪畫的時間多。壞只壞在六點下班，十點便得起床吃早飯。而且才上床，剛睡著，就聽見維倫妮嘉在隔壁房裏尖著嗓子喊：

「噢！不行！查理，住手！真的。好討厭耶，查理！住手。嘿，不行。我不！」

像是冷冰冰的手伸進了熱呼呼的毯子裏。查理．馮一點聲音也沒出。他是檳榔嶼來的，五官柔和，很漂亮，同維倫妮嘉在同一個傷兵站，另一個男生是印度人。聽見這摧折人神經的慘聲長號，琵琶與比比都沒吭聲，眼色也沒使一個。等只有她們倆了，比比便道：

「維倫妮嘉的胸部開始發育了，以前跟你一樣平。」

「我倒沒留意。」

「我就想了：女孩子戀愛了，像朵花似的開了，以前胸脯平平的，現在也發育了，時機正好，就在最需要吸引人的時候。大自然是不是很奇妙？」

琵琶看過書，不免疑心比比是倒因為果。可是比比心蕩神馳的看著她，她也只能微笑，喃喃稱是。

宿舍樓梯口上有一堆丟棄的書，始終沒人清理。琵琶在裏頭挖寶，多半是教科書，有中文的，《孔子》、《老子》、《孟子》。她想找《易經》，據說是西元前十二世紀周文王所作，當時他囚於羑里，已是垂垂老矣，自信不久便會遭紂王毒手。這是一本哲學書，論陰陽、明暗、男女，彼此間的消長興衰，以八卦來卜算運勢，刻之於龜甲燒灼之。她還沒讀過。五經裏屬《易經》最幽秘玄奧，學校也不教，因為晦澀難懂，也因為提到性。《老子》也不在她的課外書之列。只讀過引文，終於讓她找著了一本。《老子》是亂世的賢哲，而中國歷史上總是亂世多於治世。孔子學說就只有在較太平的歲月才實用。孔夫子自己就說：

「倉廩實則知禮節。」[5]

以前不明其意她就會背論語孟子。她把書帶回房。群魔亂舞的世界使她亟渴望能找到紀律或秩序，雖然回不到過去了。過去也未見得有秩序。事實是她父親的屋裏也是同樣的沒有王法。孔子遙不可及了，聲氣不再訓戒，變得甜美懷舊。

「孔子說的是哪裏的方言？有人知道麼？」她問過周教授。

老教授遲遲不答，這片刻的猶豫反倒贏得琵琶的尊重與信心。「廣東話。」他道，令人詫異。「他說的是中原的古音，發音非常接近現在的廣東話。」

他自己的廣東話說得很糟，常拿來逗學生笑。他也請男生在課餘吃花生米，很受男孩子的愛戴，不過當然不請女孩子。有一次吃茶嚼花生米，傳出來他與布雷斯代先生一塊到廣東，晚上宿在尼姑庵裏。他是前清的秀才，科舉考試廢止前中的。

「以前常說由內而外。『中學為體，西學為用。』輪到你們這代正好反過來。」他在課堂上說。「生在香港或是海外，你們是以西學為體，所以是由外而內。嘿嘿嘿嘿！」他笑道，這

5・此語應出自《管子》〈牧民〉篇，而非孔子語。

是他最喜歡的比喻，人人也跟著笑。

琵琶想：我知道裏面有什麼。什麼也沒有。持不同論調的人會這麼說因為他的生活完全仰仗它。打完了，外頭也什麼都不剩。我們以為另一邊還有東西，只是因為中間隔了一道牆。

孔子讓她想不通的地方在對禮的講究，這麼一個中庸的人真是怪異。但她漸漸明白禮對生活與統治的重要，宰治著人們，無論是家庭、部族、王國或民族。她想：只要美，我倒不介意壓迫。你習慣的美有一種恰如其分，許多人看成德行。我們受壓迫慣了，無論是在盛世或是亂世，而那隻壓迫的手總是落在女人的身上重些。這樣的幢幪就是美的一部分，不就是自壓迫來的？

子曰：「禮失而求諸野。」

窮鄉僻壤可能還保存著禮。日本曾是海外一個蠻夷之邦，島民學了我們的東西，比我們自己保存得還好，而且還繼續附驥，我們卻變成了一個失去了禮的國家。她記得臨行前姑姑與她握手，感覺那麼滑稽。現在的鞠躬也是舶來品。中國的鞠躬要加上手與臂的動作，而且男女有別。現在沒有人做了。連新式的鞠躬都做得漫不經心、忸怩不安，微微側向一邊，錯過致敬的對象。除了婚禮、喪禮、演講等場合，也幾乎沒有人鞠躬。別的場合做來顯得矯情，像中產階級。我們也嘲笑歐洲人的僵硬的深深的鞠躬與日本人的九十度鞠躬。磕頭的還是有，雖然越來越少。穿著緊身的旗袍與西裝磕頭不夠優雅。琵琶倒不介意。

「自己過生日還得跟每個人磕頭，覺得不覺得委屈？」表舅媽有次跟她說。

「我不介意，我喜歡磕頭。」

表舅媽笑道，「這倒新鮮，她喜歡磕頭。」

她也在這堆丟棄的書裏找到顏料與毛筆，還有一大捲白色厚紙，可能是某個工程科的學生不要的，紙張太滑不適合繪畫，很像是釘在麻將桌上的那種紙。倒是水彩可用。她將珍視的素描移植到大紙上，捨不得裁割，一個個圖案挨得很緊，節省空間。有一張畫只有藍紫兩種色調，使她想起了李義山的一首詩，她一向很喜歡：

「滄海月明珠有淚，

藍田日暖玉生烟。」

她常做一種眼球運動，釘著房間或是有霓虹的街道看，然後說：唐朝人眼裏是什麼樣子？於是場景改換，線條與區塊重新排列組合，出現了不同的圖案，像是視覺的幻象。這時是個中年的清朝人。圖案又換了。可是繪畫時她不假思索就畫了下來。比比說她喜歡。

「我一直喜歡這種東西。」她又加上這句話。

「哪種東西？」琵琶問道。

「病態的東西啊。」

「這個哪叫病態。」

「我喜歡，真的。」比比再三保證。「我以前不喜歡你的畫，老要你別畫了，記得嗎？我是覺得別畫的好。」

「記得，我也很高興不畫了。」

比比將大張的畫釘到牆上，晚上燈火管制躺在床上拿手電筒照著看。臉孔在燈光下活了起來。一張一張的照，彷彿湍流行船般顛簸刺激。

「恐怖吧？」她說。

「是啊。」

「好像睡在廟裏，牆上有地獄的壁畫。」

「我可以看上一整晚。」

「我說啊，我們瘋了。」

學生都得上日文課。有個龐大笨重的俄國人每週來兩次，教他們日文。沒人當一回事，男生尤其招搖似的不專心，表示來上課是非情願的。琵琶卻認為目前該把握時機學習。她極想用功，算是彌補她欠布雷斯代先生的。俄國人知道沒人喜歡他，學生不用功也不追究。要造句，他會停下來思考，手裏握著粉筆，一般都會寫句「這是先生的外套」，指著自己的外套。「這是先生的皮鞋」，指著自己的皮鞋。

「他可能沒穿過皮鞋。」比比道。

「不知道他以前是做什麼的。」琵琶道。

「他是哈爾濱來的，所以才懂日文。」

俄文老師信步上樓，敲了她們的房門。

「晚上好。」他以英語道。

「晚上好。」比比道。

琵琶聽出了比比語音中的淒涼，這次倒少了冷淡。

他進來，四下打量。指著牆上的畫問琵琶，因為琵琶正在畫畫：
「你——這個？」
「是啊。」
「喔。嗯！」他站著看畫，無事可做的緣故。兩個女孩子在他背後笑著互望了一眼。
「不坐麼？」比比移到她的床，讓出椅子給他。
「今天不上班？」他問道。
「喔，我們下班了。」比比道。
「喔，噯。」
「過來這裏得走很遠嗎？」比比問道。「你怎麼來？」
「喔，噯，很遠。」
「現在沒有公共汽車了。」
「沒有了。」
「你有汽車？」
「沒汽油，有車也沒用。」
「那你怎麼來的？走路？」她輕笑道。
「不是，我跟著人來的。」他忙道。
「喔。」
一定是搭日本軍車來的。

頓了頓，比比又搭訕著找話說。

「你在哪裏上班？除了在這裏教書以外？」

「喔，嗳，上班。」

「你做什麼事？教書？」

「是，是，教書。」

「教日文？」

「嗳，嗳。」他囁嚅道。

比比沒往下問。

他伸手從書桌上拿了一幅加框的畫，是琵琶給比比畫的人像，只穿一件襯裙，畫在信紙簿的厚紙板封面上，與她的皮膚一樣是金黃芥末色。比比愛自己的膚色。只要看到琵琶沒穿長襪就會用一隻指頭在她白得泛青紫的腿上戳一下，撇著國語，反感的說：「死人肉。」她很愛這幅畫，在樓梯口那堆垃圾裏找了個玻璃框，鑲了窄金邊的，裱起來，以免蠟筆褪色。畫像很傳神，線條分明，一隻眼低垂著，吊眼梢，漆黑的眼珠，蓓蕾似的鼻子，短髮剛長長像頂羽毛帽，乳房半包在白色圓錐裏，很尖挺，呈四十五度角；肘上有個窩，有印度人的黑斑。

「這是你？」他問道。

兩個女孩語無倫次。

「像我麼？」比比問道。

「很好。你嗎？」他朝琵琶點頭。「嗯！你很好。賣嗎？」

兩人互視，笑了起來。

「你要買麼？」比比問道。

「我要買。」他抗聲道，三個字連成了一串。「賣多少錢？」

比比掉過臉去看琵琶，忍笑把嘴唇咬腫了。

「不知道。」她轉過頭看他。「我們沒想過要賣。咦，另一隻針呢？琵琶，看見不看見我另一隻棒針？你的紙底下。不用了，我找著了。」他得站起來讓比比伸手到他後面。

然後他又在椅子上坐下來，椅子嫌小了點，傴僂著研究擱在膝上的畫。蒼白的頭由側面看比較寬。

「你還在哪兒教書？」

「嗯？」

「你說還在別的地方教書？」

「噯，我別的地方上班。」他囁嚅道。為了撇下這個話題，他很特意的問道：「你家在哪裏？」

「上海。」

「你朋友呢？」

「她也是上海來的。」

「喔！嗯！都是上海來的。」

「你是哈爾濱來的？」

「噯，我很多地方。」他突然拿著畫揮了揮。「賣多少錢？」

比比笑道：「他真想買呢。」

「多少錢？」他放低了聲音，講價的聲口。

比比最是愛講價。「你肯出多少？」

「五塊。」他張開五根指頭。「框不要。」又一句。

「框有什麼不好？你不喜歡？」

「不是，不是，我有了。這個你拿。我不想。」他搖頭，學中國人一樣擺手。「我有很多。很多。很多。」

琵琶看見無數的洛可可式框全家福照片，像她的俄國鋼琴老師的家裏的，而其中一張祖先的照片換上了半裸的比比。她倒覺得他換了做生意的態度，可見得是放棄了藉著畫像來贏得比比的芳心。現在他只想留下畫像當紀念品。

「你賣不賣？」比比問琵琶。

「是你的。我無所謂。」

「是你畫的，不想留著？」

「五塊，框不要。」他堅定的再說一次。

「你看呢？」

「不要。」

「抱歉，我們不想賣。」比比看著地下，忙囁嚅道。她去買東西挑揀過所有的貨，一樣也沒買，從店夥面前走過就是這種神氣。

他又坐了一會才走。女孩子興高采烈，藝術家與模特兒。

「還是收起來吧。」比比道。「日本兵隨時都會進來。」

日本兵都是兩個兩個進來。女孩子看見也不招呼，自管忙自己的事，總小心不能露出不悅的神色，不能給他們藉口找麻煩。琵琶拿別的書把日語教科書蓋住，不想讓日本兵看見，找她說話。偶爾有日本兵進來，坐在床上說笑。琵琶聽出他們談的不是比比或她，連正眼也不看她們，使她想起上海家裏的園子裏養的一對鵝，她無論穿過鵝的路徑多少次，那對鵝始終不看見，保持住一個物種被迫與另一個物種同居的尊嚴。也奇怪，日本人似乎是截然不同的動物，雖然看起來像中國人，就是臉色更紅潤、身量更結實。而白俄就一點也不神秘。年青俄國人在中國長大跟她很像，除了更西化、一無所有、老舊的威勢破布一樣披著掛著，自己也丟臉，擋不住寒冷。

日本人的全然陌生使她們無法預測。兩個日本人，雙胞胎一樣，輕鬆的坐在小床上，由身上的軍服至卡其綁腿散發出冷凍過的汗臭味。日本人倒許是以自己的方式消磨時間，可總讓人覺得他們隨時可能會施暴。

頭一次日本兵俯身向琵琶說話，嚇了她一跳。他從她桌上拿了枝筆。

「能給我嗎？」

她不確定是否是這個意思，只見他做樣子把鉛筆往口袋塞。她點點頭。他便放進了口袋裏。兩個日本兵都站起來，像聽見了命令，走了出去。

有天穿過草坪，看見一個學生向兩個日本兵走去。她認出是潘，比比前一向的男朋友。前額上還是掛著一綹頭髮，娃娃生的臉孔凍得雪白，兩手插進黑大衣口袋裏。日本兵停在瀝青路上，看著他過來。她只覺潘會從口袋掏出槍來，射殺日本兵，心念甫動，就聽他用日語開口，說得很快，眼睛也眨得很快。她不記得潘有這種習慣，可能是短短時間內學新語言的緣故。真是了不得。他們的日文課上得很慢。他一本正經的說著，日本兵單腳支地，回他的話，一派輕鬆，仍是提防著。很難說潘跟他們究竟有多熟。

有天傍晚她又看見一次。人人都在繞圈子等著進食堂，食堂前一向可能是運動器材倉庫，現在空落落的。大的解剖罐擱在架上，浸泡著今晚要吃的黃豆。

「喂，比比。這給你。」他給了她一塊黃油。

她拘謹的笑笑，聲音變得小而沙啞。「咦，這是做什麼？」

「黃油。」

「你自己留著吃吧。」

「我還有呢。」

「得了，你打哪兒弄。」

「真的，我弄得到。」

「你自己留著吧。」

「我還有，真的。我會說點日語，幫日本兵買東西。」

「正嘢，上等貨。」附近的一個男生喃喃道。

別人都吃吃竊笑。潘不理他們，走了出去。不說日語他的眼睛也不抽動。

「不留下來吃飯。」一個男生道。

「人家才不吃苦力粥呢。」另一個道。「在城裏吃，這會正是做生意的時段。」話說得一截一截的，海峽殖民地的口音又重，琵琶始終不確定聽對了幾句。正嘢是很普通的廣東話，讓他們說起來卻使她想起了本地報紙上的連載小說，說的是沒有病的漂亮妓女。男孩子不再往下說，女孩子在面前還說了這麼多使他們有點難為情。他們一足支地轉圈，雙手插在口袋裏，高聳著肩抵抗寒冷。琵琶轉頭看著窗外。有人在蒙上灰塵的起霧的玻璃上拿手指寫了「甜蜜的家」，昏暗的電燈一照，幾個字格外明晰。

比比在跟穿藍綠色運動外套的男生說話。琵琶認出他的外套，因為比比老開玩笑的問他要。

「顏色是不是真漂亮？」她掉過臉來問琵琶。

「是漂亮。」琵琶道。

「看見不看見我試穿？穿我身上真好看，你說是不是？」她轉過頭去問面色愉快的男生。

他怯怯笑道：「是啊。」

「你真該給我的。我頂喜歡這顏色，這麼深的顏色又很少見。你見過不見過這樣的外套？」她問琵琶。

「不見過。」

「也很暖和。你摸摸。」琵琶小心翼翼的摸了摸她拉出來的衣料。「你很暖和吧？噯，要是你哪天想丟，別忘了我。有了這衣服我就凍不死了。」

他臉上竟出現異樣的担憂，似乎有話要說。他要把衣服給她，琵琶震了震。不應當，比比的衣服那麼多，而他顯然只有這一件。

他沒作聲，衝動的一刻過去了。

「嗳，工作怎麼樣？還在般咸道的門診？」比比問道。

比比喜歡他，只是除了外套之外無他話可說。琵琶倒覺得比比是在跟他調情，貪得無厭的本能與其他本能一塊發作，自己不知道。不然還有什麼樂趣？人人在混濁的燈光下轉來轉去，像是粗釀的酒裏的分子，唯有最初始的生命出現。混沌初開，男與女的力量，陰與陽的力量。琵琶不記得見過咪咪．蔡，邋遢高大的女孩子，頭髮鬈縮像怎麼也拉不直，身量像奶媽。可是眼前她卻忽然冒了出來，真個的作威作福起來，倚著窗台打毛衣。一個男孩子說著：

「嘿，真的要發薪水了嗎？」

「誰說的？」另一個反問道，又是他們那種愛打岔的習氣。

「查理說是聽T. F.說的。他叫查理沒錯吧？」

「T. F.人呢？」

「喂，T. F.人呢？」

末一句是對咪咪．蔡說的，她也同T. F.一樣是莫醫生的同鄉，屬於內部圈子的人。那個男生情急之下一張臉直伸到她面前。咪咪那張發麵一樣的圓臉上兩條細縫的眼睛一瞪。男孩子給瞪著手足無措，低笑了一聲，溜走了，唯恐好友取笑。

「幫我拿著。」比比同琵琶說。「也有你的份。」
「別是黃油拌飯吧。」
「有什麼不好？近東的人都是這麼吃的。」
「噯，比比。」咪咪・蔡招呼她，也賞了個久久的瞪視。
「你打的什麼？」比比俯身去看。
房間另一頭方才那個男孩子搖著頭，咕噥什麼否認的話。
「酸葡萄，man。」他一個朋友道。「你以為是什麼？大老婆啊。」
「大老婆，那誰是小老婆？」
「你是死過去了啊，man？你不知道？」
「不知道啊，誰是小老婆？」
「猜啊，同你們一個地方的。」
「同我們一個地方？不會吧，man。跟我一樣吉隆坡來的？」
「你不行，man。不夠漂亮。」
「喔，知道了，知道是誰了。」
「大老婆，小老婆，這兒又來個不大不小中老婆[6]。」
「不犯著中老婆，他自己會接生。」有人還來得及嘀咕這末一句。

6・原文是midwife，意為接生婆。

一個矮小的女生走進來。臉彎了進去，戴著黑絲邊眼鏡，朝咪咪過去，悄悄問她，倒像低沉的犬吠：

「鑰匙呢？」

咪咪又把神秘的眼神轉到她身上，這次興許意味著迷惑，矢口否認，或警告她嚴守秘密。不論是什麼，她都不理解。

「庫房的鑰匙。」對方仍是追問。「莫醫生要。」

咪咪不動如山，依舊瞪著她，只可惜眼睛太小，效果不彰。

「是不是T.F.拿了？」她再問道。

咪咪撿起了線球，揣進開襟毛衣口袋裏，走開了，可能是到莫醫生的辦公室去。

「誰看見T.F.了？」另一個女生還在逢人便問。寶拉與葉先生進來了。寶拉一進來就找比比與琵琶，挑釁似的衝口便說：

「聽說了嗎？上海陷落了。」

「租界嗎？」比比問道。

「那還用說，其他地方早就淪陷了。」

「什麼時候的事？」

「就跟這裏一樣的時間。」

琵琶像是頭上響了個焦雷。上海陷落比新加坡陷落要嚴重千倍，非僅是因為那裏是家。她的家人同住在上海的每一個人一樣，那裏是生活的基地。上海在政治上免疫，被動、嬌媚、圓滑，永恆不滅的城市。她常聽別人說：上海就是上海。這一陷落地理變動了，海岸陸沉了，世界傾覆了。

「打得厲害嗎？」比比說著。

「不知道。」寶拉打鼻子出氣。

「說不定成廢墟了。」琵琶說，看見姑姑在公寓的殘骸裏東戳西戳，找尋七巧板桌子的碎片。

「誰知道？」寶拉瞪著空中，顴骨紅通通的，像凍瘡。

她閉著口長嘆了聲。

「也不知道會怎麼樣。」她說。

琵琶當晚又寫信給姑姑。上海香港都成了日軍佔領區好兩個月了，怎麼會沒有信來？唯一安慰的是張家夫婦也沒有上海的消息。倒不是真以為姑姑會發生不幸。珊瑚總是能逢凶化吉。她手邊還有姑姑的兩封信。一封還附了上海報紙的剪報，珊瑚說她會覺得很有趣，說的是香港的萬金油花園與山頂纜車與維多利亞大學，「東方最奢華的大學，貴族氣十足，圖書館可以搖鈴叫咖啡。」珊瑚可能沒注意背面的文章，一個專欄作家寫一種叫碧螺春的茶：

「碧螺春產於洞庭山。採茶姑娘多半是處女，身穿圍裙，胸口有口袋，採了茶就往心口放，此所以碧螺春有處女酥胸的醉人香氣。」

琵琶再看還是笑。又來了，中華民族對處女的偏好。她頗自滿，卻非關個人，即使她並沒有醉人的酥胸。

珊瑚信上說近來心情倒好。是在她寫信告訴露有了情人之後。另一封信早一些，在露剛出國之後。

「我剛把公寓拾掇好。」她寫道。「到南京去看你錢嬸嬸，在夫子廟買了假古董。想想也真好笑，我自己的真古董都賣了，倒去買假古董。可是我喜歡這些碗盤的顏色形狀，擱在桌上，坐著看，漸漸享受起我半滿的生活了。」

末一句看得琵琶縮了縮。平淡隨興，姑姑平常的聲口，卻是她頭一次提到不快樂，至少是琵琶第一次聽見。即使後來知道了她母親與姑姑間的事，一聽見了便暫停判斷，然後溫馨的童年印象便又悄悄回來。女人要時髦還得有男人作伴，當配件也好。她心裏預備好了，她母親要嫁給漢寧斯，姑姑嫁給她的新朋友，可是沒有進一步消息，也不意外。在她心底她們不會變，不會老，不會在意生活的基本瑣事。即使親眼看見姑姑早上靠鬧鐘叫醒，週日總睡懶覺，也不把珊瑚的工作當成是生活的掙扎，而更像是表現她的時髦。回去後她想跟姑姑同住，卻完全不知道珊瑚高興不高興收容她，她似乎很快樂終於自己一個人了。住哪兒不是問題，要緊的是有珊瑚的消息，有上海的消息。

熄燈後她同比比說：「我還是想回去。」

「回去恐怕也什麼都沒有了。」

「只要人還是一樣就一樣，而且他們不會走，因為上海以外的地方更壞。」

「希望我家裏都平安。」

「你不想回去找他們？」

「想是想，可要是他們過得不好，我不想加重他們的負担。」

「也真好笑，我在上海沒有家，我姑姑其實不算，可我還是很想回去。」

「回去了要做什麼？」

「我想靠賣畫賺錢。」要是能靠賣畫賺錢，她會愛畫畫幾乎像愛活著一樣。

「琵琶！現在哪是賣畫的時候。」

「我知道，總得試試。在這裏做什麼都沒用。」茹西帶她去看過嶺南派畫展。

「上海和廣州都是日本佔領了。」

「我只是覺得上海會兩樣。」

「噯，上海一向運氣好，直到現在。」

「我說過不說過賣畫給報社？」

「賣了十塊。」

「我總還有你可以畫，總會有人想買的。」

「五塊錢，框還不要。」

「等我出了名了，可以抬高價錢。」

比比不言語，默然了一會方道：「我跟你一塊走。」

再說話，語音在漆黑中很悲哀：

「聽上去真的奇怪，可是我說我們家很快樂是真話，更奇怪的是我不想回去。」

「為什麼？我不懂。」

「因為我知道又會是老樣子。」比比煩躁的說道，彷彿是困獸給逼到了角落。

「老樣子是什麼意思？」

「你不知道，你沒到過我們家。噯，你去了一定頂喜歡，頂喜歡我爸媽。我也知道我會很快樂，可就是不想回去。」

「是人太多的緣故？」琵琶問道，想像出一個印度大家庭。

「不是，不是。」

琵琶還是不懂，除非是因為她寧可自己一個，才能長大成人。可是哪能呢？而且還在這裏？在這裏他們一無所有。她不會是愛上了哪個男孩子吧？不會是藍綠外套吧？

「你寧可留在這裏？」

「噯，我不介意留在這裏。我壞透了，不在乎地方，我反正永遠都是快樂的。」

「可是誰也不知道能持續多久。我們現在靠的是救濟。」

「我知道。」

「隨時都可能解散。」

「我知道。維倫妮嘉真傻，跟查理那樣。我們人一走，那種事還不是就完了。他根本不會娶她。」

「她好像是戀愛了。」

「因為她想戀愛。剛開始她喜歡的是杜達，傷兵站的另一個男生。他只跟她鬧著玩。印度男孩子都這樣，都回家去結婚。」

「在這裏找不到印度女孩子嗎？」琵琶道，沒把比比算進去，從不見她跟印度男生在一起。
「他們只跟家裏挑的女孩結婚。不上學堂的女孩。」
「你今天聽見不聽見男生說什麼？潘給你黃油的時候？」
「沒聽見，說了什麼？」比比道，壓抑著興奮，以為會聽見說她的話。
「聽他們的意思好像是他帶日本兵去嫖。」
「我不意外。」她冷冷的道。
「他認識妓女？」
「他們全認識。那些馬來男生都壞。」
「他們還笑咪咪．蔡。說什麼大老婆，小老婆的。」
「他們是吃醋。咪咪跟她那一幫管倉庫，罐頭肉、罐頭水菓都歸她們管。」
「你說得我好餓。真希望是在上夜班。」
「來點牛奶麵包也好。」
兩人設法入睡。
「知道林先生麼？」比比輕聲道。「教化學的。」
「我跟你說，打仗的時候我還在他手底下做事呢。」
「他到重慶了。」
「什麼？」

「別說出去。日本人一進來，第二天他就帶著老婆逃走了。」

「真的？怎麼走的？」

「山上有路。得雇嚮導。」

琵琶輕輕吹聲口哨。

「他人不錯，男生好喜歡他。」

「我也喜歡他們夫婦倆。」

「可別說出去了。有些男生想走路到重慶去。」

「走路！」

「林先生他們就是走去的，而且平安抵達了，傳了話回來。男生找我跟他們一起走，我跟他們說除非也帶著你，不然我不去。他們答應了。」

「我不想去。」琵琶立時道。

「嗳呀，你又沒那麼嬌弱。我會幫你，男生也會幫你。」

「我不是畏難，是真的不想去。」

「為什麼？難道你寧願讓日本人統治？」

「不是，我只是不想到重慶去。」

琵琶最氣別人扣她一頂大帽子要她閉嘴。吃過後母那套近便的規矩的苦頭之後，她就恨透了辯理，她總是退讓，找不出理由來解釋自己的偏好，更遑論舌戰群雄。也只剩下頑固了。日本人蠶食鯨吞，愛國心也成了道德壓力，她從小在離群索居的家裏長大，也沒能躲得開。時代要求人人奉獻犧牲。對於普世認為神聖的東西，她總直覺反感，像是上學堂第一天就必須向孔子像磕頭。愛國心也是她沒辦法相信的一個宗教。和一切宗教一樣，它也是好東西，可是為它死的人加起來比所有聖戰死的人還要多。她也不是和平主義者，只是太喜歡活著。留得青山在，不怕沒柴燒。一個國家可以百戰百勝，最後仍衰亡，因為元氣盡失。道家面對災禍的陰柔態度，損之而益，以輸為贏，從學理滲入了平民百姓的思想。這種懷疑論與退讓說不定幫中國積攢了大量的活力，儘管幾百年來人民像甘蔗一樣被榨乾了。

可是在國家主義的時代裏一個民族沒有愛國心要如何自敬自重？不犯著說我們在二世紀經歷過一次，八世紀又一次，現在也走在時代的尖端。國家主義方興未艾。擁護的人熱愛它，不擁護的人渴望它。現代人誰也免不了。不起而自衛的恥辱到頭來必定會奪走我們這個民族的什麼。日本人來了怎麼辦？效法鴉片戰爭時的兩廣總督葉名琛？英軍攻打廣東，外面烽烟四起，葉名琛照讀他的佛經。廣州城破，他身著朝服端坐靜候英軍大駕。被俘後解往印度，幾年後謝世，始終不發一語。當時的中國人這麼諷刺他：

「不戰不守不降不走。」

琵琶不知道。從沒坐下來細想過。自認為想通了的人十有八九是錯的。還是懸在那裏吧。骨子裏她是對重慶沒有信心，即使南京政府仍未撤退。孫逸仙說中華民國必須經歷三階段人民對民主才有預備：軍政時期，訓政時期，憲政時期。琵琶十二三歲的時候聽見了，那時就不信。孫逸仙當然有他的道理，局勢卻不會照著走。到今天民國三十年了，還沒有走出軍政時期的跡象。即使沒有對日抗戰，國家仍是由軍事委員長統治。誰也不願意放棄既有的權益，單看她的父母親就知道了。

「有名的大學都遷到內地去了。」比比道。「他們會讓我們入學。聽說只要一去，什麼事都有人照應。」

比比精明，有便宜一定要佔。

「學生都去了，他們要怎麼照顧？」琵琶道。

「林先生會找人照應我們，幫我們進大學。說不定還不用折一年呢。」

「蓮葉都說到了那兒沒辦法念書。」

「又不是整天轟炸，人家還不是照樣住在那裏。」

「我怕的不是轟炸，是到處都是政治，愛國精神，愛國口號，我最恨這些。」

「愛國可跟我不相干，這兒根本不是我的國家。」

「你還是想去。」

「我只覺得想把大學念完就應該上那兒去，連學費都免了。」

「到那裏也是靠救濟，我只想回家去賺錢。」

頓了頓，比比方道：「放心，我跟你一塊回上海。」

兩人默然，終於睡了。琵琶自管因自衛而憤怒，倒沒納悶比比想跟男生到重慶的真正原因，也不知她是不是覺得人生就是如此，或許她可以在重慶談戀愛。

十九

張氏夫婦也不知道上海的情況。

「奇怪，到現在還不見有信來。」張夫人道。「船都通了，難不成不帶信？」

「有船了嗎？」琵琶驚呼道。

「不多，而且擠得很。」

「買得到船票嗎？」

「不犯著去跟人擠。你知道排著等票的人有多少？」

「至少把名字寫上去等啊。」

「自然是可以。」張先生冷笑道。「黑市猖獗，哪裏知道什麼時候輪到你。」

「坐船也不安全。」他太太道。

「有轟炸？」

「還有水雷。」張先生道。

他太太的頭動了動，像說的是隔室的人。「聽說梅蘭芳坐船到上海，船沉了。」

「梅蘭芳死了？」他是京戲名伶，三十年來在舞台中扮演女人，在中國最遙遠的角落仍是最嬌美的女人，也是最漂亮的男人。

「是謠傳。其實人在這裏。」張夫人低聲道，下巴勾了勾，微眨了下眼睛。

「原來他在香港。」琵琶道。
「他在這裏隱居。」張先生道。
「現在給日本人抓了。」他太太道。
「怎麼會？他又不是政治人物。」
「這種時候有名的人總是頭一個倒楣。」張夫人道。「樹大招風啊。」
「大家都知道他愛國。」張先生道。「他留起了鬍子，表示不演戲了。」
「梅蘭芳留鬍子！——要等多久才能上船？」
「放心，困在這裏的不止我們。」張夫人道。
「再等等還許船會更多。」張先生道。
他太太道：「還有一條路，走韶關。我們還拿不定主意。遠多了。」
「是搭火車麼？」
「是啊，到廣東換車。」
「會不會比較貴？」
「倒差不了多少，就是不知道在廣東得等多久。」
琵琶默然。比比的錢可能不夠兩個人的食宿費用等等，她又不願問張氏夫婦借錢。
「我們還沒決定怎麼走。」張夫人道。
「等決定了，告訴我一聲好嗎？」
「那還用說。」

「你朋友呢？那個印度女孩子？」張先生道。

「是啊，她怎麼樣？我們很喜歡她，你沒跟她說張先生的事吧？」

「沒有。」一回是這麼回，琵琶並不明所以。

「我知道你不會說。」張夫人道。「只是隨口問問。我們跟重慶沒聯絡了，他在政府工作是好多年前的事了，人家還是知道他的名字，凡事小心點好。」

「我誰也沒說。比比只知道我們是親戚。」

「那就好，我也不會跟外人說。你知道我們認識的這個人怎麼樣嗎？一個薛先生？」她放低了聲音，俯身靠近。「他早就辭了重慶政府的工作了。日本人一進九龍就闖進他家裏，槍斃了他，還有他老婆兒子，又強姦了他女兒跟媳婦，把她們關在車庫裏。姑嫂兩個人逃了出來，什麼也沒有了。家裏什麼也沒留下。」

她就事論事的聲口，像在抱怨有個朋友給了她的僕人太多酒錢，也不定是在別的小處上不留心。洪鐘似的嗓子同她圓墩墩的身材相輝映，不疾不徐，一句句道來，拋上天的球往下掉，砰砰砰往樓下滾。

「日本人是怎麼找出他們的？」琵琶問道。

「準定是有人帶路。那地方的流氓混混，就是這裏說的黑衫，趁火打劫的同一夥人。就是他們把屋裏的東西都洗劫一空。銅鑼灣這裏也是。我們家的老媽子很可靠，幸好有她看房子。」

「那對姑嫂後來怎麼了？」

「我不該說的，告訴你沒關係。她們來借錢，想到重慶去。所以我們才知道的。」

故事說完了，她仍瞪著琵琶好半晌。張先生只是面色嚴峻。琵琶看得出他們必定也為自己的安危操心。她想，要不是為我母親，他們也不會困在香港。本來他們就預備到重慶去的。

不能把薛先生一家的事告訴比比，她心上像壓了塊大石頭。校園裏總有滿臉無辜的日本兵一對一對的走來走去。闖入重慶官員家姦淫擄掠，殺人無算，在他們是封建武士劫掠城池嗎？倒像他們還需要藉口似的。類似的事件必然還有幾百件，只是她不知道。他們的狂歡已經結束了，搖身變為校園警察了。

她決定問莫醫生有沒有辦法幫她們弄到船票。既然他主持救濟學生，遣返不也是他的職責？他住在辦公室，醫院病房後面的套房。過道上第一扇敞開的門往裏看，是個大房間，才下午就半明半暗。舒適破舊的大小沙發椅有種住家的氣氛。咪咪．蔡在擺餐具，抬眼瞭了一眼，不在意，回頭忙著自己的事。還是安潔琳．吳從暗處出來。

「嗨，琵琶。」她說，驚怕的樣子。

琵琶荒謬的覺得她是從過去冒出來的鬼魂，來魘魘她。她在這裏工作？

「嗨，安潔琳。莫醫生在嗎？」

安潔琳緊張的轉頭去問咪咪。琵琶知道咪咪，不看也知道她那張肉感的臉上只會有最不起眼的動作，傳達出一個難以察覺的信息。安潔琳惘然繞了房裏半圈方道：

「等一下，琵琶。」

她從另一扇門進去，隨手帶上了門。咪咪特意背對著入侵者，進了餐具室，抑或是衣櫃裏整理架子。琵琶趁這時候四下張望。有底座的餐桌鋪了深綠色桌布，布邊鑲著絨球，桌上擱了一個蛋糕，擺在盤子裏，底下的花邊紙沒拿掉，可見是店裏買的。香港還有這些東西？也難怪大家看著這些人眼紅，這些人也真像一幫土匪。她不想讓人看見自己釘著蛋糕。心裏排練著要對莫醫生說的話，做夢似的舞台恐懼，又讓這塊洛可可式糖衣蛋糕加深了不少。

那個給叫做中老婆的女生進來了，一看到琵琶，凹面鑼似的臉哐的一聲給驚愕敲了一下。琵琶聽見她自言自語：她來做什麼？是什麼空鑽進來的？中老婆環視空蕩的房間找尋啟示，似乎悵然若失，就跟童話裏的中熊回家來說：「誰把我的麥片粥吃了？」也不知是「誰坐了我的椅子？」然後她聽見了餐具室裏有人，趕緊進去了。琵琶不聽見說話聲。不一會她出來了，態度自信，不理睬琵琶，自管整理房間。

琵琶才想要坐，管他失禮不失禮，安潔琳就進來了。

「莫醫生現在有空了，琵琶。」她道，帶著怨苦的神色。

琵琶進了小辦公室。桌上亮著枱燈。

「有什麼事？」莫醫生抬起頭。膚色白淨，國字臉，金絲邊眼鏡，儀表堂堂。坐著看不出身量矮小。

他等著琵琶開口，一聽完立時道：「抱歉，我幫不上忙。」

「請你試試，我們會很感激，只有我們兩個人。」

「抱歉，我不知道怎麼——」他笑了兩聲，又囁嚅著說完：「幫你們弄到船票。」

「我不該來麻煩你，只是救濟工作是幫我們的——」

「能幫我當然幫，可是我無能為力。」

「可是——我們要是能回家，救濟學生會不也有好處，少了幾張嘴吃飯？」

他倒是聽得仔細，像是要掩藏煩惡。沒有下文了，他滿意的再說一遍：

「很抱歉，我無能為力。」

琵琶出去了。安潔琳躲了起來。咪咪與中老婆在房間忙著，背對著她，並未放下防衛。她告訴了比比，比比道：「是我就不去找他。」

「為什麼？」

「就是不找他。」

「他是討厭，可是又沒有另一個主持的人。」

「他又怎麼能幫我們弄到船票？」

「他有關係。日本人認識他，他代表大學，再說他們不是要對學生好嗎？」

「就算他有關係也不會用在這種事情上。」

「我跟他說弄走我們有好處，少幾張嘴吃飯。」

「我們可沒吃他的，是他靠我們吃飯，越多越好。」

「我倒沒想到這一層。」

「你在那兒看見了誰？」

「咪咪．蔡同另一個女孩子，還有安潔琳。」

「安潔琳也在那兒？」

「噯，我不知道她在那裏工作。」

「流言滿天飛，你應該聽過。」

「喔，小老婆說的是她？」

「他們就愛嚼這種舌根。還有什麼『莫醫生的後宮』。」

「後宮裏的安潔琳。」琵琶笑道。「我倒是能想像他怎麼打扮她，她真是個木頭美人。」

「你說她美？」比比詫異道。她從來絕口不說人美醜。

「是啊，根據中國人當代的審美標準。」

「她倒是塊木頭，可是你看她會肯委屈自己跟著莫醫生？」比比氣吼吼的拋下這個問題。

「我不知道，她那麼一本正經的。」

「還有維倫妮嘉。男生真壞，那樣說她。」比比無奈的嗤笑道。

「你看維倫妮嘉跟查理·馮真有那回事嗎？」

「誰知道。」比比沒好氣的說。

前天傍晚她們才在維倫妮嘉房裏聊天。維倫妮嘉同查理背對著牆，依偎著坐著，四條腿收起來擱在床上，維倫妮嘉脫掉了鞋。琵琶想起了小山似的冬衣頂上兩張寧靜年青的臉，只露出一隻穿著襪子的腳，像是通往深山核心的小徑，而他的手握著那隻腳。琵琶當時頗震動，也有點侷促不安，寒冷中感覺到肢體接觸的暖暖的輕顫。誰說話她就直釘著誰的臉看，小心翼翼從這張臉換到那張臉，避開那隻手與那隻腳。

「我就是不相信他們會那麼傻。」比比說。

「誰你也不信。」琵琶說。「將來你丈夫會發現騙你很容易。」

「不見得。」比比說，不覺得好笑。「我要是看見你跟我先生在一張床上，我也會疑心。」

「我倒有個結論，自己有這些事的人疑心人，沒有這些事的人不疑心人。」

「那你自己心裏頭有這些事嗎？」

「沒有。我疑心也是因為從來不慣懷疑人家，而且每次都是我自己弄錯。就算現在你問我，我也覺得末後說不定什麼事也沒有。」

「安潔琳大概也是一樣，她太需要有個人了，年紀大一點的。她哥哥的緣故。他們也接納她，當她是一家人。」

「奇怪的是咪咪．蔡不像吃醋的樣子。」

「她就跟真正舊社會的姨太太一樣，幫他找別的女人。」

「另一個女孩子，也是姨太太？」

「她倒像湯盤跨在兩隻玻璃杯上。」

「我要把這句話寫下來。」

「你什麼都記。」比比快樂的說。

「說不定我還想畫她。」

「你真是來者不拒，跟個痰盂一樣。」

「我的練習簿呢？」

「我剛才怎麼說來著？」

「噯呀，我忘了。你怎麼說的？」

「我哪想得起來？我們是在說什麼？」

「說安潔琳跟維倫妮嘉。」

「噯，我說了什麼來著？一定是很精彩的話。」比比說。

「看吧，不記下來馬上就忘了。」

墨黑的健忘一直等在那裏，等著什麼掉下來，一點聲響也沒有。就差那麼一點就抓著的東西立刻滾落了邊緣。身邊有這麼一個虛無的深淵，隨時捕捉住一生中可能浪費遺失的點點滴滴，委實恐怖。她必得回上海，太遲了只怕後悔。她在這裏雖然努力習畫，還是知道不行。但即使担心感覺也不算壞，她這一生總覺得得做點什麼卻不知道該做什麼，比起來，那種模糊的壓力感更壞。她母親與姑姑說過在中國學畫沒有前途。她並不以為上海會像巴黎。還是要回去，看該做什麼。畫傳統仕女圖，一根一根頭髮細描。什麼都好，只要能開始。也不知道能怎麼開始，不願摸索太久自信裏那塊變硬的微小核心，那核心隱遁在心裏多年，唯恐毀了它。

莫醫生帶日本官員走過校園，是來巡視醫院的。一群四人，包括莫醫生個子都矮，清一色的黑大衣，步履輕捷，挨得很近。她在遠處看了一會，然後硬起頭皮上前去。

「打擾了，可以說幾句話嗎？」她以國語向最近的日本人道。

「什麼事？」他以英語回答，她也改用英語。

「我是上海來的學生。不知道能不能幫我回家，現在很難買船票。」

「哈哈，」他道，態度莊重。「你是上海人。」

他還是喜歡講國語，琵琶也就再以國語說一次。他一停步其他人也停了下來。莫醫生並沒有認出她的表情，一逕擺出笑臉來，但她看得出他費力的想著可能不會說的方言。日本人終於點頭，一手探入大衣，取出一張名片，給了她，微一鞠躬。

「請到辦公室來找我。」

他們走開了。琵琶看著名片，沮喪的發現地址是日軍總部，還以為是使館或外交的分處。

「你要去嗎？」比比問道。

「總要試一試，不然絕買不到票。」

「你要去我不會攔你，要我就不去。」

琵琶默然片刻，衡量著風險。「我覺得不會有事。」她道。「總部是官方的機構，得顧臉面，不像亂軍中撞上日本兵。」

「問題是不幸撞上了日本兵，發生了什麼都不會有人怪你。這可兩樣。別人會說話。」

她沒去，留著名片。

俗話說歸心似箭，流矢一樣直溜溜往前飛，決不左顧右盼。上海就是她的家，因為她沒有家。對那些無依無靠的人，祖國的意義更深重。

白天在醫院沒有意義。黎明即起，接替夜班，頭昏眼花跟著比比給每一張病床的病人量體溫，比比量，她記錄。回到護士的房間在枱燈下伏案做畫表，之字形線條與曲線，與算術課的雞蛋價格一樣的純屬假設性。

醫生來巡房。這些天總不見莫醫生，他交給了從瑪麗皇后醫院來的年青醫生。她們推著工具車跟著他。另一個女孩，高年級的醫科學生，傳遞器材。雜工從沒有一次挑對時間，偏偏在醫生巡房時送早餐。兩雙筷子、兩碗飯澆上黃豆牛肉醬擱在病床間的小櫃上。病人決不肯耽誤了吃飯，不想讓飯涼了。有個病人把碗舉到嘴邊，動著筷子，一頭讓醫生換他臂上的繃帶。比比同另一個女孩擠過去看。琵琶沒有她們的臨床興趣，也擠上去。那人轉過來轉過去，微笑看著自己的傷勢，得意而又溫柔，彷彿看著自己的孩子。晨光觸著他背後漆著緋紅油漆的多節疤的柱子，也觸著他剪短的頭髮下堅強的長臉。而他忙著把飯扒進嘴裏，聖母似的笑臉始終不變。飯煮得過硬，挜得像小山一樣高，摻著稗子與嗑牙的沙石，扎實的安慰吞下肚，混和了紅溴汞擦在新生的鮮肉上的灼痛，裸裎的背與肩膀上頂著的清晨寒冷，鬆脫的繃帶像蛾拍打著翅膀，他看著傷口的憐愛目光，在在使她五味雜陳，喉頭像硬塊堵住了。

從四月開始，護士除了食宿之外還給付了大米與煉乳。

「可以拿去賣，你知道。」比比說。

「好啊，我們需要錢。」

「我去打聽到哪裏賣。」

「你看，」琵琶遲疑的說：「有沒有辦法攢夠錢買黑市的船票？」

「我不買黑市的船票，瘋了。」

「其實我也一樣。」

「到底要多少錢？」

「不知道。」

「在這裏做上十年也賺不到。」

她們兩人一月的薪水是一袋十斤白米與一大盒煉乳。比比打聽之後回來說：

「總共二十五塊錢，我們得自己送去。」

「送到哪？」

「灣仔。」

「那不是很遠？」

「大概吧，沒去過。」

「我們得自己送？」

「抱得動嗎？試試看。」

「行，抱得動。」

「我們可以跑兩趟，輪流抱。——噯，要賣嗎？」

「要。」

第二天兩人一道出門。琵琶抱著米袋，拿舊外套包住。

「聽人家說什麼戰爭小孩，這樣子可真像是把嬰兒走私出去。」比比說。

走到半路上的路障，琵琶想起挑著蔬菜到城裏販賣的老農夫挨打的事。這可是黑市米。萬一盤問，就說是送去給朋友，兩人得先套好，免得出紕漏。她看見哨兵釘著她的包袱。她們鞠躬通過了。哨兵也沒叫她們回去。

「我來抱吧。」

「沒關係。我累了會說。」

比比提供了頭腦與關係，她想要公平，而不僅是付出勞力。米袋剛抱覺得重，也不至於支撐不了。甩在肩上扛著更好。換個姿勢都是至福。可是調整姿勢很難，每次琵琶調整，比比至多口頭上說接手。興許琵琶放下米袋，比比絕對會抱起來。她摟著米，腰往後挺，腳步踉蹌，街道模糊了。她的臉往下拉搭，腳也沒感覺。

「我們迷路了。」比比緊張的輕笑道。「可別走錯了地方。」

「千萬不要，再抱回去就糟了。」

農人就是這麼逐漸的安分守己的嗎？做最粗重的活，仍感覺卑微，負債累累？末後她還是得讓比比抱著走幾條街，幸喜是最後一段路了。

店鋪很小，漆黑的內部空洞洞的，現在的店都一樣，很難說賣什麼，這地方倒散發出穀子的氣味。有個人拿秤桿秤過米，打開袋子看了一眼，付了比比十塊錢，立刻便把她們趕出店去，怕有人發現了他們的交易。

灣仔這地方是貧民區，提到時總少不了意有所指的嗤笑。琵琶向周圍張張望望，太累了，也沒留意到底是什麼樣子。兩條胳膊軟軟的垂著，像在失重狀態中飄浮，有隻小動物在小口小口的啜著似的不舒服。快到城裏她倒也復原了。她們就像礦工從礦坑裏出來，呼吸了新鮮空氣。兩人閒步到拱廊下的時髦商店，冷冷清清的。沒什麼可看，兩件便宜洋裝陳列在灰濛濛又沒燈光的櫥窗裏，她們兩個還是看了許久。要賣給誰？日本兵的女人？這一向也只有她們會買洋裝。特為依照日本風格做的俗氣洋裝？也不知是存貨裏的俗氣剩貨？

店裏的女人見她們兩個貪心的瞪著看，便走到門口，用廣東話說：

「買什麼？」

「隨便看看。」比比說。

「進來嘛，裏面還有。」

「不用了。」

她上下端相她們。最近女孩子都儘量深居簡出，除非是賺日本兵錢的，輕易不會到城裏。

「進來嘛。你們這樣的年青女孩應該穿漂亮衣服，哪能穿這個。」她兩根指頭捏起琵琶肩上的衣服。

琵琶只是笑。

「她喜歡中國旗袍。」比比說。

「她穿洋裝會很漂亮。」

「大概吧，這些可不行。」

兩人走了。

「哪有這麼做生意的。」比比說。

「上海就不這樣。」

她忽有所悟，香港人在各方面都粗魯得多。同許多華僑一樣他們也是沿岸的南方人，比其他地方的中國人要誠實，卻更不討人喜歡。香港人被迫臣服於英國人，他們也將被迫的神氣擺在表面上。現在只是再適應一個新的主人。上海人就講究手腕多了，也不那麼討厭。上海是比較古老的民族，也是比較古老的邪惡。

「要不要去逛小攤子？」比比說。

「好。」

「反正都出來了。」

中環街市外的小巷裏是個集市。買東西的人在一個個小攤子上穿梭，盒子堆得很高，各種衣料齊全。巷子是往下的斜坡，陡然落到海裏，裂出一道深藍的縫隙。丁字型的藍海橫陳在城市上方，與湛藍的天空接成一線。綾羅綢緞襯得更鮮艷，人群更大更快樂。

「怎麼這麼多人？」琵琶道。

「店裏卻沒生意。」

「大家一定都在省儉。」

「這裏是便宜，不小心也會吃虧上當。」

比比停下來看一塊鈷藍絲料，像是渲染的。「給你做衣裳一定好看。」

「顏色很漂亮。」

「不知道掉不掉色。甩唔甩色啊？」她問攤販。

「唔甩色。」他頭一歪，草草的說。

比比還是疑心，在手裏團縐了。琵琶也摸了摸，也覺得像是渲染的。

「黏手。」

「應該沒關係。我也不曉得。」比比說。
「要是能有杯水就好了。」
「他們才不會給你。」
「買不買啊，大姑？」攤販問道。
「我怕掉色。」比比撒嬌抱怨的口吻，膩聲拖得老長。
「唔甩色。」他說。
「不知道。」她同琵琶說。
她又前前後後看了看，末了沾唾沫抹在布上，猛揉了一陣。琵琶像給針戳了一下，偷偷看了攤販一眼，他倒沒作聲。比比檢查手指，他臉上也毫無表情。
「應該是可以。」她說。
琵琶買的布夠做一件洋裝。到另一個攤子兩人看中了同樣的花色，玫瑰紅地子上，密點渲染出淡粉紅花朵小綠葉。
「好漂亮。」比比說。
「我沒見過這種布。」
「看，還有一種。」
同樣的花色，只是紫地子。另一疋是綠地子。琵琶繞了攤子一圈，找到了黑底的。全都是密密的畫上花草。是誰做的？為誰做的？聽說鄉下人不再製作中國人自己瞧不起的土布。琵琶原以為只有藍白兩色。會不會是日本人學了去，仿作的？密點圖案可能會褪色，料子卻很厚，穿上一輩子也穿不破，夏天穿又太熱。這塊布有點樸拙，不像是日本貨。

「掉色不掉色？」

「不掉。看背面。」比比說。

「我喜歡紫色的。」

「綠的也好看。」

「噯，我也喜歡綠的。」

「我們看的第一塊呢？」

「粉紅的。我還是最喜歡那個。」

「黑的也很耐看。」

「我不能每樣都買。」

「每個的花色都不一樣。」

「我在想這跟隨身帶著畫走最接近了。」

「你需要顏色。」

「你不要？」

「你比較合適。」

「真後悔買了那塊藍布。」

挑揀了半天取決不下，好容易割捨了黑底的，其他全買了。

「我就說我們瘋了。」比比說。

第二天又回來買黑色的。第一次買東西的喜悅鑽進了琵琶的腦子裏，像是從沒有過東西。在家裏樣樣都是買來給她，要不就是家裏有了。那樣子就像是男人家裏幫他討了媳婦，他倒也是歡喜，可是跟自己討的就是兩樣。可是從她母親那裏得到的東西卻使她鬱鬱不樂，如有重担。離開上海前夕，是她母親給她理行李，告訴她什麼東西擱在哪，說了一遍又一遍。等琵琶最後一次在家洗澡，她自己往臉上擦乳液，又再三說：

「都在這了。掉了什麼，就再沒有了。」

琵琶躺在溫熱的水裏，迷濛的漂浮在自己眼前。她很願意隻身走了，不要那冷冷無歡的嫁妝。她想出來，可是站在墊子上擦乾身體，手肘可能會戳到她母親。耳朵裏已經聽見忿忿的小小喊聲。

「滿意了吧？」比比問道，看著黑布包好，交到琵琶手裏。

「滿意了。」

「除非等衣服全做好，不然你沒有安寧的日子了。」

「我要等回上海了再做。」

「你需要衣服。」

「在這裏不需要。我們出門都得換上最舊的衣服。」

在小攤間穿梭，竟看見了陳蓮葉。跟她在一起的男人一定是童先生。單看見他是認不出來的。她們招呼了一聲。

「嗳。」蓮葉還是梳著兩條黃沙莽莽的辮子，蒼黃的臉上掠過一絲詭秘的笑容。

「你好嗎？」比比說。

「很好，你們呢？」

蓮葉向來穿的藍布外套被她的肚子一分為二。琵琶只覺得要詫笑，強忍了下來，竭力把眼睛釘在蓮葉的臉上，連比比說話也不敢看，唯恐迎上比比的目光會煞不住要笑出聲來。可是她的肚子既大又長，像昆蟲的腹部，儘管不看它，那藍色也浸潤到眼底，直往上泛。

「去過宿舍嗎？」比比說。

「去了，拿我的東西。你的東西拿回來了？」

「噯，幸好沒丟。」

童先生靠後站著，沒開口，一半留神她們談話，一半注意四周。蓮葉並沒同她們介紹，在中國的禮節也屬尋常。說了兩句就點頭作別，比比與琵琶朝相反方向走了。比比鼓起腮幫子像含著一口水似的。到了街尾，方激動的說：

「你看見了？」

「怎麼能不看見。」

「我們才說什麼戰爭小孩呢。」

「他們不知道是不是還跟他的父母住在一塊？」

「我問都不敢問。」

「他的父母說不定很高興呢，尤其是快抱孫子了。」

「他們不會反對？」

「要反對也是蓮葉家裏反對。」
「她不成了他的小妾？」
「現在不叫妾了。」
他們倆就像一般的夫妻，比比與琵琶就一點也不疑心兩人的結合只是權宜之計。眼前不再有長長的肚子從外套上往外探，兩人也能為飽經苦難的愛情表示同情了。
「他反正不能離婚。」比比說。「他太太在哪？」
「山西。」
「音訊斷絕了。」
「他們怎麼沒到重慶去，到那就是抗戰夫人了。」
「肚子這麼大，走不了。」
「說不定還為了錢，安置老人家也是個問題。」
「就算要走也不會告訴我們。」
兩人經過了戲院。一群人往裏流動。
「看過粵劇沒有？」比比問道。
「沒看過。」
「噯，我以前天天晚上去看戲，我的廣東阿媽帶我去的。」
「好看麼？」
「我喜歡看。要不要看？」

「都可以。」

「那就進去吧。」

「好。」

「我們兩個花錢就跟喝醉了的水兵一樣。」

「那錢還夠不夠買船票？」

「反正買不到。」

「有一天買得到了，我們卻沒錢，這玩笑就太殘忍了。」

「我們的錢夠。」比比喃喃說，神色高深莫測。

粵劇並不精彩。與京劇相比粗糙浮華了，琵琶沒看懂，也聽不懂其中的笑話。可是她仍極享受，盡情擁飲劇院裏的各種嘈雜，觀眾嗑瓜子，咳嗽，吐痰，舒舒服服的回到正常的時光與古老的地點。這是她頭一次以觀光客的外人眼光來看中國，從比比那學的，她一輩子都是以外國人的身份住在中國。也是頭一次她愛自己的國家，超然物外，只有純然的喜悅。

二十

比比與琵琶到戶外把晾在籬笆上的乾淨繃帶收進來。兩人值夜班，現在天色仍亮。白晝長了，氣候也暖了。木槿花叢下蟲聲唧唧，大朵紅花漫不經心的圍住了她們。四號病人靠著磚牆，吃光一個罐頭，女孩子沿著籬笆收繃帶，他連頭也不抬。一見是個男孩子走過，馬上慢吞吞跟在後面，跟到樓房的另一邊。病人裏只有四號還能走動。他的個子高，微有些傴僂，白色粗布病院制服，短袖，在手肘上往外凸。還有幾個人跟他一樣，高瘦，短髮，五官端正，比較認得他是因為他常在附近。琵琶見過他幫其他病人拿水，幫這張床的人揹東西到那張床。高聳著肩膀的烟鬼頹廢像在他倒顯得傲慢，因為他的身量。睡衣與拖鞋讓他看起來有氣無力，不過也許只是廣東人的通病。

他似乎是部署在醫院裏。舊病房套房的前門就在轉角，現在是莫醫生住著。她聽見他們說話，幾句就沒了。說不定是上了台階進屋去了。

突然男孩子的聲音響了起來：

「冇！冇！冇呀！」

沒有？

「冇！」廣東人吼叫化子的聲口。又說了幾句，後來一想像說的是「五塊錢也沒有，」也不知是「一塊錢也沒有。」只聽見空罐頭摜在地上的聲音，滾在瀝青路上，終於歇住了，夏日黃昏異樣的黃光，標籤上的黃色鳳梨片也異樣的清晰鮮亮。她看著比比，笑了起來。

「他瘋了。」比比說。「就是他偷的剪刀。趁醫生忙著隔壁床，從車上摸走了。」

「鳳梨不是偷的吧，不然也不會在這吃？」

「寶拉在城裏看見他買叉燒。他每天都上城去幫別的病人買東西。穿那件病院制服，一里外都看得見。」

「病人還買叉燒！」

「我不懂的是怎麼不讓他出院。」

「他們都是莫醫生的飯票，你自己說的。」

「寶拉說要留神護士房裏的東西，彎盆，搪磁缸，我們自己的東西。別把毛衣亂擱。」

她們進了病房，四號也剛拖著腳從最靠近他的病床的法式落地窗穿過，舒服的躺下來，一隻腿架著另一隻腿。天氣暖了，法式落地窗整天開著。燈火管制，玻璃漆成深藍色。有人拿指甲刮出圖案，白色的線條，小小的人伸長棍子一樣的胳膊腿。琵琶想襯著墨黑的夜，盈耳的熱帶夏日聲響，敞開的藍色玻璃窗上的人真像惡鬼。像從前下咒用的紙人。誰畫的？早就有了只是她一向沒注意？病人躺在床上夠不著落地窗，難道又是四號？

天氣熱，壞疽的氣味更濃，布帘一樣掛在床邊。他的左右鄰床默默受苦，他們也不是來這裏享福的，也不急著回家。現在一天能吃上兩頓飯並不容易。午夜時分琵琶去熱牛奶，雜工把法式落地窗都關上了。病房像大統艙。骯髒的軍毯的味道格外的反胃，彌漫了整個病房。冬天的味道冷冽冽的，凝結成一團，不是到處彌漫。走過長蝕爛症的病人，她總是憋住氣。蠟黃的臉歪在枕頭上，濃密的黑眉毛往下吊，像個小丑，眼睛半閉著，嘴巴略敞，做夢似的笑。他老叫個不停，彷彿在甜蜜的喟然喚著某個女人，既是母親又是情人，卻鐵石心腸，總也不來：

「姑娘啊！姑娘啊！」

他喊他的，沒人再留意了。反正他什麼也不要。

琵琶才進廚房就看見有人，是個印度人。她猜就是比比提過的杜達，同維倫妮嘉與查理在同一個傷兵站的。他拿自己的炒鍋在煎薄餅，從大汽油罐裏舀了點表面有顆粒的油出來，抹在鍋裏，汽油罐的漏斗還在。

她拿了銅鍋，刷洗過再倒牛奶。不明白牛奶怎麼會這麼久才熱。火已經開得最大了。她釘著火看，竟還是看清了杜達的長相，真漂亮，側影挺拔，髮線低，眼眉睫毛濃而密，烟熏的膚色襯得一雙綠眼非常淡。他是大人，不再是男孩子。她因為比比習慣了印度人，可是比比在中國長大又在英國學校念書，並不是典型的印度人。放學後回宿舍她總經過印度人的營房。透過鐵絲網籬笆能看見洗好的衣服掛在棕色營房窗上晾乾，有時看見一個印度兵在床上打盹，雙手枕在頭下。擴音器揚起電台的印度音樂。整個山坡杜鵑花不是盛開怒放就是簌簌落個不停，像濛濛的紅雨，而異樣的一扭一扭的音樂震響了空蕩的山巒。可是最讓她困惑的也同日本人一樣。印度人與日本人都沉迷過去。中國人方自漫長的夢中清醒，覺得悵然若失，口乾舌燥，印度人似乎仍深陷在某個漫無邊際的惡夢的苦痛裏，手腳抽搐，在睡夢中奔逃。

她把兩眼釘著藍色蓮花似的煤氣火焰上的黃銅鍋，等著第一批泡沫在牛奶的白邊上出現。等得太久，旁邊又是陌生人，越發的難堪。她一眼也不看他，只偷眼看他怎麼拋甩薄餅，而他竟笑了，嘲弄的張開雙臂走過來，使她既震驚又氣憤。她往後退，閃身躲避，淡淡笑著，以免顯得傻氣。他還是逼近。她後退，側跨一步，無奈跳起了笨拙的舞蹈，感覺像受困的呆子，就像走路的時候閃到一邊去讓人，對方也閃向一邊，兩人都移到同一邊，還是擋住了去路。

「我不是要吻你。」他說，彷彿就沒關係了。

他的外形更偏向西方的亞洲人，笑起來像不懷好意。在她腮頰上抹了一把。琵琶躲開，卻聽見牛奶沸滾，只得再回來。被他捉住了。

「其實你很漂亮。」

他的意思是久看了才覺得她漂亮，可是她太忙著掙脫，不及細想。他的胳膊就像鐵環箍住了她，呢外套飄出微微的黴味，想不出是什麼氣味，最像的是比比的睡袋味，因為他們同是印度人。他俯下頭，拿鼻子磨蹭她的臉頰。用力一推，她掙脫了，側身往爐上靠。他趕忙攫住她一隻手，怕她跌在火上，而她抓起黃銅鍋，把手燙得慌。他向後退，提防她把一鍋熱牛奶潑他身上，但她只是拿起滴答的鍋子，快步出去了。

經過一長列的病床帶起一陣騷動，燒糊的牛奶的烘烤味連死人都叫得醒。她厚起臉皮堅定的向前走，繞過白色布帘，進了小辦公室。比比坐在燈下看書。琵琶覺得彷彿去了一個鐘頭。她將牛奶倒出來，只夠一杯。

「我喝過了。」

「我明天也就喝冷的。」

「對，冷的味道比較好。」

「天氣也跟夏天差不多了。」

琵琶帶著書坐下，讓雷一樣響的快樂籠罩住頭腦。心漲得要爆裂了，像捧著一杯甜滋滋的飲料，拿著根湯匙徐徐攪動，越攪越稠。在他是不值一提的小事。明眼人一看便知，即使她不記得比比說過的話，印度男孩子都回家娶家裏給選的女孩子。她覺得真正的愛是沒有出路的，不會有婚姻，不會有一生一世的扶持，一無所求，甚至不求陪伴。此時此刻，她暫時與人生疏離，兩個人都暫時活在自己的體系之外。她從不認為活在哪個體系下。其實就連這裏這些情況下，體系仍在。多半的女孩子迴避男孩子，男孩子也不來打擾。這時代的中國人什麼也不信，只信新婚之夜新娘必須是完璧。繞著這個信條的慣例仍舊屹立不搖。

外頭有腳步聲。有個人繞過了布帘。是杜達。琵琶自顧低頭看書，卻感覺到他的目光。

「嗨。」比比道。

「嗨。」他把汽油罐擱在桌上。

比比站起來。「什麼東西？」

「我還剩了點油。」

「你要拿它做什麼？」

「也許可以給你們用。」

「汽油？」

「不是，是椰子油。」

「喔。我還納罕你到哪弄汽油呢。你怎麼不留著自己用？」

「這是剩的，還有一點麵粉。」
「咦，」比比笑道，「你自己不留著？」
「我沒有用。」他伸手去拉她的脖鍊。「這是什麼？玉？」
「不不，不是玉，我不知道，什麼石頭吧。」她的回答只是忸怩的抗聲，彷彿粗割的綠珠子是她的辮子，被他揪在手裏。一隻手懸在空中，保護喉嚨似的，卻帶笑把頭往後躲，半閉著眼睛。
「什麼東西？不會是化學的吧？」他好奇的說，仍俯身看著在把玩的珠子。
「不，不，是半寶石，我也不知道究竟是什麼。」
「看著倒像玉。」
「不，不是玉。我不知道是什麼，石英之類的吧。」她的聲音沙啞悲哀。所有障礙已隨著斷壁頹垣傾圮，她卻還得力阻他。
他鬆手，珠子叮叮輕響，然後走了出去，轉頭揮了揮手，卻不看琵琶。
「這些東西要怎麼辦？」比比說。
「不知道。你會弄？」
「我們可以做餅乾。去問莉拉有沒有錫箔紙還是烤盤。」
「還是你自己去吧，免得拿錯了。」
「她知道。喔，順便問她要糖。」
「不犯著今天晚上就做，太晚了。」

「晚上最好，人少。」

比比總是要她跑腿。黑漆漆的她不想出去，好像杜達還等在外頭。可是他怎麼能知道她會在這個時候出去？況且他還在生她的氣。

她關上了前門，打開手電筒照台階。心裏一慌，發現不是只有她一個人。手電筒打開隨又關上。她依稀看出有人進進出出，一輛黑黝黝的卡車停在側門口。準是日本軍車，只有軍隊弄得到汽油，卻又覺得送進耳朵的隻字片語說的是英語。等她和莉拉一塊回來，軍車仍在。

「他們在做什麼？」她把心裏的納罕說了出來。

莉拉一扯她一隻胳膊，低聲道：「把燈關掉。」

兩人摸黑上了前門台階。原來是日本人。半夜三更來幹嘛？搬什麼上卡車？腦中掠過了大屠殺，搬運屍體。時明時滅的手電筒給移動的陰影擋住了。偶爾有人打鼻孔裏哼一聲還是輕喊一聲，提點挑夫方向。她還是覺得是海峽殖民地的英語口音。難不成還有學生幫忙？

到了廚房裏她方問道：「這麼晚了他們來做什麼？」

「別說話，我們不應該知道。」莉拉囁嚅著和麵。

「怎麼？他們到底是在做什麼？」

莉拉且自先張望了四下一遍。「是那些男生。把東西弄出去賣。」

「什麼東西？」

「米呀，罐頭，有什麼賣什麼。」

「莫醫生知道？」

「不然卡車是哪弄來的？」

琵琶默然了一會，又好氣又好笑。「我都不知道。」

「可別說出去，跟我們不相干。」

「說得是。反正是日軍的東西。」

「其實已經有一段時間了。」

「一定有很多人知道。」

「不知道。也許吧，沒聽見有人說什麼。」

莉拉彎腰點燃烤爐，辮子垂在豐滿的胸部邊。躍出的火焰將她希羅彫像的臉照得紅艷艷的。她也是印度人，琵琶卻一點也不覺得她神秘，可能她是基督徒的緣故。主要是因為她是女孩子。她是馬來亞來的，琵琶相信她說過是哪裏，不願再問一次。杜達也是馬來人？這兩人都說海峽殖民地英語，可是琵琶相信印度人也是同樣的語音。說不定馬來亞的英語是從印度那裏傳過來的。

莉拉關上烤爐，兩人安頓下來等。

「不知道會烤出什麼來。」莉拉謙虛的說著。「以前沒做過。」

「你用過椰子油？」

「沒有，沒用過。」

「我還以為是燉湯用的。」

「說不定不能吃。」

「不要緊。倒是你辛苦了。」

「談不上辛苦，我就怕烤出來不知道成了什麼。比比呢？她不來？」

「她說一會就過來。」

「可惜她不在，說不定她知道怎麼做。」

兩個馬來男孩子進來把剩飯炒了，明天帶去上班。站在爐前的一身西裝，無動於衷的做炒飯。另一個戴著玳瑁框眼鏡，拿著飯盒等著。烤爐漸漸飄散出香氣，他們一點好奇的樣子也沒有。男孩子已過了男女同宿舍的興奮期，新鮮感逐漸沒了，該發生的都發生了，就跟查理與維倫妮嘉一樣。其他人分成了幾個小團體，不與別人來往。身無長物，沒有女朋友，也不能靠走私撈錢。卡車轟隆隆開走，寂靜的廚房聽得分外清楚。戴眼鏡的男生以福建話咕噥了兩句，另一個笑得像菩薩，使力將飯壓平，翻鍋，一派專家的架式。琵琶覺得他們知道是怎麼回事。烤餅乾的氣味香濃，彌漫了整個小廚房，像無線電唱得很大聲。仍是沒有人作聲。莉拉抱臂靠著水槽，誰也不看。半夜三點在廚房裏，旁邊的人隱然懷著敵意，琵琶只覺異樣，像是夢裏。

莉拉等到男生走了方檢查烤爐。

「什麼時候放進去的？真該帶著鐘。」

「要不要我去辦公室拿？」

「算了。比比什麼時候過來？」

「她可能覺得應該有人在外頭看著。」

「真希望她在，我以前沒做過。」

她剛取出餅乾，比比也進來了。

「你跑哪去了？」莉拉道。「一塊也不留給你。」

「十一號死了。」比比道。

「誰？生蝕爛症的？」莉拉道。

「是他。」

「他不總是老樣子麼！叫個不停。」

「是啊，剛剛死的。」

「要不要去幫忙？」莉拉低聲道。

「不用，都完了。」比比冷然囁嚅道。

琵琶想不出能說什麼。比比一定忙著照料。

「一定有什麼是我們能做的吧？」莉拉道。

「都完了，他們都收拾走了。」

莉拉看著她，眼神焦慮。「床單呢？」她低聲道。

「都拿走了。」

有一會誰也不作聲。公雞啼了。琵琶感覺一陣空洞的疼痛，彷彿哪裏沒塞住，風吹了過去。悵然之外還是有解脫感，慶幸都完了，而她正好錯過。

「喔，你烤了餅乾。」比比道。

「小心，還燙著。」莉拉道。

「好吃。」比比大聲咀嚼著。

「味道真好。」琵琶囁嚅道。

餅乾又熱又脆，雖然帶點肥皂味。廚房裏不看見晨曦，但聽得見公雞在報曉。

二十一

琵琶又去找張氏夫婦問船票的事。趟趟白跑，卻又別無他途。揿了鈴，沒有人應門。她走了老遠的路，不想就這麼回去，便坐在台階上等，一等等到天都黑了。好容易他們的廣東阿媽回來了，讓她進去。

「先生太太不在這，搬到香港飯店了。」

香港飯店——戰前還叫做淺水灣飯店。這時搬是為什麼？香港飯店不是給日軍徵用了？她見過日本人進進出出，還有哨兵。

「為什麼？你知道嗎？」她問道。

「是日本人。」阿媽低聲道：「有日本人來，說先生到香港飯店比較安全。太太是這麼告訴我的，要我留下來看家。」

「日本人同他們一塊走的？」

「是啊，坐他們的汽車走的。」

一見琵琶驚呆了的表情，又道：「日本人很客氣。太太要我別担心，說沒事。誰知道啊，我們下人是不知道的。」

即使她想打聽先生的下落，告訴琵琶日本人為什麼要找他，她也很快便放棄了，琵琶的廣東話說得實在糟。

琵琶洩了氣的回去了。日本人似乎要他做傀儡。押到香港飯店，那應該是奉為上賓，可是現在還在不在？會不會出事？雖然在外交界國際知名，可是都四十年前的事了，人又上了年紀，總不會還殺吧？日本人的事難講。

直到現在她才明白一直把張氏夫婦當作最後的倚靠。別的方法要是行不通，她可能會請夫婦倆帶她與比比一塊走廣東那條線。她知道親戚不可靠，不像朋友，珊瑚姑姑總這麼說。但也有俗話說患難見真情。這下子他們走了，她和家的最後牽繫也斷了。

她總想到杜達。有天排隊打飯遇見，他一直迴避著不看她，好兩次她看見他坐在食堂的斜對過看著她。不可思議的是她在人叢裏能立刻找出他來。事情過了，並沒有什麼，她始終知道，證明她對了，也總覺受了侮辱似的。害怕他會過來，又怕不過來，結果變得怕他。她真希望自己不在這裏。

也奇怪，黑魆魆的走這段斜坡路她覺得好些了，篤定些了。有這效果是因為有次在這裏看見一條蛇：她下了課走回來，冷不防看著一隻小蛇的臉，在路旁及踝高的草叢裏昂起了頭。她瞪了半天確認。是不是大叫了聲她自己也不聽見。轉身一跑，恐怖像氣球飄在她肩膀上方，在後方擴展，佔據了所有空間，快得她退不出來。老媽子總告訴她看見狗千萬別跑，一跑它就追。更壞的是還往後看。走夜路的人可決不能往後看，看一眼就會嚇死。童年的恐怖都躡著她的腳後跟，跟著她得得的踩著台階，三兩步一跳，輕盈得像在夢中。

那以後她就避走這條小路，今晚卻又不得不走，好容易才不再戰戰兢兢的察看有沒有蛇。一旦寧定了，倒喜歡起山上的景色了。打仗以後她倒歷練出來了，在燈火管制中上山也不會胡思亂想。走石階跟走自家後院一樣駕輕就熟，幾乎不犯著打開手電筒。晚上這條路上還沒遇見過人。山是你一個人的，你也理所當然，山變得非常渺小，非常能鼓舞人心。她正要走完畢直的石階，心頭有微微的愉快，覺得石階一次比一次短。忽然腳纏著什麼，立時就有東西順著腿爬了上來。她兩腳亂踢，退了一階，頭一波的震驚撲滅了所有的知覺，自己也不知是出了什麼事。

打開手電筒像是費了很久的時間。地上有一堆白的東西，也不知是衣服是包袱布。腿上的酥癢的地方越來越多。她撩高旗袍，看見了螞蟻，嚇得亂拍，全身都起雞皮疙瘩。到底是什麼東西？她小心翼翼掀起地上的布。是件上衣，掉出幾塊叉燒。包叉燒的油膩膩的紙也在裏頭，黑抹抹的，爬滿了香港的大螞蟻。上衣上有醫院的藍戳章。她立刻想到四號。人呢？

她拿著手電筒四下照。地上仍可見小塊的紅色叉燒。不知怎麼，她覺得杜鵑與木槿花叢後，松樹與柏樹林間，起伏的草坪後的教授的荒廢房舍窗戶，山肩高處的廢棄印度兵營，窸窸窣窣的黑暗裏，每個地方都躲著人，監視著她。她緊張的關掉手電筒，隨後又打開來，免得踩了上衣，又招得螞蟻爬上來，快步走開去。

她畢直回醫院，看四號是否平安在床上。值班的是維倫妮嘉。

「沒有，還沒回來。」她道：「他的胆子越來越大了。」

「我回來路上看見很奇怪的東西。小路地上有件病院制服，還有一包叉燒，掉得滿地都是。」

「倒像是他幹的。」維倫妮嘉道。

「他可能出事了。」

「喝醉了？」她喃喃道。

「可是沒看見人。」

「會不會倒在草叢裏？」

「那裏沒人，我也沒到處找，我嚇壞了。你看會不會是有人搶了他，還是殺了他？」

「他又沒錢。」

「說不定有人跟他不和。」

「說得也是，」另一個值班的女孩道：「他如果是黑衫，說不定別的黑衫想殺他。」

「聽說病人裏頭什麼樣的人都有。」維倫妮嘉道。

「他們在他枕頭底下找到剪刀跟手術刀，還不把他趕出去，我就在納罕他是不是黑衫，不然幹嘛怕他？」另一個女孩道。

「你們看要不要告訴別人，萬一出了什麼事？」

維倫妮嘉同另一個女孩面面相覷。「你看見咪咪沒有？」

「沒有。一個也不在。」

「要不要告訴莫醫生？」維倫妮嘉問琵琶道。

「總該跟他說一聲吧？」

「要去你去，我可不去。」維倫妮嘉斜睨了她一眼。

琵琶笑笑。這個時候闖進後宮？給貼上找麻煩的標籤也不好。「還是等一等，看四號回來不回來吧。」

「他隨時都可能會回來。」另一個女孩道。

早上琵琶同比比推著醫療器材車跟著醫生巡房。四號不在床上。

「逃走了嗎？」傳遞器材的高年級女生問道。

「回家看老婆了。」隔壁病床道。病人都哈哈大笑。

「討厭耶。」高年級女生嗤笑著掉過了臉去。

「琵琶昨晚在小路上看到他的衣服跟叉燒。」比比道。

「叉燒掉得到處都是。」琵琶道。

「看樣子他倒真像回來過。」比比道。

病人不懂她們用英語說些什麼。醫生與高年級女生都面露疑惑，哼了一聲不置可否。

琵琶把車子推出去到草坪上，拿酒精燈煮器材。沐著清晨陽光，微風吹動著無色的火焰，心情也愉快。

比比出來告訴她：「我們得清點器材，他們在查是不是少了什麼。」

「怎麼了？」

「他們說四號可能偷了什麼。」

「他沒逃走，我剛才不是說了。」

「知道，知道。」比比覺得無味的聲口，拿鑷子攪動鍋裏的器具。

「還要兩分鐘。」

推車上的鐘響了，比比將器具取出來，插進罐子裏。琵琶將熱水倒進了下水道。莫醫生的同鄉T.F.賴走過。

「什麼也沒少。」比比朝他喊道。

「確定嗎？」他也喊回來。

「喂，T.F.，昨天晚上琵琶在到醫院的路上看見了一件病院制服。」

「什麼？」他沒聽懂，朝她們這裏過來了。

「昨天晚上我回家的時候看見了路上掉了件制服。」

「還有四號老買的叉燒。」比比道。

T.F.俯首瞪著琵琶，眉頭緊鎖，斜飛入鬢，眯細的眼睛也往上斜。高大強健的體格使他憤怒的神情更驚人，臉上一條條的紅紋一樣向上斜飛。

「怎麼回事？什麼制服？」

他聽完了故事。只發出不置可否的哼聲，走開了。

「他的表情真奇怪。」稍後琵琶道。

「他的長相就是那樣。」比比道。

這也是實情，琵琶想，分發黃豆拌飯給排隊吃飯的人也是橫眉豎目的。怪他們把他能偷運出去賣的東西給吃了。

「你在想什麼？」比比問道。「他們殺了四號？不犯著殺他吧？」

「說不定他知道他們走私的事。」

「噯、噯，琵琶！」比比哀聲道。「大家都知道，根本就不是什麼秘密。」
「說不定只有他想勒索他們。前天我們不是聽見他跟那個男生要錢，不會是第一次要錢。」
「我沒聽到什麼要錢的事。」
「那個男生一直說沒有了。」
「我只知道他發脾氣，把罐子摔在地上。」
「一定是他威脅他們。」
「拿什麼威脅？他能怎麼樣？」
「偷日本的軍用物資可以槍斃。」
一剎那間，比比的眼中閃動著興奮的光芒。隨又頭一低，像可愛的小動物，不高興的說：「不知道。」一提起罪惡、罪行、戰爭、政治等等她不喜歡的話題，她總是動怒。她開始理推車，頭埋進下層架，琵琶想起開戰那天她埋首吃麥片粥的模樣。
下午琵琶值班的時候溜到小徑去，到她看見上衣的交叉口下方。衣服不見了，也不見叉燒，不見包裝紙，不見螞蟻，什麼也不看見。她環顧教授們寂靜的小屋。杜鵑花無聲墜落，積在木槿花叢下已有幾寸深，仍簌簌落個不停。
晚上她留神聽卡車幾時來。卡車並不晚晚來。來了後她惴惴然聽著引擎的每一個聲響。
有天傍晚比比同她一起去接維倫妮嘉的班。
「四號的太太今天來了。」維倫妮嘉告訴她們。

「她來做什麼?」比比問道。
「來看他。」
「他沒回去?」琵琶詫呼道。
「她是這麼說的。她跟每個病人都問過了,後來T.F.把她轟出去了,跟她說要她的先生把偷的東西都還回來。」
「什麼東西?我們都清點過了啊。」
琵琶掉過臉去看比比,她像是又生氣了默然不語,忙著把書和瓶子排整齊,挪出桌上的空間。
「他說是什麼呢?」維倫妮嘉問另一個女孩子。「剪刀和手術刀。」
「那是上一次。」另一個女孩道。
「大約是從那次之後,不管丟了什麼都怪四號。」維倫妮嘉道。
「可是什麼也沒丟吧?」琵琶道。
「他也只是隨便說說,打發她走。」另一個女孩道。
「為什麼?」琵琶問道。
「他們那些人,你也知道,先生不見了,還不鬧到讓醫院知道。」
「對,那些人很難惹。」維倫妮嘉道。
「她長得什麼樣子?像地痞的女人?」
「不知道。」維倫妮嘉驚詫的聲氣。「看樣子很窮,揹著個孩子。」

「他們不應該上這來的。」另一個女孩道。

「說不定是四號要她來的。」維倫妮嘉笑道。

「他不要她了。」另一個女孩道。

「我聽說她在外頭不肯走，直哭呢。」

琵琶想四號沒那個胆子要她來。這裏的窮人害怕公家機關，與黑衫有淵源的窮人也一樣。他是住厭了醫院，也不想回家？無論那晚在山上出了什麼事，都不會有人丟棄叉燒，現在可是連飯都吃不飽的日子。除非是喝醉了。他卻又沒買過酒，也沒醉醺醺回來過。四號幫其他病人打雜的往事浮上眼前。他是窮慣了的男人，和女人家一樣的仔細。

她所知儘管有限，湊起來卻說得通。就像姑姑的七巧板桌子可以交錯搭配，拼出你要的形狀。心是錯綜複雜的東西。讓她深信不疑的真正原因是這地方醜惡的空氣。起先莫醫生的助手還歡天喜地的分飯，現在一個個橫眉豎目的，舀那麼一小匙子飯摔在別人盤子裏，拌飯的肉醬也捨不得多給，猛推給排隊的人，如同丟給叫化子，偶爾分給人家一滿盤倒像是施了多大的恩惠。排隊打飯的人受了他們愚弄，他們還越來越不耐煩。就是貪心。盜賣存糧不夠快，賄賂得太少，分到的利潤不夠多，有人苛扣了更多不承認。這時候還有個外人不自量力敢來分一杯羹，這外人也不過是流浪漢之流，殺了他也不要緊。他們就是這裏的山寨主。大學當初在人性叢林裏小心拓墾出這片空地來，漸漸融入了山頂上的優雅宅子，如今都荒廢了。英國人進了集中營，有錢的中國人缺了汽油汽車開不動，沒辦法住到山上來。日本軍一撤，整個地區成了真空。四號可能埋在花床下，也不知是扔在某棟空屋的地下室裏。她找不到，只會給人發現在四周鬼鬼祟祟。

這樣的故事值錢不值錢？比方說兩張船票的錢？日軍的顧問中村先生給了她名片。她一思再想，總覺得進日軍總部能夠平安而出。她細長的頭髮和身量，英國口音，守舊的中國味，使她很難歸類，單是這樣就有恫嚇的作用。中村若是沒有什麼意願要幫助她取得船票，她就把這個失蹤的病人的事告訴他。戰後再多一條中國人命不見得放在心上，可是偷竊皇軍物資他總不會不追究。除非就是他把軍車借給莫醫生的。

他如果蒙在鼓裏，她就是告密者。莫醫生與他的小同鄉可能因此送命。他們自己手上也許沾了血，她卻不願伯仁因她而死，早晚會有報應。這是佛家的說法，不知不覺間滲入了心裏。中國人用因果來解釋報應，而殺人到頭來一定是躲不過報應的。

隔天莫醫生不在。她過一會再去找他，在家裏找到他。

「什麼事？」他坐在辦公桌後，抬起頭來。

似乎不認得她了。也許是不記得上次她到辦公室來過，但是不至於會忘了那個女孩子打斷了四人的巡視，還在他頭頂上跟日本人說話。

「午安，莫醫生。」她笑道：「我剛才來找過你。」

「有什麼事？」

「我問過你幫我們買船票回上海。」

「抱歉，幫不上忙。」

「你上次也這麼說，醫生，日本人來的時候我才會找他們，他們要我到軍部去，我還不知道該去不該去。要是他們問起這裏的事，我不知道該怎麼說。」

說得越多，她越有溺水的感覺。桌上的燈光，木然的臉，鏡片後那雙淡然直視的眼睛，都有似曾相識的感覺。她得用心記憶才不忘記小心構思的每句話，像回到以前幫她母親帶話給父親，他先是木然聽著，隨之泛起無聊的神色，再後來大發雷霆。但她克服了那種感覺。生平第一次是她一個人的主意，不經別人核可，她也不曾這麼口若懸河過。

「我不懂你在說什麼。」

「萬一他們問起這裏的軍用物資，還有四號病人。」

「我真的不懂你的意思。」他起身。「我很忙，所以──」

「莫醫生，萬一他們問起四號是怎麼死的，我要怎麼說？」

「你說的話我一個字也聽不懂，而且我很忙，我還有事要辦。」

「莫醫生，我來找你是因為你一直很好又幫忙──」

「我沒幫過你的忙，我根本不認識你。」他喊道。

「你人好，接下這份工作，幫助受困的學生。我們又都是中國人，除非是逼不得已，我不會去找日本人。」

「我不知道你是誰，想要什麼。」他繞過桌子，朝她過來。「請你離開。」

一個諱莫高深的中國人尖著嗓子喊分外使人心神不寧。可是琵琶得確定他明白了，這樣的機會稍縱即逝。

「我們只想回家。兩張回上海的船票，什麼艙位都行。」

「請你離開。」

「我們會付錢。」她一面走一面說。

不能不跟比比說了。

「現在開始我是四面楚歌了，時時都得跟著你。」她說完了。

「你提沒提到我？」比比問道。

「之前說過，他們反正知道。」

比比默然。琵琶突然覺悟了，比比也有危險。

「其實不值得。」比比過了一會方道。

「真對不起，拖你下水。」

「算了，可是我們要怎麼時時刻刻小心？」

「他們不至於敢怎麼樣。」

「你不是說他們把四號都殺了。」

「他嚇壞了，驚慌失措呢。」

「四號一定也嚇了他好一跳。」

琵琶自己推論莫醫生與他的小同鄉都是門外漢，想賺輕鬆錢，現在越陷越深。她們兩個雖然無家可歸，醫院也不再有日軍巡邏，可是再安排兩個人失蹤怕不是樁容易的事。可是她不想再拿自己的臆測去讓比比揪心，她恨透了這種話題，卻不得不聽，因為也牽連了自己的安危。她對比比有愧。也並不真的有愧。兩人的交情已過了這個階段。她也不覺得他們會連同比比一起殺害，畢竟只有她一個人在惹麻煩。

至於她自己，她倒願意面對風險。這和死於戰火不同。這是她咎由自取。她這麼做不值得稱道，卻是她人生的開始。做的事都是已經為你規劃好的，成功失敗都像在夢中。做的是你自己想要的，感覺就與眾不同。就連後果都不那麼苦澀，一旦你有了預備。和戰時一樣，她不再忖度生死。生握在她手裏，她知道它的價值，因為無論有沒有價值都是她唯一所有。儘管悲慘，面對結局的時刻一到，貪嗔愛欲都會瓦解，而她就像指揮大軍的將領一樣鎮定冷血，一舉手而萬骨枯，而不止是一條人命烟消雲散。

她還是可以明天去找中村。即使他們監視她跟蹤她，光天化日之下也不能伏擊她吧？進城半路上還有日本崗哨呢。

她沒去。延宕了兩天。她的行動太遲緩了。她自認對莫醫生的估計正確，但實生活卻誰也說不準。你自以為知道，事實是什麼也不知道。

比比也沒有什麼防備的舉動，看她鎖房門也不作聲。心坎裏比比並不真的相信。琵琶也沒請她去找男孩子來幫忙。比比的朋友她看不出誰會徒步到重慶，也看不出用餐時間人群是否稀薄了，只隱隱覺得有人走了。像藍綠外套就不見其蹤。那天在床上說過之後，比比就絕口不提秘密遠征。她是不是後悔沒跟他們一塊走？琵琶儘量不這麼想。

T.F.賴同他一夥的男生輪流拿大匙子分發黃豆拌飯遞盤子。隊伍移動，琵琶覺得他們並不特別注意她。莫醫生既是醫生，輕易就能給他們毒藥放進她的盤子裏，可是得很有技巧，因為是大鍋飯。咪咪．蔡與那個臉像凹面鑼的女生也仍舊不睬她。凹面鑼的情緒全寫在臉上，不像咪咪喜怒不形於色。看來莫醫生也沒對她們兩個說什麼。安潔琳從被這夥人收養了之後就不同別人來往，受難似的表情。有天熄燈前她到琵琶她們的房間，倒是意外。

「給你的，琵琶。」

琵琶看著未署名的信封，拆開來，抽出一張紙，印著南謙船運公司。她太激動，信上的字幾乎看不清：

「持單人可於五月二十日前購買二等艙船票一張及三等艙船票七張。

簽名人：商務經理On fook 發」

「莫醫生說是給想回上海的學生的，可是他也只能弄到八張票。」安潔琳說。

「請告訴他我們非常感激。」

「我會問寶拉跟葉先生要不要回去。」比比說。

「莫醫生說你們得自己說好幾個人走，他把信交給琵琶因為是她去找他的。」

「我去問那些俄國男生，還有那個猶太女孩露芭。」比比說。

「人不夠也不犯著領八張票。」琵琶說。

「不領票。你瘋了嗎？可以拿到黑市賣啊。」

「你們要回上海了。」安潔琳嚮往的說。「不知道我們什麼時候能回家。」她說的聲音很小，怕別人怎麼想似的。她還想回去？丟下莫醫生？

「塔瑪拉說要從上海回哈爾濱，我去問問她。」比比說。

她回來了，多出來的六張票都有人要。賣給黑市畢竟只是空想。

「他們說票是你弄來的，二等艙該歸你。」比比說。「說是黑市也只買得到三等艙，價錢再高也買不到頭等跟二等。」

琵琶遲疑了片刻，人生中最得意的一刻。「你要不要？」

「要不你拿去，舒服多了，還是你覺得太貴？」比比滿懷希望的說。

「這個價錢還算便宜吧？」

「划算的。三等艙會很可怕。」

「你覺得受得了麼？」

「我沒事，反正幾天就到了。」

船公司也說不準多少天。預計二十三號開船，船名暫時不知道。行李只限帶得動的。比比到銀行把存款都提了出來。付了船票之後還剩一百四十塊錢。銀行不肯給她小額鈔票，能把存款都拿出來已經是走運了。

「你幫我帶？」她跟琵琶說。

「分開帶好了。」

「三等艙人擠人，你帶著安全。」

「好吧，可是我不敢擱在皮包裏。縫進我的衣服裏怎麼樣？」

「夏天衣服看得出來。」

「吊襪帶呢？」

比比在吊襪帶裏縫了布襯裏，將幾疊鈔票夾了進去。剩下的縫進了她的一件胸罩裏。

「身材會很好。」

「底下腆著個大肚子。」琵琶說。

「有點肚子比較性感。」比比說，她自己就有小腹。

「你確定不會掉下來？」

「不會掉。」

「我會很小心，不管坐多久的船都不脫下來。」

「我知道你這點很行，你什麼東西都不放手。」

「這話真該說給我媽聽。」琵琶歡快的說。

二十二

行李裝不下那頂大斗笠，她得戴著，可是斗笠四周披著藍布，會阻擋視線。末了她把色彩俗麗的圓頂車輪掛在背上，空出手來提行李。同行的俄國男生幫每個人叫了黃包車，她坐在座位上，行李擺在腳下，雙手抱著。極大的喜悅四平八穩坐在她心裏，滿漲到她的眉毛上。帶著上班的人視而不見的眼睛，她看著香港在明亮炎熱的早晨匆匆掠過。大學的長圍牆爬滿了九重葛。乳黃色灰泥石階牆上又加了一排排綠釉小柱，約摸一尺高。十字路口的一棵大樹垂著粉紅色花朵，蝴蝶般輕盈。碎石路在山與海之間往下流動，海那一邊下沉的屋頂豎滿了洗衣柱，一頭棲在街道上。她不覺得這是最後一眼。小時候離開天津也只覺是到別的地方去，而不是離開一個地方。

碼頭不許挑夫做生意。她加了襯墊的胸部與小腹將棉旗袍撐了起來，下襬拉到膝蓋上，像觀光客誤打誤撞闖進了戰爭中。到了設路障的碼頭，八個人取出文件給哨兵檢查，魚貫而入。碼頭上只有他們八個人。唯有一艘船，昂著頭，靠碼頭很近，既小又舊，漆著日本名。

「等一下來找你。」比比說，同寶拉與葉先生、俄國男生拖著行李與帆布袋走上短短的舷梯，進了船下方的艙門。

日本兵伸手要琵琶的船票，看了一眼，揮手要她走另一頭。她拖著行李，顛簸著上船。看守另一個艙口的日本兵拿來福槍指著行李，她蹲下來，打開讓他看，隨後拖著行李上了寬舷梯，梯子斜角搭著船，有整艘船那麼高。不見別人上來。她一個人奮力拖著行李往上走，腳下的環鍊舷梯好軟，世界彷彿滑開去，像山崩了，乾燥的淡褐色大地鬆脫侵蝕了去。她不敢朝下看船隻與碼頭間的深谷。失足了，日本兵決不會跳下水去救她。

頂層一個人也沒有。她從一扇窗望進去，是食堂。長桌中央擺了玻璃花瓶，桌子鋪著白色桌巾，西式的。一定是頭等艙。她不能拖著行李找二等艙。總該有個茶房吧？

她正徘徊不決，一群人繞了過來。一看就知是日本人在巡視，隊形緊密，深色西裝，高矮劃一，比到醫院巡視的人數多，神情不那麼嚴肅，但同樣的生氣勃勃。通道變窄了，他們改成縱隊，讓一個有金色繐帶的船長越眾而出引路。船長背後竟是張夫人，印花絲旗袍，白色蕾絲手套，高跟鞋，張先生在她後面，夏季西裝，墨鏡，拿著手杖。兩人同時看見琵琶。

「噯。」張夫人笑著哼了一聲。

「噯，你好啊。」張先生道：「真想不到。」

「我真高興。」琵琶道。

「想不到會同船。」張夫人道。

「票很難買。」他道。

「是啊，我費了好大的工夫。」琵琶道。

「你怎麼買到的？」他問道。

她遲疑片刻，太得意不願一語帶過，當著這麼多日本人卻又連提都不能提。「是主持我們那地方的人幫忙買的。」末了，她含糊漫應道。

「運氣真好。」張夫人道。

琵琶後退壓著欄杆讓另一個中國女人過去，她也同張夫人一樣盛裝打扮，年青些，個頭大，倒也漂亮，看得並不真切。可是女人後面的中國男人卻讓她仔細的看了一眼。他高個子，灰色西裝纖塵不染，不知怎地卻像是借來的。臉上沒有血色，白淨的方臉，一對杏眼，八字鬍不齊整，謙讓似的側身而行，彷彿生恐被人碰到。還有三個日本人隨行，頂巴結的模樣。

他走過之後，張夫人悄聲對琵琶說：「那是梅蘭芳。」

「真的？」

琵琶真不敢相信竟然與梅蘭芳博士同船，他可是有口皆碑，當代最漂亮的中國人，到美國巡迴演出京劇之後，加州大學還贈他榮譽學位。反串旦角的名伶與外交家都被日本人押送回上海，他們在上海的名氣可以讓日本人好好利用。同梅蘭芳一起的女人是他的姨太太，滿洲人，結婚前也是京戲演員。

「我認不出來。」她低聲道。「留著鬍子。」

「嗳。」張夫人忙笑道。

看來鬍子這事是不能提的。琵琶想起來了，他蓄鬚明志，退出菊壇。從還留著鬍子來看，他還沒投降。日本人對張先生似乎也還客氣。他們實在不該站在這說話，雖然那些日本人還在後頭，並未露出不耐的神色，只是靠著欄杆，望著海輕聲交談。

「你的房間在哪？」張先生委婉的說，省得提到三等艙。

「不知道，是二等艙。」

「二等艙？」張先生太驚訝，忘了該婉轉。「二等艙的船票買不到。」

琵琶笑笑。「我知道。」

他犀利的瞧了她一眼，將她的大海灘帽，緊繃的衣服，突起的胸腹盡收眼底。琵琶注意到了，突然明白張夫人怎麼會望著她的臉眼睛卻不對焦，就跟她儘量不去看蓮葉的大肚子一樣。她跟他們一樣的震恐，同時又想笑。

張先生微一鞠躬告退，登時生分起來，臉上因恐懼而僵硬。不管她的日本朋友是高階低階，偉大渺小，蜜蜂一螫都是有毒的。

「上海見。」琵琶說。到了上海他們就會知道她是怎麼拿到船票的。親戚總會知道。

「再見了。」張夫人氣惱的說，走在先生前面。

他露出一抹溫和圓滑的笑，點了點頭，搭拉著眼皮看著地下，頓時像極了一般的中國老人，而不是自美歸國的留學生，有三十年的外交經歷。他跟著太太進了舷門。後面的日本人聚攏來，擋住了視線。

二等艙整個是個大房間，部分高起，鋪著榻榻米。坐在榻榻米上的人是上海人，聽見營營的談話聲就像已經回到了家。不習慣抬著腿坐，每個都是襪底朝著人。最近的兩個女人像富家太太，比做先生的更公然打量她，判不出她的斤兩。是她那頂詭誕的帽子。她把帽子摘了。上海口音與絕對會有的野餐籃網袋裝著熱水瓶，使她大大的放下了心。就缺瓜子了，整個就會像是坐火車到杭州旅遊。腳下的榻榻米震了震。一波喜悅與鬆懈的浪潮沖刷過艙房。上路了。

琵琶正納罕該不該到上層去找他們，能不能上得去，比比找來了。

「這裏真熱。」比比道，四下環顧。

「下面怎麼樣？」

「恐怖嘍，出去吧。」

「我的東西留在裏頭好麼？」

「不要緊。你的頭髮不熱？我要紮辮子。」

她把自己的頭髮紮成辮子，還有琵琶的。兩人上甲板閒步亂走。南中國海與當初兩人一同來香港時一樣湛藍。歸程的海讓琵琶更覺得小而溫暖。兩人輪流坐在金屬椅上歇腳，看著來來去去的乘客。不看見一個頭等艙與二等艙的客人。榻榻米上的婦女也不看見。忙著看顧自己的東西，也不知是在躲日本人？船上有日軍，琵琶看不出是不是同一個人特為搖搖擺擺的走動，反正都穿著寬鬆的卡其袴與馬靴。中國人放棄新鮮空氣也不覺可惜，留在艙裏看守女人行李。有點像是上了賊船。

「比比！吃飯了！」塔瑪拉從艙門口朝下喊。

琵琶也進去吃飯。八個人的中式午餐在榻榻米上零星散開，她也因陋就簡，彆扭的拉攏開衩旗袍，安置膝蓋。菜色表現出日本人的節儉，只有鹹菜與清清如水的湯，飯倒是多，煮得很硬。不聽見有人抱怨，人人都預備著吃苦。那兩對夫妻熟了起來。翁先生翁太太年紀較大，也較富有。翁先生一張黃褐色大臉，要人似的屈著身，同有錢人一樣一舉一動小心謹慎，不出風頭。翁太太細瘦，長髮挽個髻。年青的余太太透著男孩子的漂亮，一雙圓圓的黑眼像小鳥。飯後不久她回艙房來同先生道：

「有炒年糕。」

「在哪兒？」他問道，燈籠下巴鬆軟軟的垂著。

「船尾。」

「多少？」他低聲道，一半胳膊探進長袍口袋。

她拿著錢出去了，回來端了一大碗的切片年糕，與碎肉菜豆同炒。還另拿了雙筷子。她先生吃了幾塊，餘下的她吃了。翁太太頂感興趣的看著小山堆似的碗，問道：

「多少錢？」

「港幣？」

「兩塊五。」她囁嚅道，有些不好意思。

「是啊。也有炒飯。」她主動道。

下午晚一點，琵琶回來找手帕又看見她在吃一大碗炒飯。肚子裏長蛔蟲？還是有喜了？黑旗袍襯得她既瘦又小。她不愛丈夫，拿吃來彌補。不，還許是打仗的緣故。戰爭之後總是饑荒四起，單是成天想著吃的就讓你老覺得餓。又加上海風。琵琶跟比比隨處亂走，一接近卡其油布頂下賣炒飯和炒年糕的，總自覺的背轉身去。

亮燈之前，茶房把窗都關上了，拉上了黑窗帘。眾人一片譁然。

「會熱死人的！」

「這麼熱晚上怎麼睡？會悶死。」

「其實不犯著開燈。」余先生道，話一說完一陣靜默。人人都怕財物被偷，漆黑中誰也不信任誰。

「船上的規矩就是整夜開著燈。」翁先生道，分寸拿捏得剛好。

「這麼熱晚上怎麼過？」余太太將手絹綯成一團，掗進領子裏，隔開衣領和頸背。

「他們怕讓飛機看見。」余先生同她解釋道。

「噯喲，別說了，可別遇上了轟炸。」她道。

「是啊，那可就砸了雞蛋了。」翁先生草草的道。

默然了一會，琵琶察覺到共同的希望冉冉升起，像蒸氣，像燃香，像禱告，而她有一部分也跟著飄升。想起了謠傳梅蘭芳死於被轟炸的船隻。往往有過這種說法就不會發生同樣的事。與這樣的名人同船真是好事。彩票末了連幾個整數決不會中獎，他坐的船也不會偏巧就被炸。別人似乎都不知道梅蘭芳在船上，不然消息立刻會傳遍，他們也會嘰嘰喳喳談個不休。

她剛才直納罕坐都不能坐，腿都伸不直，要怎麼躺下。還是騰挪出位子了，也沒有誰發號施令，憑著中國人的守禮本能，各安其所，琵琶夾在余太太與翁太太中間，兩人的先生各睡在太太旁邊，兩個男人旁邊又各睡一個男的。琵琶儘量不佔空間，抱著新長出來的曲線縮著身體，她知道中國女孩罕有這麼玲瓏的，勢必引人側目。看得出是假的麼？猜得出藏了什麼？她得格外小心，錢可不是她的。習慣了就不覺得特別熱，有如發燒出汗。沒有翻身的空間，可是榻榻米上總有不斷刮擦的聲響，像熱鍋裏有活螃蟹窸窸窣窣的動。

茶房來開窗，她醒了。人人都坐起來迎接黎明的微風。翁太太拍拍髮髻，頭髮一點都不毛。她瘦削結實，伶伶俐俐的，一雙小眼，同琵琶的一個表姑很像，是秋鶴的姐姐。她顯然也覺得琵琶眼熟。茶房送來一盆盆溫水。等著洗臉，她笑道：

「你睡覺真規矩，看得出來你的家教很好。」

「哪裏。」琵琶忙笑著咕噥了聲。她的老阿媽對睡覺的姿勢特別講究，又是跟貞潔有關。睡覺像弓，千萬別仰著睡。可憐的老阿媽沒能將她調教成淑女。淑女不是一個阿媽造成的。她還健在嗎？她又能幫得了什麼？三年後回來了，還是沒有錢能寄給她。可是聽見彼此還活著似乎就夠了。她也渴望見到姑姑，也不介意空著手跟父親後母面對面碰上。她在戰爭中學到許多，也遺忘了許多。

第三晚船停了。

「到廈門了。」話傳開來。

「怎麼著？」余先生鬆垮垮的下巴動了動。「走了這麼久，才到廈門？」

翁先生搖頭。「照這種走法，哪天才到上海。」

艙房裏哀嘆連連。又得挪出空間來給廈門上船的客人。有些剛上船的人在窗外露宿。隔天琵琶經過，只見是年青人頭髮長到眼睛上，有的坐著包袱，有的倚著舖蓋捲。他們留長髮，學台灣人，台灣人是從日本人那兒學的拖把頭。福建人曾遷居台灣，兩個地方的人很難分辨，不過這些一定是矮小的福建商人跑單幫的。台灣人被視為二等日本人，不會在通道上露宿。

到上海正常航程是四天。第五天甲板上有吵嚷聲。琵琶聽見比比喊她，奔出去同她一塊站在欄杆邊。

「看，看。」

她什麼也不看見，眼前只有蛋殼青的海洋皺著魚鱗似的波浪。今天沒有太陽。

「看上面！」比比喊道。

她緊貼著欄杆，探出頭。高高的天上懸著兩座遙遠的山峯，翠綠的山蒙著輕紗，一刀刀削下來，形狀清峭，只在中國山水畫裏看得到，半山腰上雲霧繚繞。是東海上三座蓬萊仙島？浮在白茫茫的天上，不可思議。人人都瞪著看，唯恐一眨眼就消失不見。

「是台灣。」她聽見有人說道。

「台灣的山有這麼高麼？」

「南部有。」

「南部哪兒？台南麼？不會在那兒停船吧？」

眾人直著眼，直看到山峯越來越高，消失在眼前。

「是不是很像中國畫？」比比同琵琶道。

「是啊，我不知道真有這樣的山。」

「你現在知道我說中國畫更美的意思了吧。」

「噯。」

晚餐時余先生垮著下巴質問道：「怎麼會跑到台灣來了？越走越遠了。」

「委實是兜了一大圈。」翁先生道。

誰也不說是躲避飛機與潛艇的緣故，說了出來觸霉頭。誰也不去想這個如影隨形的危險，船上的生活像活在玻璃箱裏，有種虛構的性質，近乎奢侈，彷彿在海上扮家家酒，也不知是在水族箱前吃飯，裏頭的巨大八爪魚吸住玻璃，很難找到的眼睛不理他們，他們也不理牠。

台灣海岸出現了，長長的斜坡切過淡藍色的海水，隱約像長江以南。黃昏時船隻停泊在基隆外。加燃料還是添補給品？看不見港口，準是在外海下了錨。琵琶沒看見蒸氣船或舢舨靠過來。船隻靜靜佇立在白霧中。靠著欄杆，她聽見有閩南話的吆喝，像是下方傳來的，卻什麼也不看見。隱隱綽綽看出兩艘漁船，稍有一段距離之外，各掛著盞紅燈籠，上下晃動。漁船在自己的陰影裏載浮載沉，水線一抹濃灰，筆酣墨飽，傍晚的淡灰虛空裏唯一流動的東西。她看著它在船下大蛇似的動作，伸展收縮，伸展收縮。這陣霧連聲音也窒滯了，只偶然有拍水聲。

也真怪，她竟來到祖父戰敗的地方。基隆古名雞籠，後來才改成了較好聽的同音字，所以原本關雞的籠子變為基業昌隆。她相信在祖父那時代還是舊名。當年對他陽奉陰違的福建人也在這艘船上，仍是這個國家唯一的水手。只可惜她不了解航海史，不然就能擬構出古老的戰船，與補充的帆船蟻聚。水兵身上的制服綉著一個大圓，圈裏寫著「勇」字，一個在前胸，一個在後背。水手的衣服也同樣色彩鮮艷。戰吼震天，大炮在雨中吐出火舌。這片海岸應該不是下雨就是起霧。努力從時間的帘幕中看清楚，只覺帘幕輕輕吹在她臉上。

「你在看什麼？」

她轉身看見旁邊站了個日本兵。咦，她竟然聽得懂他講的日語。她忍不住回答，課本裏有句話很像。

「紅燈籠很漂亮。」

「噯，很美。」他說。

兩人站在那兒看著漁船。他快三十的年紀，可能更年青些，略矮，側影蒼白齊整，厚重的制服與寬鬆的長袴散發出汗臭味。一時間她只覺他是個普通男人，活得很辛苦。

「你喜歡不喜歡日本人？」他問道。

她表情茫然，他再問一次，同樣嚴肅的聲氣，速度放慢：「你、喜、歡、不、喜、歡、日、本、人。」

「我朋友在叫我。」給她思忖的時間過了。

「哈。」他微點了個頭。

她逃進下層甲板。

熄燈後舷窗又都關上。窗子開著都熱得受不了，因為船不動，也沒有風。琵琶晚上出汗出得厲害，不免担心身上的鈔票會像忘在衣服裏的鈔票經水之後一樣濕透，成了廢紙。好容易睡著了，榻榻米一震，四周響起鬆了口氣的嘆息，又吵醒了她。黎明了，船又出發了。

走了八天，終於聽見上海話「到啦！到啦！」舷梯斜伸在一道矮牆上，一群挑夫等在那兒，兩手亂划。碼頭沒有管制。到底是上海。挑夫全都穿著紅色無袖大外套，上頭有編號，倒像是三明治廣告人。都笑喊著彆扭的上海話，長江以北來的。他們有什麼值得開心的？全然沒有理由。是的，是同一批人，還在這裏。在別的地方，無論人有多好，不會像在上海一樣笑。長江下游的這些圓墩墩的臉孔就是比較容易綻開笑顏，像盒子一樣敞了開來。琵琶發覺自己也在笑，雖然手忙腳亂想抓住行李箱，以免從斜坡滾下去，再奮力抬過矮牆，讓挑夫爭搶，大獎似的，微微覺得像古時候的女孩子拋綵球招親。可惜沒有更多行李讓其他挑夫扛，多到丟了一件也不在乎。

她在碼頭外等比比。

「到我家來。」比比道。

「我還是先去姑姑家。」

「可以到我家打電話，看你姑姑在家不在家。」

兩人各坐一輛黃包車。她並不担心珊瑚，她絕對可以依靠。一個鐘頭之內她就會在電話中聽見姑姑的聲音，驚訝含笑，並不過於愕然。

棧房與棚屋從寬敞的馬路向後退，很奇怪，這個毫無特色的區域你決不看見，除非是來來去去，總是情緒起伏的旅程。上海似乎特意隱藏起來，不願送別，也不願迓客。她記得上次她來才八歲，得仰著頭透過長長的劉海往上看，看得吃力，什麼印象也沒留下，只記得自己的新衣新袴上全飛著大蝴蝶，鄉下孩子坐著古老的馬車。為什麼每次回上海總覺得像是衣錦還鄉？

「你在上海了。」比比轉過頭來，放聲喊道。

琵琶一笑。

古人說：「富貴不歸故鄉，如衣繡夜行，誰知之者！」她並不是既富且貴了。只是年紀更長，更有自信，算不得什麼，但是在這裏什麼都行，因為這裏是家。她極愛活著這樣平平淡淡的事，還有這片土地，給歲月滋養得肥沃，她自己的人生與她最熟悉的那些人的人生。這裏人們的起起落落、愛恨轇轕是最濃烈的，給了人生與他處不一樣的感覺。

更近城裏，街衢仍沒有面貌，碎石路面閃著灰色的強光。房舍簡直無法形容，只是一群群灰磚與卡其色混凝土，老舊的商業大樓與摩爾人式圓拱，衖堂的排門與古老的中國角樓。事實是即便上海的市中心都無從捉摸，不見特色，寬闊的街道兩旁栽著洋梧桐或懸鈴木，說是像法國，多用途的公寓大樓說是像北歐。還有新的盒子似的西班牙式衖堂。加油站紅金雙色的亭子。廣大的老銀器店，書法寫的大招牌，招牌頂上還有金銀細絲工，像新娘的頭飾，夾在新店鋪間。新店鋪都是玻璃櫥窗，單有一件連衣裙與時髦的照明燈。處處可見各種不同時代的外國建築。紅的黑的治花柳病的海報張貼得到處都是，倒使骯髒晦暗的建築亮了起來。不像香港，上海不是個讓人看的地方，而是個讓人活的世界。對琵琶而言，打從小時候開始，上海就給了她一切的承諾。而且都是她的，因為她拼了命回來，為了它冒著生命危險，儘管香港發生的事已沒有了實體，而是故事，她會和姑姑一笑置之的故事。上海與她自己的希望混融，分不清楚，不知名的語言轟然的合唱，可是在她總是最無言的感情唱得最嘹亮。

黃包車顛簸著前進，車夫金黃色的肩膀在藍色的破衣下左高右低、右高左低。他們轉入了南京路。前方三家百貨公司矗立，灰色的堡壘，瞭望塔彼此面對。然後是翠綠的跑馬地馬場與草坪上的維多利亞羅馬式鐘塔。景物越來越熟悉，心裏微微有陣不寧，彷彿方才是在天堂，剛剛清醒。

「一點也沒變，是不是？」比比喊道。

「嗳。」

那年夏天她從天津到上海，這首歌全城傳唱：

「太陽，

太陽，

太陽它記得

照耀過金姐的臉

和銀姐的衣裳，

也照著可憐的秋……」

也是夏天，也是早晨，上一次她坐在敞篷馬車裏，老阿媽陪在身邊。太陽暖烘烘照著車篷沒拉起來的黃包車，照著她的胳膊腿，像兩根滾燙的鐵條。我回來了，她道。太陽記得她。

張愛玲●典藏系列

雷峯塔

那個家是一座囚禁的塔，她用一輩子在逃離，
卻又戀戀難忘、反覆追憶……

琵琶出生在顯赫的上海貴族家庭裡，圍繞著她的是絲絨門帘、身穿水鑽緞子的賓客、裹小腳的老媽子，和一堆關係龐雜的二大爺、姨奶奶、表姐表哥們。琵琶的腦子裡常轉著超齡的念頭，她覺得十八歲是在護城河的另一岸，不知道有什麼辦法能過去。美好的人生固然值得等待，然而，眨眼間當琵琶已跨到另一岸時，等待到的卻是不堪的、囚禁她一生的淒傷……

《雷峯塔》是張愛玲以自己四歲到十八歲的成長經歷爲主軸，糅合其獨特的語言美學所創作的自傳體小說。情節在眞實與虛構間交織，將清末的社會氛圍、人性的深沉陰暗濃縮在這個大家族裡。繼《小團圓》出版後，不難發現張愛玲反覆地重述生命中最晦澀的心事，但每次出手均以不同的角度、方式，極致細膩地鋪寫她對周遭不同人事物的愛恨情結，讓我們讀來震撼驚心之餘，更能逐漸將張愛玲的傳奇拼湊完整！

小團圓

這是一個熱情故事，我想表達出愛情的萬轉千迴，
完全幻滅了之後也還有點什麼東西在。

——張愛玲

從幼年傳統家族在新舊世代衝擊中的爭鬥，到讀書時修道院女中千面百樣的同學、戰時人與人劍拔弩張的緊繃感……點點滴滴的細碎片段，無一不在九莉生命刻下印記，並開出繁盛的文字。而就是這種特殊的文采，吸引了邵之雍天天來拜訪九莉。二十二歲還沒談過戀愛的九莉，覺得這一段時間與生命恍如沉浸在金色的永生中，讓她不顧一切，即使之雍被說是漢奸、即使他是有婦之夫……

讀中國近代文學，不能不知道張愛玲；讀張愛玲，不能錯過《小團圓》。《小團圓》是張愛玲濃縮畢生心血的顚峰之作，以一貫嘲諷的細膩工筆，刻畫出她最深知的人生素材，餘韻不盡的情感鋪陳已臻爐火純青之境，讀來時時有被針扎人心的滋味，因爲故事中男男女女的矛盾掙扎和顚倒迷亂，正映現了我們心底深處諸般複雜的情結。墜入張愛玲的文字世界，就像她所寫的如「混身火燒火辣燙傷了一樣」，難以自拔！

國家圖書館出版品預行編目資料

易經 / 張愛玲 著. 趙丕慧 譯.
-- 初版. -- 臺北市：皇冠, 2010.9
面；公分. --（皇冠叢書；第4021種）
（張愛玲典藏；10）
譯自：The Book of Change
ISBN 978-957-33-2709-7（平裝）

857.7 99015731

皇冠叢書第4021種
張愛玲典藏 10

易經

The Book of Change

作　者—張愛玲　譯　者—趙丕慧
發 行 人—平雲
出版發行—皇冠文化出版有限公司
台北市敦化北路120巷50號
電話◎02-27168888
郵撥帳號◎15261516號
皇冠出版社(香港)有限公司
香港上環文咸東街50號寶恒商業中心
23樓2301-3室
電話◎2529-1778　傳真◎2527-0904
出版統籌—盧春旭
責任編輯—金文蕙　版權負責—莊靜君
美術設計—吳欣潔　外文編輯—洪芷郁
行銷企劃—李嘉琪　印　務—林佳燕
校　對—劉素芬・邱薇靜・金文蕙
著作完成日期—1963年
初版一刷日期(張愛玲典藏初版一刷)—2010年9月
初版四刷日期(張愛玲典藏初版四刷)—2010年11月
法律顧問—王惠光律師

讀者服務傳真專線◎02-27150507
電腦編號◎001110
ISBN◎978-957-33-2709-7
Printed in Taiwan
本書定價◎新台幣300元